韩显阳 ◎ 著

晨钟激荡

黑龙江人民出版社

图书在版编目（CIP）数据

晨钟激荡 / 韩显阳著. — 哈尔滨：黑龙江人民出版社，
2024.4
ISBN 978-7-207-13255-0

Ⅰ.①晨… Ⅱ.①韩… Ⅲ.①纪实文学 — 中国 —当代
Ⅳ.①I25

中国国家版本馆CIP数据核字（2024）第073300号

策　　划：金海滨　赵建国　梁　昌　郭　林
　　　　　李庭军　刘　箴　罗　琪
特约编辑：李庭军
责任编辑：姜新宇　梁　昌　陈　欣　滕文静
封面设计：滕文静
版式设计：张　涛
插画作者：卢重光

晨钟激荡
CHENZHONG JIDANG

韩显阳　著

出版发行　黑龙江人民出版社
地　　址　哈尔滨市南岗区宣庆小区 1 号楼
印　　刷　哈尔滨市石桥印务有限公司
开　　本　787×1092　1/16
印　　张　23.25
字　　数　260千字
版　　次　2024年4月第1版
印　　次　2024年4月第1次印刷
书　　号　ISBN 978-7-207-13255-0
定　　价　98.00元

历史何以封存

2021 年 10 月中旬，一篇题为《苏俄红军的中国军团之谜》的文章出现在"破圈了"微信公众号上，引起读者关注。此后，同题系列文章连载 30 余期，迎来好评不断，文章作者、光明日报驻莫斯科记者韩显阳向读者讲述了一段鲜为人知且具有传奇色彩的历史。读者面前的这部《晨钟激荡》是这些文章的集成，或者说是在这些文章基础上创作的。

20 世纪初期爆发的俄国伟大十月社会主义革命，改变了人类历史发展进程，开创了人类历史新纪元。俄国工人阶级和劳动人民在布尔什维克党领导下推翻资产阶级临时政府，建立了世界上第一个劳动人民当家做主的政权。如果不是作者，恐怕至今我们还不知道，至少无法比较鲜活和生动地知道，在俄国工人阶级争取自身解放，保卫世界上第一个无产阶级政权的斗争中，他们的队伍里还有许多支华人华工组成的战斗军团，总计 5 万人之多。

根据文章记载，20 世纪初，先后有 20 多万名华工从中国东北出发，赴俄做苦力谋生。也有资料记载，第一次

世界大战前后，40 万～50 万名中国人被招募或拐骗到俄罗斯劳作，他们受尽战火摧残和沙俄资本家的盘剥。背井离乡的华工在异国他乡谋生创业，大都有一部辛酸历史，甚至血泪史。华工在国外往往遭受非人待遇，遭受阶级和民族的双重剥削与压迫，对世道、对旧世界的愤懑，完全是出于阶级属性。在列宁所描述的帝国主义和无产阶级革命时代，全世界无产阶级已经认识到资本主义制度的腐朽，在推翻旧世界、旧制度的斗争中，无产阶级国际主义产生于阶级本能。同样，资产阶级也不是按照民族属性，而是按照阶级利益结成反对无产阶级的联盟。正因如此，十月革命和保卫苏维埃政权斗争中的"中国军团"，受到俄国无产阶级的欢迎和全力支持。中国、苏俄两国战士并肩战斗，在战斗中结成友谊，在战斗中成长。这支队伍中成长起一批著名战士，如英雄团长任辅臣、红色卫士李富清、曾经三次受到列宁接见的茶商的儿子刘绍周（后改名刘泽荣）等。这些华工队伍引起列宁和布尔什维克党的注意。华工队伍在战斗中成立了自己的党组织，创办了自己的报纸。有些人，如刘绍周，还曾参与共产国际的工作。曾任孙中山首席军事顾问的瓦西里·布柳赫尔（加伦将军），还与苏俄红军的中国指挥员有过接触。

　　这段历史的当事人后来情况如何，他们在十月革命后和中华人民共和国成立后的生活和工作如何，这批华人红军战士在苏俄的战斗有哪些历史遗迹，这些遗迹今天状况如何，无疑也是人们关心的话题。

　　实际上，这个群体中的精英人物后来成为发展中苏关系和中苏友谊的积极分子，也有人积极参与新中国建设。比如书中介绍的刘绍周，后来回国积极参与、见证了 20 世纪三四十年代中国历史上的许多事件，而且中华人民共和国成立后曾经在外交部工作，并在周恩来总理的建议下编辑出版了影响几代人的《俄汉大辞典》。但总体上，这个群体无论是继续在苏联生活，还是回国参加建设，都没有对这段历史留下充分的回忆和史料。今天俄罗斯各地还保存一些关于苏俄红军中国军团的历史遗迹，如档案馆资料、博物馆图片、散落在各地的纪念碑……

一些华人、华工参加苏俄红军，为建立和保卫苏俄劳动人民政权而战斗，是俄国革命历史中的插曲，是中俄关系史中的插曲，是一部既悲壮又凄凉的历史插曲……近百年来，由于种种原因，这段历史基本被封存了，即使有个别出版物描述了一些历史情节，但是不能完全反映其生动和鲜活的全貌。

关于华人、华工在俄国的活动，此前苏联曾有星星点点的报道，但是由于历史久远且档案及有关史料不全，这项工作没有深入下去。可以说，这是一段被封存的历史。本书的创作在某种程度上弥补了这个缺憾。

作者虽然从苏俄红军中的中国军团切入，却写出了中国劳工的血泪史，写出了 20 世纪初在水深火热的旧中国经受煎熬的大批中国人民的悲惨生活，写出了处在半殖民地半封建社会的旧中国、丧失基本人权和尊严的穷苦中国人的无奈与无助，也写出了十月革命前俄国社会的各种场景，如沙俄资本家的贪婪与残忍，各种骗子、人贩子的狡诈与无人性……写出了苏俄红军中国军团英勇斗争的场景，也写出了一个个鲜活的、朴素的中国英雄传奇。应该说，这部可读性极强的叙事作品具有重要的学术价值。

作者韩显阳是光明日报驻外记者，曾经在南斯拉夫贝

尔格莱德、俄罗斯莫斯科和美国华盛顿工作，现在俄从事新闻报道工作，他曾在莫斯科国立师范大学读研究生，获得教育学博士学位。扎实的功底和丰富的记者经历，使他在创作中既有记者的敏锐，也有学者的深邃，他撰写的大量报道、通讯深受读者欢迎，获得过中国新闻奖一等奖。《晨钟激荡》一书，是他奉献给读者的一部佳作。

　　我和韩显阳同志曾经共事，深知他的工作能力、工作热情和工作态度。当我开始阅读网络上连载的《苏俄红军的中国军团之谜》时，立刻被文章所描述的传奇历史所吸引，像众多读者一样，期待作者后续系列文章问世。从本书的内容看，作者不仅阅读、查找了大量文献、档案，而且采访了与此有关的学者、当事人后代，甚至进行了大量田野式考察。作品结尾登载的附录和引文出处，反映了作者严谨的科学态度。作者不仅照顾到作品的可读性，也兼顾作品的学术性；不仅考虑到普通读者的阅读习惯，以轻松的笔墨描述这段悲壮的历史，也为学者研究这个课题提供了必要的路径。

　　谨以此向显阳表示祝贺和敬意！

中国俄罗斯东欧中亚学会会长　李永全

2022 年 4 月于北京

目 录

第一章

找寻，从红场开始

"真正的布尔什维克"！

2021 年 6 月正式开放的中国共产党历史展览馆里，一幅黑白照片前，无数观众驻足凝视。照片上，百年岁月斑驳犹在，却掩饰不住一群士兵的华人面孔，激昂而坚毅。

下方的说明写道："数万名旅俄华工参加了列宁创建的红军，投入保卫苏维埃政权的战斗。图为由中国工人组成的红鹰团。"

"苏俄红军中有这么多中国人！"人们端详着照片，轻声慨叹。

他们是谁？他们从哪里来？他们为什么会参加红军？他们的归宿如何？他们的子孙后代在何方？

—— 每一位驻足者心里都充满疑问。

十月革命一声炮响，给中国送来了马克思列宁主义。鲜为人知的是，这场催生中国共产党的俄国十月革命，以及随后 4 年的保卫新生苏维埃政权的战斗，有众多中国人参加。

苏俄红军中，有中国军团。

这是十月革命的传奇，也是中国革命的前传。

弗拉基米尔·伊里奇·列宁曾经称赞说，这些勇敢的中国人是"真正的布尔什维克"！

照片展现的这段历史距今已上百年，加之这期间中苏关系经历波折，苏联解体后的俄罗斯不再是社会主义国家等诸多因素，一度使当年的很多人和事被尘封，逐渐变得模糊不清。

数万名旅俄华工参加了列宁创建的红军，投入保卫苏维埃政权的战斗。图为由中国工人组成的红鹰团。

●中国共产党历史展览馆展出的苏俄红军中国战士的照片

　　幸运的是，近年来中国政府开始关注这段历史，俄罗斯政府尊重苏中两国人民的共同经历，在中俄友好人士的努力下，"旅俄华工与十月革命"这段史实正得到越来越多的重现。

　　2021年7月初，在中国共产党成立100周年大会举行之际，我曾采访俄罗斯科学院中国问题研究权威专家亚历山大·洛马诺夫。洛马诺夫说，习近平总书记在大会上提及俄国十月革命对中国的巨大影响，这说明中国共产党对历史的把握全面而完整。

　　洛马诺夫特别强调："当年有很多华工参加了十月革命的战斗，我们都应该永远铭记！"他的话深深触动了我——时至今日，仍有不少俄罗斯人在回望这段历史。

　　是啊，这是一段值得清晰呈现的历史！那些曾经鲜活的人物和他们的故事，有必要走入中国读者的视线，尤其是在中俄关系处在好时期的当下。

　　作为常驻莫斯科的媒体人，我希望能借助得天独厚的便利条件，在进入一个个图书馆、博物馆、档案馆搜集有

●发出十月革命
第一声炮响的
"阿芙乐尔"
号巡洋舰

关资料时，在拜谒一座座散落俄罗斯大地的中国烈士纪念碑的旅途中，在登门寻访一个个华工红军后人的晨昏中，在与一位位俄罗斯学者、友人和相关人士的交流中，抽丝剥茧，追时觅踪，为人们重温和记住这段历史尽绵薄之力。

需要强调的是，在这个专题的研究上，苏联/俄罗斯历史工作者似乎已走在中国同行的前面。多年以来，不少有关回忆录、报刊资料及异常珍贵的档案资料得到出版、保留，许多学者为此默默付出了大量劳动。正因如此，我才拥有了坚实的史料基础。

今天，拂去历史的尘雾，人们看到的是，为创立和保卫世界上第一个红色政权，曾有许多中国战士舍生忘死面对枪林弹雨，英勇献身在异国土地上。

1917 年 4 月 16 日（俄历 4 月 3 日），列宁抵达彼得格勒（后来改名列宁格勒，现名圣彼得堡）的芬兰火车站并发表演讲，强调整个世界都在赞赏地看着俄国，并喊出"社会主义革命万岁"的伟大口号。俄罗斯历史学者最新研究证明，当时倾听列宁演讲的人群中，就有不少旅俄华工。

几个月后，华工直接参加了十月革命。其中，彼得格勒造船厂的华工更是出现在起义队伍的第一方阵，在攻打冬宫的战斗中冲锋在前！

据苏联学者统计，1918 至 1922 年，旅俄华工有 20 多万人，其中约 5 万人曾作为国际

● 100 多年前的
莫斯科红场

主义战士参加了赤卫队（还有红卫军、赤卫军等译法，下同）、红军、游击队及契卡（全俄肃清反革命及怠工非常委员会）部队，保卫新生苏维埃政权。

中国历史学者李永昌在《旅俄华工与十月革命》中更是认为，"一般结论是，参加十月革命、在国内战争时期直接拿起武器为保卫苏维埃红色政权而斗争的旅俄华工至少在20万人以上"。在苏联科学院亚洲民族研究所1961年出版的《为苏维埃政权而战的中国志愿者（1918—1922）》一书中，提到过一位曾在苏俄远东地区与中国人并肩作战的俄国战士的回忆录。他说："在远东没有任何一支游击队伍里没有中国人在战斗。"

民国北洋政府的档案资料也记载，十月革命期间，大约有3万名华工参加了红军。当时的《申报》也说"约计华侨曾入红军者5万余人，军官亦不下千人"。

那么，中国军团对世界上第一个红色政权究竟做出过哪些贡献？列宁为什么称赞他们是真正的布尔什维克？在曾经战斗过的这片土地上，后人如何评价他们？我们要找寻的答案先从红场说起。

红场，莫斯科的中心，苏联和俄罗斯的象征。

这些年，慕名而来的中国人越来越多。

徜徉在这里的国人可曾想到，近在眼前的克里姆林宫红场墓园，就有一座中国烈士纪念碑，纪念为共产主义事业牺牲的华工。

与往年相比，2021 年 7 月莫斯科的天气有些火辣。周末清晨，趁着凉爽，我来到克里姆林宫红场墓园中国烈士纪念碑前，拜谒为真理、正义牺牲的先辈。

我并不是第一次来到这里，这次却和以往不同。内心深处，此行是我找寻"旅俄华工与十月革命"这一故事的

● 今日的莫斯科红场

启程，充满庄严的仪式感。

世界闻名的红场位于莫斯科市中心，面积其实并不大，是俄（苏）国家举行各种大型庆典及阅兵活动的地方。红场呈不规则长方形，南北长 330 米，东西宽 75 米，总面积大约 2.5 万平方米。红场的地面全部由来自克里米亚的黑褐色辉长岩条石铺成，历经数百年，已被磨得锃亮。

红场原名是"托尔格"，意为"集市"，辟于 15 世纪末，是"全俄罗斯的君主及大公"伊凡三世在城东开拓的"城外工商区"。17 世纪后半期，取名"红场"。在俄语中，"红色的"又有"美丽"之意，"红场"的意思就是"美丽的广场"。1812 年驱逐拿破仑率领的法军后，莫斯科人对红场进行了大规模扩建。到 20 世纪 20 年代，红场又与邻近的瓦西列夫斯基广场合二为一，形成今天的规模。

红场的北翼为俄罗斯国家历史博物馆，东面是莫斯科国立百货商场"古姆"，南部为瓦西里升天教堂，西侧是列宁墓、克里姆林宫红墙和三座高高的塔楼。列宁墓后上方为检阅台，两旁为观礼台。

红场墓园，位于列宁墓与克里姆林宫红墙之间。

紧靠列宁墓之后，有约瑟夫·斯大林、列昂尼德·勃列日涅夫、尤里·安德罗波夫、康斯坦丁·契尔年科、费利克斯·捷尔任斯基、克利缅特·伏罗希洛夫、谢苗·布琼尼等 12 位苏联领导人带半身塑像的纪念柱和墓碑。其余的纪念碑则比较简洁，大多只刻有姓名和生卒时间。

中国烈士纪念碑位于列宁墓右后侧，专为纪念 1917 年在俄国十月革命中为保卫新生苏维埃政权而牺牲的中国烈士而立。

纪念碑呈长方形，由大理石制成，十分朴素，上面仅

● 莫斯科红场中
　的墓园

● 红场墓园中的
　中国烈士墓碑

镌刻上下两行文字："张—1917；王—1917"。

对纪念碑上出现"张""王"两姓，中国驻俄罗斯大使馆网站发布的介绍文字是这样描述的："因牺牲的中国烈士姓名不详，故冠以'张''王'两大中国姓氏，以表纪念。"有中文报道采用的就是这一描述。

不过，俄罗斯方面资料给出的说法更为详细——

2013年7月8日，俄罗斯一家历史网站刊发《克里姆林宫墙上的英雄》一文，明确说明埋葬在此的是两位分别姓"张"和"王"的中国战士，他们牺牲于十月革命期间，是1917年11月10日（俄历）最早下葬此处的240名烈士中的两位。作者援引苏联作家阿列克谢·阿布拉莫夫1981年出版的《克里姆林宫墙》一书称，当年埋葬在第一个合葬墓中的240人中，只有76人确认了身份。文章写道：

> 11月4日，莫斯科军事革命委员会发布命令，全市各区代表于11月10日将战斗中遇难者的遗体和棺木运往红场。为厘清遇难者人数和姓名，《社会民主报》于11月5日、7日和8日（俄历）向所有机构和个人发布公告，"凡遇害者，一律上报，详细说明其身份和党派关系"。然而，仍有164具遗体身份不明。

为追踪出克里姆林宫墙下埋葬的无名战士姓名，阿布拉莫夫自20世纪60年代起，用20余年的时间不断查询档案，并走访大量幸存者。正是他第一个提供证据，指出在莫斯科革命斗争中倒下的英雄中有两位中国人，分别姓"张"和"王"，他们是图希诺支队的国际主义战士……

图希诺普罗沃德尼克工厂的工人战士们，曾在一个支队中作战，他们冲进了米留廷斯基巷的电话交换机所，并从卢比扬卡广场向市中心发起攻击。

在另一篇报道中，我看到了这样一则读者留言：革命老兵库佐瓦特金和彼卢乌科夫回忆说，1917年11月10日，他们在红场向图希诺支队的两名外国红军战士的遗体告别。两位红军战士来自图希诺普罗沃德尼克工厂，在突击战斗中牺牲。

其实，纪念碑上的"张""王"指代的究竟是姓氏代表，还是具体某两个人，已经不重要了。

纪念碑受人瞩目，是因为它将历史定格。许多战争纪念碑都是无名战士碑，就是为纪念所有的战士——尤其是那些在战火中牺牲却没有被记录下姓名的人。

伫立在中国烈士纪念碑前，我脑海里浮现出一句不知确切出处的话："雕塑和纪念碑一如神话里的见证，它们是任何一项人、事在彼世湮灭之后，于此世再生的代言。"

纪念碑是石化的历史，但纪念的那些人是鲜活的。生

● 爆发于1917年10月（俄历）的"莫斯科武装起义"

命可以湮灭，记忆却可不断追溯。刀光火影，峥嵘岁月，成千上万的中国战士活跃在苏俄红军中，他们中很多人为新生的苏维埃政权英勇牺牲，长眠在俄罗斯大地上。

红场归来，一连串问题不断萦绕在我脑海——这些中国战士，他们究竟是谁？能让他们走出历史的尘雾，让今天的人们读到他们血与火、生与死的故事吗？

第二章

旅俄华工从哪里来

考察十月革命时期大批华工参加红军，离不开 100 多年前大批华工进入俄罗斯这一历史背景。

历史上的"华工"，是指那些自愿前往或被人拐骗、招募到国外务工的中国人。就属性而言，华工可以划归到华侨之列，然而他们又并非一般的侨民，是指那些受外国政府或资本家剥削和奴役，靠出卖体力为生的中国人。

国弱民穷助推华工离乡背井

19 世纪 60 年代，美国修建举世闻名的太平洋铁路的历史，也就是 1.4 万名华工的血泪史。在工程最为艰巨的中央太平洋铁路修筑中，华工在高强度、高风险的劳动中大量死亡，付出了惨重代价，换来的只是微薄的酬金、种族歧视等不公正待遇。

然而，清王朝中晚期，政治黑暗、民不聊生，前往国外谋生对当时中国穷苦农民、城市无产者来说不失为一条可选择的出路。

沙俄是当时有吸引力的国家之一。苏联时期的历史学家统计，仅在十月革命前后，旅俄华工就有 20 多万人。

第一批华人究竟是何时出现在俄罗斯的？历史学家们寻遍了苏联（俄罗斯）的书籍，甚至很早的历史档案，但仍无法确知。

一种推测，可能是在 1862 年，即中俄《北京条约》签署后不久，当时前往沙俄的华工以山东人、河北人及东

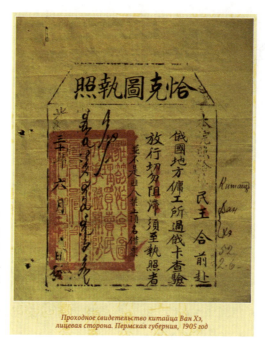

● 《彼尔姆的中国人：历史与文化》一书中收录的中国人王海的通行证（简易护照），1905 年颁发于彼尔姆省

Проходное свидетельство китайца Ван Хэ, лицевая сторона. Пермская губерния, 1905 год

北人为主。另一种推测，可能是在义和团运动失败后，大量中国人散向世界，一些人远逃美国，一些人亡命欧洲国家在非洲的殖民地，还有一些人则流向俄罗斯。此外，在 1905 年日俄战争结束后，不少中国人跟随战败的俄军进入俄国与中国东北接壤的远东和西伯利亚等地，甚至更远到了俄罗斯帝国的西部乌克兰。他们大多充当劳工、矿工，还有一些人做了小商小贩。不过，这一时期永久移居俄罗斯的中国人并不多。在沙俄，华工往往被那些贵族、地主和监工蔑称为"中国佬""伙计"。

　　旅俄华工、红军中国战士傅顺的俄文名叫米哈伊尔，1892 年出生在北京的一个工人家庭。早在第一次世界大战之前的 1910 年，他就和一些老乡来到俄国彼尔姆火车站，当了一名仓库搬运工，一直干到了 1916 年。因为当时他根本不懂俄语，以至于完全记不起来当时工长的名字。刘希

是 1911 年来的俄罗斯，1915 年 "鬼使神差地在外高加索埃里温的仓库当保安"，后又在沙俄军队服役到 1917 年。在乌克兰顿巴斯煤矿区，第一次世界大战前就有不少从中国、波斯、朝鲜等国家来的做工者，大多数从事最艰苦的挖煤、运煤等工作。

苏联历史学家尼基塔·波波夫在《他们与我们一道为苏维埃政权而战（文集）：俄国内战前线的中国志愿者（1918—1922）》（以下简称为《俄国内战前线的中国志愿者（1918—1922）》）一书中写道：

> 根据《黑龙江考察报告》这篇文章中公布的资料看来，从 1906 年到 1910 年，流亡到俄国远东的中国人约有 55 万，其中有一部分就在当地定居下来安了家。在 1912 年，单单是阿穆尔省和滨海省就有 20 万人居住下来，还有不少人在西伯利亚和远东金矿上做工。

出现中国人赴俄高潮，其实有中国国内、国际（特别是俄国）两方面原因。

1912 年，中国约有 4 亿人口，其中 90% 是汉族，其他是蒙古族、维吾尔族、藏族等少数民族；城市人口数量低于 17%。这一时期，中国国内社会矛盾加剧，民生凋敝，遍布苦难、贫困场景。1914 至 1919 年，仅有确切统计的工矿企业事故就造成 2.4 万人死伤。这不过是冰山一角。1917 年 1 月 11 日，抚顺煤矿大山坑因井下变压器着火，引起瓦斯爆炸，随即燃起大火。日方控制的企业为了保全矿井而完全无视井下人员死活，采取封井措施，致使 970 余名矿工惨死。当时，根本谈不上社会保险和劳动保护立法，也没有失业救济金，有的只是矿主高压执行的封建劳动组织制度，工人们被随意搜查，甚至上厕所都受限制。工人要想上厕所，需要申请"厕所牌"。有的地方工人有几千名，"厕所牌"却只有两个。

在乡村，情况也很糟糕。地租、苛捐杂税及各种摊派使广大农民绝望，而战乱频仍更是让社会濒临崩溃的深渊。根据北洋政府农贸部的一项调查，1914 至 1917 年被遗弃的土地数量就增加了近三倍。

为此，贫困和失业是驱使中国人 20 世纪初前往包括俄罗斯在内的世界各地的主要内因。

第一次世界大战掀起华工赴俄高潮

至于国际，特别是俄罗斯方面的原因，则是与第一次世界大战有关。当时，大多数俄国男性入伍上前线，国内劳动力短缺。1914 年第一次世界大战爆发之初，沙俄政府就从国民经济各部门动员 325 万人入伍，到 1917 年上半年这一数字上升到 1 600 万，约占俄国全国人口中成年男子比例的一半。

鉴于前线兵源与后方劳动力严重短缺，沙俄政府一改过去排斥华工的态度，开始招募来源充足、价格低廉的中国劳工。第一次世界大战爆发当年，沙俄政府派官员在中国开设招聘中心，具体招聘事宜则由当地的中国人承包。1915 年 8 月 12 日、11 月 6 日，沙俄政府先后颁布了允许华工入境的临时条例，以使招募华工合法化。

在俄罗斯外交部档案馆中，有一封旅俄华工联合会1920 年 12 月 1 日致苏俄政府外交人民委员会的信：

　　1915 年初，帝国主义国家在各个战场的战斗都日趋激烈，各国工业部门都缺乏劳动力。英、法、俄等协约国政府为寻找廉价劳动力，将目光投向了中国，希望中国政府同意它们自由招募中国"苦力"，让他们前往欧洲填补后方和前线已经空虚的劳力。在大国压力下，中国政府被迫允许其公民出国……大约 10 万名华工被带到俄罗斯的欧洲部分……

　　1914 至 1916 年，沙俄政府的华工招聘点陆续开设并遍布哈尔滨、长春、沈阳、吉林等中国东北城市，中国承包商与俄国招聘人员共同参与。招聘点选择在距俄罗斯不远的中国北方城市，主要是从节约交通运输费用考虑。根据合同，中国劳工在俄国工作时间从 3 个月到半年不等。

　　第一次世界大战期间，沙俄人员采取公募、私募及拉私三种方式在中国招募华工。所谓"公募"，是指按中国北洋政府规定的招工程序进行，有关合同分别在外交部、领事署、各省交涉总局备案，还由俄国驻哈尔滨总领事签署"不与战事"的保证书。"私募"则是未经北洋政府许可，在中国东北的中东铁路沿线及山东、河北等地，由俄国矿山、工厂、伐木场资本家直接出面或通过代理人私自到中国民间招募华工。例如，在沙俄政府支持下，煤炭行业的企业主组织一个特别的"基托珀斯"机构，专门从中国大规模招募工人到顿巴斯煤矿。"拉私"就是俄国资本家、包工头或者自称的所谓中介私自建的一个有目的、有组织的雇佣"中国奴隶"的网络，既不在俄国政府备案，也不知会中国地方政府，而是利用中俄边境管控松散的漏洞，在招到、骗到工人后带他们偷渡出境。通过"拉私"方式前往俄国的华工，其生活条件甚至生命安全与前两种方式相比更无保障。

从 1915 年开始，中国劳工乘坐中东铁路的火车从中国东北大规模进入俄罗斯。中东铁路是"中国东方铁路"的简称，为 19 世纪末 20 世纪初沙俄为攫取中国东北资源、称霸远东地区而修建的一条"丁"字形铁路。

旅俄华工、后来加入苏俄红军的老战士徐墨林在一篇名为《在苏联国内战争的战场上》的文章中回忆：

> 我自幼失去了父母，靠祖母和亲友抚养长大。为了谋生，我从山东老家漂泊到了东北，当过学徒，做过苦工，最后到了哈尔滨，在一家俄国商店里干活。1917 年 2 月，俄国在哈尔滨市街上张贴布告招工人，我当时劳累一个月只能得到几元钱的工资，顾吃就顾不上穿，穷途末路，只好报名应征到俄国去。从此，我便和一群劳工兄弟离开了亲爱的祖国。

有关第一次世界大战期间到俄国的华工人数，苏联史学界的总体看法是"很不幸，已经不可能找到 1917 年前来到俄国的中国人的确切数字"。有苏联史料记载，到 1915 年底前往俄罗斯的中国劳工有 4 万人，到 1916 年达到 7.5 万人，而十月革命前这一数字应为 30 万人。

苏联历史学家尼基塔·波波夫在《俄国内战前线的中国志愿者（1918—1922）》一书中说，1916 年，单单经由中东铁路就运送了将近 5 万人到俄国欧洲部分。20 世纪 50 年代，苏联记者、作家格尔采利·诺沃格鲁茨基和亚历山大·杜纳耶夫斯基花了整整 3 年时间，遍访了当年苏俄红军中国战士战斗过的地方并查阅了大量的俄国档案，先后

●中东铁路上的
一列火车穿过
隧道

出版了《中国战士同志》《沿着包其三的足迹》两本书。他们得出结论："在第一次世界大战期间，运往俄国的中国劳工不下 20 万。此外，还有数万中国劳工从美索不达米亚逃来俄国。"

中国驻俄公使馆指出，中国政府在第一次世界大战期间向俄罗斯运送了十几万名华工，除约 5 万名在前线外，还有差不多 10 万人在乌拉尔、顿巴斯、彼得格勒及摩尔曼斯克铁路等。事实上，中国政府的数字不但不包括没有办理护照、从非法途径入俄的华工，也不算俄国企业主"私招"的华工。

华工遭欺骗、盘剥司空见惯

李永昌在《旅俄华工与十月革命》一书中概括描写了华工来到俄国后的状况，中国苦力们有的参加修建彼得格勒—摩尔曼斯克铁路、摩尔曼斯克港口等重要项目，有的前往乌拉尔各矿山、顿涅茨克煤矿做工，还有的去了今天的白俄罗斯，甚至靠近芬兰的卡累利阿的伐木场。其中略有文化的人，则被选去莫斯科、彼得格勒、叶卡捷琳堡等地的企业和工厂。在勒拿矿山，中国劳工占到了工人总数的 70%。苏联历史学家尼基塔·波波夫在《俄国内战前线的中国志愿者（1918—1922）》中指出，在乌拉尔地区的阿巴马莱克－拉扎列夫企业，有 5 000 名中国劳工。李志学在《第一次世界大战与十月革命时期的赴俄华侨》（刊于《俄罗斯中亚东欧研究》2006 第 5 期）一文中写道，从 1915 年起，沙俄政府甚至违反招工章程中"不得利用华工参战"的明文规定，强迫 10 余万名中国劳工前往俄德战争前线从事挖战壕和战地勤务工作。

据诺沃格鲁茨基和杜纳耶夫斯基在书中披露，来俄华工过着困苦悲惨的生活，他们的命运完全掌握在工头和宪兵的手里……尼基塔·波波夫在《俄国内战前线的中国志愿者（1918—1922）》一书中指出，华工们在俄国遭受到特别残酷的剥削。

这些经历和命运被遗忘了100多年的劳工，当年他们就是因为在旧中国生活贫困，温饱不可得，怀着对"高工资、

● 1916 年建设摩尔曼斯克铁路的中国工人（翻拍自格尔采利·诺沃格鲁茨基、亚历山大·杜纳耶夫斯基合著的《中国战士同志》一书）

厚棉袄、好皮鞋"的向往到俄务工。

李振东，曾经在俄的中国劳工，退休后生活在苏联北高加索地区的纳尔奇克市。他在 1959 年回忆说：

> 1916 年是帝国主义战争最激烈的时候，我们 1.2 万名中国劳工来到俄罗斯。本来我想着在彼得格勒附近的伐木场里靠劳动能够找到幸福，但现实却是无比繁重的苦役。在原始森林中，我们每天做工 15 个小时，睡在潮湿、阴暗、狭小的土窑洞里，得到的是可怜的几十戈比……

徐墨林后来又回忆道：

> ……火车一直把我们送到了俄国和波兰交界的地方。我们被编进后方工程队第四大队，我们的工作就是挖战壕，做苦工，一直干到了 1917 年 10 月。当时，我们也不知道为什么，俄、波宣告停战了，我们就到基辅去结算工资。到这时，我们才知道自己受了骗，干了好几个月，可是只领到几块钱。我们与资本家理论，但很久也没有结果。于是，大家只好各奔前程，有的打算凑路费回家，有的抱着一线希望还留在俄国；而我自己和一个同伴却流浪到了俄国、罗马尼亚边界上，在沙皇俄国的一条铁路线上找到了工作……

姚信诚，来自中国山东的劳工，到了乌拉尔地区的彼尔姆。他说：

●在伐木场辛勤
劳作的中国旅
俄华工

根据合同，每砍伐一立方米木材，俄罗斯雇主要付给工人8卢布。但实际上，我们还要养着中国承包商、翻译，甚至俄国的税收官员。有一个月，扣除伙食后，我拿到手的只有90戈比。战争时，俄国本来就食品短缺、价格奇高，运进原始森林中、进到我们嘴里的食物，完全把我们那点儿可怜的工钱无情地吞没了。

沙俄政府将中国人视为廉价、可以随意处置的苦力，他们的待遇基本上由雇主和承包商自行决定。随着战争规模扩大，雇主和承包商违反合同约定虐待中国劳工的行为越发频繁，越发肆无忌惮。承包商招聘时承诺中国劳工每月可拿到100到200卢布，但实际上很少有人能拿到超过10卢布的钱，而且就这点儿钱还经常被拖欠。

1916年，超过1万名同盟国战俘被送往摩尔曼斯克的铁路建设工地，许多战俘死于维生素C缺乏病和斑疹伤寒。在国际红十字会介入后，沙俄政府不得不把这些战俘安置到别的地方。为填补战俘离开后的劳工缺口，1万名中国劳工被派到了这里。

这些华工住进了未消毒的帐篷和土窑，根本没被告知先前住在这里的很多人得了维生素C缺乏病和斑疹伤寒，病毒可能随时也会侵入他们的肌体。在铁路工地，华工们日夜轮班，根本就没有休息日。摩尔曼斯克的漫长寒冬，气温最低能到零下四十摄氏度，许多华工冻掉了脚指头。

●旅俄华工所填写的一份表格

在摩尔曼斯克铁路建设工地上，一名英国工人或加拿大工人每天可以拿到七八个金卢布，一名俄国工人的工钱是1卢布20戈比，一名中国劳工的工钱却只有80戈比。而由于工头任意罚款，中国劳工拿到手的工钱往往只有三四成……

1920年12月1日，旅俄华工联合会在致苏俄政府外交人民委员的信中说：

工人被骗了，在祖国时招工者向他们保证有可以接受的工作、工资和生活条件。但到了俄国后，工人们既不能回国、不能抱怨，更不能要求改善生活条件，因为他们被视为黄种人、购买的商品，甚至于是奴隶……谈到"工资和工作条件"，情况并非如此，要是在俄国的工作条件比中国更糟，这些"苦力"也不可能来这里工作，大多数华工对招聘者的保证与此后的现实不符感到不满。

革命浪潮到来前的呐喊

"哪里有压迫，哪里就有反抗"，这话不仅在中国，而且在华工们劳作的沙俄也一样是颠扑不破的真理。华工们在十月革命前的反抗，拉开了他们阶级觉醒、自觉或非自觉地加入一个伟大时代的序幕。

从第一次世界大战爆发到俄国十月革命爆发前夕，不甘被欺骗、压榨、凌辱的中国苦力们不断掀起反奴役和反压迫的斗争，有时他们单独抗议，有时与战俘们一起抗议。

早在 1915 年 8 月 28 日，华工就自发地拒绝在基齐洛夫山区矿井工作。9 月，怠工演变成了一场抗议运动。沙俄当局将 110 名积极参加抗议活动的华工驱逐回国。为摆脱奴隶地位，因不满矿主阿巴马莱克－拉扎列夫公爵对华工进行的残酷剥削，乌拉尔地区古巴哈煤矿场的矿工们于 11 月愤怒拒绝下矿做工，并于 12 月捣毁了矿场事务所。

乌拉尔的阿拉帕耶夫斯克一处伐木场，有 2 600 名中国伐木工人。在场主拒绝华工们提出的增加工资、改善生活和劳动条件等合理要求后，全体中国伐木工人于 1916 年 5 月 26 日开始罢工。随后，维护场主利益的警察竟向手无寸铁的华工开枪，当场打死 1 人，打伤 8 人。面对暴行，华工们毫不畏惧拿起斧头、石块痛击刽子手。州政府大为恐慌，立即派出大批军队镇压，将 260 人投入监狱。

1916 年 8 月，哈尔滨包工头林琴将 580 名华工带到亚历山德罗夫斯克铁路第 712 号标处的一个伐木场。不堪忍受工资待遇差、生活环境恶劣的 400 多名华工手持斧头

冲向管理所，要求见包工头讨说法。然而，迎接他们的却是哥萨克警察的枪弹，抗议者中有 3 人当场死亡，43 人受重伤。惨剧发生后，在 718 号标处做工的另外 1 500 名华工以暴动声援第 712 号标处伐木场的抗议活动。

这些罢工、抗议，甚至暴动，都被沙俄当局无情地镇压下去了，但这充分显示了华工们不畏强暴、誓死抗争的精神。不久后，彼得格勒、莫斯科等地一场震惊沙俄乃至世界的重大事件的发生，将他们的命运推向了更加曲折的时段。

第三章

中国军团的诞生

　　1917 年初，距 1914 年 7 月第一次世界大战爆发过去了两年半。这期间，沙俄军队接连战败，军人损失超过 350 万人。战场失败加上专制制度的腐朽性和反动性，引发了沙俄国内的社会、经济和政治危机，特别是出现了由资产阶级与沙皇政府间矛盾日益激化所导致的"上层统治危机"。1917 年 3 月 10 日（俄历 2 月 25 日），彼得格勒数十万名工人发动总罢工，接着演变成了武装起义。几天后，沙皇尼古拉二世退位，资产阶级临时政府宣告成立。在俄国国内反对沙皇专制统治的各种政治力量合力推动下，史称"二月革命"的俄国民主革命取得了胜利。

二月革命：从目击者到参加者

　　二月革命期间，刚刚从彼得格勒—摩尔曼斯克铁路建设工地回来准备返回祖国的华工们在彼得格勒遭遇了大规模枪战，一下子处于旋涡之中。当时是一家木材加工厂工人、后来成为苏俄红军中国战士的王洪元在一篇题为《从黑夜到黎明》的回忆文章中说：

　　　　1917 年 2 月（俄历）的一天晚上 8 点左右，街上突然传来了枪声，一夜都没有停。间歇时，还能听到炮声。第二天一早，周围一切都静下来了。我走出家门，看到到处都是尸体。后来我知道，沙皇没了，临时政府成立了。然而，我们中国人并没有特别重视这一点，

● 1917 年 3 月，
彼得格勒民众
上街游行，旗
帜上写着"民
主共和国万岁"
（现代上色的二
月革命时期老
照片）

因为我们工厂"还一如从前"。

彼得格勒二月革命目击者什克洛夫斯基写道：

　　我们埋葬了革命中被杀害的人，有很多。迄今为止，很少有人记得在二月革命中有多少中国人死了。我能够证明，二月革命中的不少受害者是中国人。中国"苦力"修建了彼得格勒—摩尔曼斯克铁路。革命爆发时，路已经修通了，中国工人打算经彼得格勒返回祖国。在那里，他们和我们俄国革命者一道冲进沙皇的最后据点。后来，他们中的不少人加入赤卫队。

　　然而，就在很多俄国人为这场资产阶级民主革命而欢呼的时候，在艰辛生活中苦苦挣扎的中国劳工的境遇不但没有改观，而且他们还失业了。他们失去了生活来源，回家的希望变得渺茫。留也不是，退又无路，此时此地，华工进退两难。

被逼到绝境的他们，开始留心俄国时事，关注战争何时能够结束，自己何日能够尽快回到祖国。而与此同时，布尔什维克及其支持者注意到了工厂、矿山里的这些华工。

红军老战士王洪元说：

> 列宁回到彼得格勒后，我开始注意到我们工厂的巨大变化。工厂主再也不敢殴打和责骂工人了，我们开始按时拿到工资。人们情绪高涨，活动增加。俄国工人经常开会，邀请我们中国人参加。我总是非常渴望去开会。
>
> 5 月和 6 月，工厂工人经常罢工。一天，一个人来到我们的机械车间工作。他站在长凳上，向我们讲话。

● 苏联油画：《1917年4月16日，弗拉基米尔·伊里奇·列宁乘坐火车抵达彼得格勒芬兰火车站》

工人们包围了他，开始听。演讲结束后，陌生人立即离开了。

"辞掉工作！"让我们去参加反对克伦斯基的示威！

中国人的抗议形势正在逐步改变：在两次革命之间，他们越来越多地卷入俄国国内的政治斗争。

中国人相信布尔什维克的承诺，憧憬在布尔什维克上台后自己的生活能好一些，并且赚回国的路费钱。同时，他们开始将赤卫队当成8小时工作权利的捍卫者，希望在俄国不再遭遇种族歧视。

的确，布尔什维克宣布消除民族歧视，没有白种人和黄种人之分，将华工看成受压迫的无产者、自己的阶级兄弟。

华工们一贫如洗，长期以来遭受沙俄官员的蔑视、欺侮和资方的盘剥、压榨，布尔什维克的口号和主张使他们本能地站在了俄国无产阶级一边。

商堂方，一位加入彼得格勒糖果厂工人赤卫队的华工，日后回忆说：

当我在工厂门口站岗时，一位工人模样、上了年纪的妇人走过来，问我：

"你在这儿干什么呢，伙计？"

"保卫工厂。"

"为什么要保卫它呢？难道它是你的吗？"

"是我的，也是你的，是我们所有人的！"

"这绝对正确。"老妇人说，"祝你好运，同志！"

她叫我"同志"，这听起来真是好得不得了。

●列宁在红场

很显然，对于商堂方，对于昔日被当作"黄奴"的成千上万名华工来说，"同志"这个词有着非同一般的力量和意义。

自发动机：战乱中寻找安全感

俄罗斯当代历史学者格里高利·齐坚科夫在 2019 年 9 月发表了《为红党》一文，认为华工加入红军的动机既有自发，也有自觉。我仔细阅读了这篇文章，梳理了他在文中对"中国战士为何而战"这一问题的解答，其中如下几点不可忽视。

对于饥寒交迫的华工而言，加入红军也意味着获得稳定和保障。

1917 年 10 月 8 日的《乌拉尔工人报》称，沙俄政府正是靠剥削华工大发其财，他们对华工施展了种种鬼蜮伎俩，从欺骗、毒打到杀戮。的确，多数中国国际主义者遭受沙俄官员、工头长期欺诈、盘剥，而红色政权却履行了制服、食物及津贴方面的承诺，这显得弥足珍贵。由此，布尔什维克诚实、白卫军狡猾不可靠的观念深深扎根在华工的心中。

"偷渡"到俄国后成为伐木工，后加入苏俄红军的中国老战士陈立德在《我是如何保卫乌克兰的》中说：

……

（1917 年）冬天，十月革命的消息传到了马山湾火车站。不过，这个重大事件并没有给我们的生活带来任何改变：毕竟我们离革命中心还很远。

1918 年春天以来，缺粮现象更加严重。一个人每星期只吃两磅半黑麦粉，根本没有油星儿或食盐。我们到周围的村庄里走走，买了点儿土豆回来。

到了年底，连土豆都买不起了，因为已经好几个月没有领到工钱了。曾经有传言说，我们住处附近有红军在征兵，包括我在内的许多中国工人都决定参军。

在征兵站，一位姓王的中国指挥官向我们走来。他首先问我们是否知道列宁同志。大家都是第一次听到这个名字。接着，王同志简短讲话。他说，我们正走在正确的道路上，因为红军是一支不仅在俄国，而且在全世界保护穷人的队伍。当时，我不太明白这些道理。但我想：既然红军是穷人的队伍，而我就是穷人，那红军就是我自己的队伍。于是，我就成为红军的一名中国战士。

　　苏俄政府陆海军人民委员部作战处长奥拉洛夫回忆说，列宁曾专门听取中国国际部队组建、战斗情况汇报，指示俄共（布）和苏维埃政府全力保障他们的后勤和装备供应。比如，列宁关心的莫斯科特别联合旅第二十一苏维埃步兵团的中国营就装备精良，前往南方前线新霍皮奥尔斯克地区，投入到与精锐白卫军的战斗中。他们冒着枪林弹雨，一次次冲击敌人的封锁线，最终打得敌人狼狈逃窜。

　　与同胞并肩战斗，也是华工加入革命洪流的重要动机。

　　为了保护自己和亲人，许多受困于战乱之中的旅俄华工加入了红军队伍。他们的这种选择不难理解。一旦战争爆发，面对武装团体，外国人的脆弱性立刻显露无遗，遭受殴打、处决都可能成为司空见惯的事。面对这样的环境，同一种族的外国人一般会抱团取暖，共同对外。当时，华工深陷战乱环境，四面都是险情，处境艰难且危急。他们"发现自己置身于一个完全陌生的环境中，服兵役成为他们生存的唯一选择"——不能不说，这种说法有一定道理。

● 1918 年 5 月 30 日俄共（布）中央委员会出版的《贫民报》刊登文章《中国人——布尔什维克》

Рабочие-китайцы в рядах Красной гвардии.

●苏俄红军部队
中的华工战士

暂时参加红军解决一时困难，再设法尽快回到祖国，这可能是许多华工最初的设想。

徐墨林，红军蒂拉斯波尔支队的战士，他后来回忆：

我们有几个人来到蒂拉斯波尔西北郊的一个农场，看到一面"奇怪的红旗"在飘扬，一队中国人站在旗帜前。对于我们这些在异乡尝过苦头的人来说，能见到同胞是一种无法用言语表达的幸福。我们走到这些士兵们面前，和他们打招呼，心连心地交谈。原来，这是一个布尔什维克支队，当中有很多中国人。我们问："我们可以加入你们的队伍吗？"士兵不能做主，立即打电话报告给了指挥官。我们告诉指挥官我们是怎么到农场的。听说我们几个人已经三天没有吃饭了，这位指挥官立即命令士兵给我们送来食物。就这样，我们成了红军蒂拉斯波尔支队的新战士。

与徐墨林不同，到 1917 年已有 9 年俄国社会民主工党（布尔什维克）党龄的任辅臣，在俄国革命爆发的第一时间就召集位于乌拉尔地区的彼尔姆省阿拉帕耶夫斯克卡玛矿区华工党小组会议，带领大家学习《工人之路》《士兵》《贫民报》等俄文报纸，研究如何发动工友与工厂主斗争，为自己争取权益、保护矿区。

毋庸置疑，华工们还有强烈的报仇心理。

一些旅俄华工加入游击队、赤卫队、红军及契卡部队，是源自对从前俄国雇主的恨意。

在西伯利亚，中国农民工尤其痛恨被称为"恶眼"的富农。华工对日本侵略者深恶痛绝，而那些起义失败后被关在集中营的义和团老兵则对英国、德国恨得咬牙切齿。曾在彼得格勒—摩尔曼斯克铁路工地的山东人王树山回忆说：

起初，我们不懂得搅拌机是干什么的。俄国人一解释"杀死英国佬"（俄语发音中，"搅拌机"和"杀死英国佬"的发音有些相似），我们一下子就明白了。

老战士王洪元回忆说：

在那时的俄罗斯，中国人被鄙视和残酷剥削，没有任何权利。火车上，中国人不能与俄国人坐在一起，而只能待在三等车厢，票价却和贵族、资本家所乘坐的头等车厢一样贵。经常的情况是，中国人的车厢挤满了人，而俄国人的车却空了一半。再举一个例子。在我工作的旅馆里，一位俄国将军包了一间包房，由我为他服务。他真的是很难伺候，于是我就请经理把我调到另一层楼去，对将军就说我回家了。几天后，我在宾馆存衣间碰到了将军。他把我叫到自己的房间，一个拳头砸在我的脸上，牙都被打掉了。

或许，这位俄国将军欺负华工的案例并不典型。但就个人而言，怨恨、压迫多了，有一天这种屈辱感会被激活，从而让人走上抗争之路。

自觉归队：华工视布尔什维克为"同志"

齐坚科夫还认为，布尔什维克党宣传的民族和阶级"平等观"，对旅俄华工的吸引力不可忽视。

一方面，列宁及俄国无产阶级不仅支持中国革命，也同情旅俄华工的境遇。

1900 年 12 月，列宁刚刚结束流放生活，就在自己筹办的《星火》杂志创刊号上发表了《中国的战争》一文。针对帝国主义八国联军侵略中国的罪行，他愤怒地写道：

> 俄国正在结束对中国的战争，动员了好些军区，耗费了数亿卢布，派遣了几万名士兵到中国去，打了许多次仗，取得了一连串的胜利——的确，这些胜利与其说是战胜了敌人的正规军，不如说是战胜了中国的起义者，更不如说是战胜了手无寸铁的中国人。淹死和屠杀他们，不惜残杀妇孺，更不用说抢劫皇宫、住宅和商店了。而俄国政府以及奉承它的报纸，却庆祝胜利，欢呼勇敢的军队的新战功，欢呼欧洲文化击败中国野蛮，欢呼俄罗斯"文明传播者使命"在远东的新成功。

●苏联油画:《弗拉基米尔·伊里奇·列宁与工人、士兵在一起》

......

　　欧洲资本家的贪婪的魔掌现在已经伸向中国了。俄国政府恐怕是最先伸出魔掌的，但是它现在扬言自己"毫无私心"。它"毫无私心地"占领了中国的旅顺口，并且在俄国军队保护下开始在满洲修筑铁路。欧洲各国政府一个接一个拼命掠夺（所谓"租借"）中国领土，瓜分中国的议论并不是无的放矢。如果直言不讳，就应当说："欧洲各国政府（最先恐怕是俄国政府）已经开始瓜分中国了。"不过它们在开始时不是公开瓜分的，而是像贼那样偷偷摸摸进行的。它们盗窃中国，就像盗窃死人的财物一样，一旦这个假死人试图反抗，它们就像野兽一样猛扑到他身上。

　　《中国的战争》一文在旅俄中国人当中产生了很大影响，他们认识到列宁是俄国唯一公开谴责沙皇政府参与血腥镇压义和团的人。张雅莹在《任辅臣传》中写道：从1917

年 5 月开始，旅俄华工领袖、后来成为苏俄红军中国红鹰团团长的任辅臣就利用各种机会在工厂、矿区的华工中宣讲列宁的论述，反响十分强烈。

　　他（任辅臣）讲道："当年，外国列强联合镇压中国义和团起义，列宁才是替中国人说话的领袖，列宁说帝国主义国家在中国杀人放火，侵占土地，烧毁村庄，中国人难道不痛恨他们吗！"任辅臣声情并茂的讲述，在这些普遍 20 多岁的青年华工心中激起了波澜，听得大家义愤填膺。

另一方面，布尔什维克以平等的同志精神对待中国人，所以华工们也支持发动革命的俄国工人和农民。在上乌金斯克（今天的乌兰乌德）召开的一次华工会议通过决议表示："我们认为有必要捍卫俄国无产阶级革命的胜利成果，我们为此将与俄国工人和农民并肩作战，捍卫全世界劳动者的权利。"

1916 年起，华工刘福臣和冯作发两人就在彼得格勒造船厂做工。十月革命爆发前，他们第一批报名加入彼得格勒赤卫队，随后参加了攻打冬宫的战斗。1919 年加入俄共（布）、担任过苏俄红军中国战士党支部负责人的刘福臣后来回忆说，布尔什维克像亲兄弟一样对待中国人，所以我们的人就同他们站在一起，为工人阶级事业与苏维埃政权而斗争。

当人们处于困难境地时，宣传就显现出了力量。旅俄华工、苏俄红军老战士张子轩在《肩并肩的战斗》中回忆道：

1917年的秋天来了。我已经在俄罗斯住了一年了。合同已经到期，但返回祖国的消息并不明确。不久后的一天，我们从伐木办公室回来的翻译那里得知，主管伐木场的俄国官员、承包商官员已经逃跑，办公室瘫痪了。我们都没了收入和一日三餐，个个精神不振。将来怎么办？

回家没有钱，铁路也不通，总不能插上翅膀飞回家吧？几天来，我们都热烈讨论了局势，但没有人知道到底该怎么做。就在这时，有俄国人从城里来看我们，同我们谈了很久。尽管他在翻译的帮助下努力解释俄国当前局势，我们还是一知半解。这位俄国同志说，全世界工人本质上都是一家人，"中国工人也是人"，希望能够过上幸福生活。他还说，我们这2 000多名中国工人，现在已经不再受承包商奴役了，可以自愿返回祖国。不过，目前可能做不到这一点，因为铁路不通。俄国同志鼓动我们与俄国工人一起参加革命，换句话说是加入红军行列。事实上，当时我们不太清楚革命的意义，但俄国人说话时的真诚感动了我们。我们相信他，所有人就加入红军了。

另一位苏俄红军中国老战士周瑞在《红军中国营》一文中描述了自己在库普拉瓦加入红军的过程：

1916年12月，我们数百名中国工人来到俄国彼得格勒以南250公里处库普拉瓦的一家木工厂。当时，俄国正与德国交战。在俄国各地，不断爆发工人罢工和农民起义。中国工人到达后不久，工厂老板逃往莫斯科，一名中国承包商回国。工厂停产，没人给我们开工资了……

1918年4月的一个清晨，三位客人来到中国工人居住的军营。他们是博尔迪列夫、库尔曼舍夫和丘巴罗维奇……

博尔迪列夫亲切地对我们说："中国朋友们！你们在这里忍受着物资上的一无所有和精神上的痛苦。我们也与你们一样。我们共产党和苏维埃政权代表穷人和受苦受难的普通人利益。现在，我们必须成为主人，建设一个幸福美丽的社会主义社会。

"然而，帝国主义者和沙皇反动军官、地主、富农和资本家不想交出权力。他们密谋、组织反动军队，试图扼杀我们苏维埃政权，恢复资本主义制度。帝国主义者和白卫军是我们共同的敌人。只有当我们摧毁白卫军和赶走外国干涉者时，幸福生活才会降临到我们身边。普天下所有穷人都是一家人。无论我们是中国人还是俄国人，现在摆在我们面前只有一条路可走——去当红军，消灭共同的敌人。你们如何看？"

当他讲完后，现场响起了热烈的掌声。

我们的领头人刘功良率先起身，非常激动地说："同志们！博尔迪列夫同志说得很对，我们中国人和俄国人是一家人。只有消灭白卫军和外敌，才能有工作，才能过上幸福的生活。我们都去当红军吧！"

——参加红军！

——有想去的，马上报名！

屋子里的气氛开始沸腾了。没一会儿，全部307名华工报名参加了红军。博尔迪列夫非常满意。他又说，以后我们所有人都是第四六一团中国营的人，他任营长，刘功良任副营长。

起初，中国营在丘多沃地区与尼古拉·尤登尼奇作战，然后将转移到顿巴斯那里作战。

由是，旅俄华工们开始融入俄国革命的铁流之中。

华工参军挽救危急局势

革命洪流不可阻挡，但新生的俄国苏维埃政权并非"凯歌行进般"的一帆风顺，而是从第一天开始就遭遇国内外反动势力的疯狂反扑和联合绞杀。

在苏俄国内，叛乱此起彼伏，正如美国著名诗人、记者、共产主义者约翰·里德在《震撼世界的十天》中所说，所有商人、投机分子、投资者、地主、军官、政客、教师、学生、店主、职员和掮客们都反对布尔什维克。

在国际上，为将新生苏维埃政权扼杀在摇篮中，协约国占领苏俄最重要的经济区，在陆路海上进行全面封锁，还向那些有意与苏俄开展贸易活动的中立国施加政治压力。1918年夏天，苏俄3/4的国土沦陷，其中包括乌克兰、伏尔加河和顿河流域等主要产粮区。

为兑现结束帝国主义战争的承诺，苏俄在十月革命后遣散了沙俄旧军队。面对白卫军的大规模叛乱与气势汹汹的进攻，苏维埃政府掌握的赤卫队数量、质量严重不足，往往顾此失彼、疲于应付。1918年初成立的工农红军，军官缺少专门的教育和训练，士兵组织涣散、战斗力低下；而白卫军多以军官、军校士官生、哥萨克军人这样的职业军人为骨干，在与红军的战斗中经常占据上风。

●弗拉基米尔·
伊里奇·列宁
在演讲

　　1918 年上半年，是苏维埃俄国处境最为危险的时期，是黎明前最黑暗的时期。

　　列宁在 1918 年 7 月 29 日指出，"危急局势已经到了顶点"，"帝国主义铸成的一切环节几乎连成一片了"。苏维埃政府向全国人民发出号召："不是胜利，就是死亡！"

　　响应布尔什维克党、苏维埃政府的号召，苏俄劳动人民为世界第一个社会主义国家挺身而出，掀起了更大的参加红军的热潮，而由各国国际主义战士共同组成的国际团、国际营、国际支队、外国共产党员营等红军队伍也大量组建。

　　正是在这一时期，很多旅俄华工参加红军，投身到保卫苏维埃政权的战争中，成为滚滚红色铁流中暴烈的一股。

　　当时，华工身陷苏俄内战，处境十分艰难。他们本就领取着比俄国人少许多的微薄薪水，工地、矿山、伐木场和企业停工停产后，又被单方面解除劳动合同。而他们需要挣钱养活自己和家人，需要有路费回到远在祖国的家园。然而，从 1918 年春末开始，捷克斯洛伐克军团叛乱，随后乌拉尔以东苏维埃政权被推翻，华工们经由陆路回国已变得不可能了；在协约国军队、白卫军占领南北港口后，华工们回国的海上航线也被封锁。

彼得格勒《武装人民报》曾报道："革命创造了奇迹……旅俄华工拿起武器，组织起了国际主义者的队伍，献身于社会主义事业。在他们的黄皮肤下面，流着红色无产阶级的鲜血，而黄色的手则高高地擎着红旗……"

●苏俄海报:《光荣属于我们热爱的、战无不胜的红军》

旅俄华工联合会 1920 年 12 月 1 日致苏俄政府外交人民委员会的信，对旅俄华工怎样迎接十月革命做了很好的解答。信中说：

> （1917 年）10 月到来了，同时十月革命也来临了。第三国际的口号已经深入华工人心。当"拿起武器保卫十月革命"的号召一发布，数以万计的华工就志愿加入先进战士行列。随后，他们在内战的所有战场都经受住了考验，忠诚地捍卫第三国际的口号和旗帜……

旅俄华工参加到保卫苏维埃政权的战争中，有着摆脱经济和安全困境之外的更强烈的动因。

1918 年，莫斯科、彼得格勒、叶卡捷琳堡、哈尔科夫、彼尔姆等地都成立了旅俄华工组织。全俄中央执行委员会《消息报》1918 年 9 月 22 日报道：“莫斯科华人协会”于 1918 年 9 月成立，其成员强烈反对协约国干涉苏俄事务，并在抗议中宣称“……只有共产主义苏维埃政权才是世界上唯一一个权力来自人民、为人民服务的政权”。这些积极宣传产生了影响，许多华工成为相信苏维埃政权的战士。

1918 年 12 月 19 日，彼得格勒人民宫的大歌剧厅举行万人大会，来自中国、印度、朝鲜、波斯、美国、英国和法国的代表参加了大会。在由高尔基主持的开幕式上，旅俄华工领袖刘绍周发表了热情洋溢的讲话。刘绍周表示，如果中国人民知道解放了的俄国的真相，那么所有中国公民都会高兴地欢呼“伟大的俄国革命万岁！”

5 天后的 12 月 24 日，由刘绍周领导、在彼得格勒成立的旅俄华工联合会进驻了位于原谢尔盖耶夫大街 22 号的

●红军中国支队进入敖德萨

北洋政府驻彼得格勒公使馆，成立了联合会中央执行委员会，以保护中国公民的利益。

作为完全意义上的无产阶级，旅俄华工在这场革命风暴中切实体验和领会了《共产党宣言》的庄严宣告："无产者在这场革命中失去的只是锁链。他们获得的将是整个世界。"

"红白"之间，华工坚决选择红军

苏维埃政权成立之初的那几年，俄国经济异常困难。

第一次世界大战已经拖垮了本就羸弱的俄国经济，随后爆发的内战使得俄国国民经济雪上加霜。新生的苏维埃政权面对外国敌对势力的封锁，红军的物资供应严重不足。战士们通常缺衣少粮，弹药和武器装备也严重短缺，红军游击队的情况更为糟糕。

与此相反，白卫军的供应情况截然不同。在外国干涉

● 苏俄内战题材油画:《政委牺牲》(藏于莫斯科特列季亚科夫画廊新馆)

势力的支持下，军官和士兵装备精良、粮食充足。然而，华工们却没有投向白卫军，他们坚定地和苏俄劳动人民团结在一起。苏籍华裔历史学家刘永安在他1959年出版的《履行国际主义义务的人：苏联内战中的中国志愿者》一书中描述了如下这一幕：

1918年冬天，顿巴斯被白卫军占领。白卫军多次试图迫使那里的矿工加入他们，但屡遭拒绝，最后他们决定使用恐吓手段。白卫军把住在矿井附近的中国工人全部赶到一个小广场上。一名白卫军军官站在他们面前。

起初，他试图用甜言蜜语利诱这些华工："兄弟们，我知道你们的生活很难，来吧，加入我们的行列，我们有英国、法国、德国人的帮助。我们有飞机、坦克、机枪，还有食物和衣服。你们难道还等着当红军吗？他们什么都没有，没有面包，没有衣服，没有弹药，更别说前途了。如果成为我们的士兵，马上就发给你们步枪、马刀，还有战马，你们的生活也立刻会好起来。"

但是，中国矿工不为所动。他们站在广场上，一言不发。过了片刻，白卫军军官见大家仍然没有动静，有些不耐烦了。他恼羞成怒地大喊："混蛋，回答我。"工人们互相望了望，一齐将目光朝向了一位年长一点的矿工身上，他名叫尚振安。他代表工人们对军官说："我们是中国人，是根据两国之间的合同来俄国的。我们是来工作的，不是来当兵的。"他身后所有的中国人也应声附和说："对，我们不想当兵！也不会打仗，让我们回家！"

后来，白卫军军官下令把所有中国矿工关在一节火车车厢中。4天时间里，不给他们任何吃的、喝的。白卫军企图用这种方法摧垮中国工人的意志，分化瓦解他们。但是，这些都没有动摇中国工人的抵抗决心。4天后，白卫军被迫释放了他们。

红军来了以后，中国矿工们坚决地站在了红军一边。

《军事历史》杂志2019年第一期刊登的《1918年中国营在莫斯科组建》一文中，俄学者叶甫根尼·卡尔卡耶夫介绍了苏维埃是如何关心、体贴首个中国营营长孙富元部队的战士们的：

紧张的训练中间夹杂着休息日和节日。苏维埃政权十分理解中国军人们的特殊需求。1918年夏，中国营就欢度了"夏至"，不过从6月22日推迟至次日的星期天。许多中国战士从农村出来，因此非常看重这个节日。审议中国营营长提出的"夏至"加餐请求后，区兵役局批准为每位士兵发放额外口粮：每人1磅白面包、1磅肉、12所洛特尼克糖。此外，每个人还可用津贴从粮食处购买1瓶啤酒、1磅香肠。区兵役局还拨款300

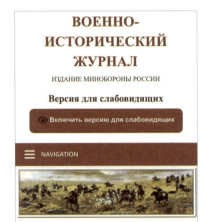

●《军事历史》杂志2019年第一期刊文《1918年中国营在莫斯科组建》

卢布美化营房，并调拨特种支队乐园供中国营使用。

1919 年 1 月 11 日的《真理报》转载了《战壕真理报》的一篇文章，讲述了记者目睹苏军政治部门在中国红军战士中的宣传鼓动工作：

> 最近，我们政治部收到了为中国战士同志印刷的传单。对于中国战士们来说，这可是一件了不起的大事情。他们聚拢在能阅读的人周围，长时间聚精会神地听着。我虽然不懂中国话，但还是读懂了中国战士生机勃勃的脸。由此我明白，他们一定是被传单上的什么内容打动，彼此热烈讨论起来。
>
> 次日早晨，他们告诉我说，不久的将来，整个地球上的人都会好起来；所有国家都会有苏维埃，所有人都有活儿干；每个人都要劳动，不会有人坐享其成。这个地球将变得十分美好！不过，为了打垮白匪军，还需努力才行。上面所有这些道理，都是他们看到的、听来的，那就是他们昨天收到的宣传品上说的。我很荣幸，感受到中国战士将献出自己一切的理由，同广大华工憧憬美好未来联系在一起。

"中国军团"出现在苏俄内战战场

本书所使用的"中国军团"一词是一个概括，用来理解"中国人参与其他国家内战"的历史事实。事实上，1917 至 1922 年苏俄内战期间并没有"中国军团"这样的特定军事组织名称。然而，包括中国公民在内的外国人群体，参加苏俄红军后独立建制，且有苏维埃政权全额下发军费、

适当提供军饷等情况，则在红军中允许使用"军团"一词。

那么，整个苏俄内战期间，保卫苏维埃政权的中国志愿者是怎样组建起中国连、中国营、中国团等一支支中国国际部队的呢？

1957 年第 44 期苏联《星火》杂志中有这样一段话：

> 中国军团在俄罗斯的一切都是十分严肃的，甚至连代表大会都召开了。
>
> 1919 年 11 月 18 日，主要由华工组成、保卫苏俄的中国红军支队第一次代表大会在莫斯科召开。当年参加大会的代表人数如今已难以考证，但通过了如下决议："在俄国组建的中国红军国际支队，由华工组织自主发起，完全由中国人指挥、中国志愿革命者参加的武装力量。一切诽谤，以及高尔察克、邓尼金、尤登尼奇等白卫军将领在协约国支持下纠集军队的任何残酷威胁，都不可能吓倒中国人民。我们——中国人，愿意为被压迫人民的解放而流血牺牲……"

《俄国内战前线的中国志愿者（1918—1922）》一书中也向我们讲述了下面的场景：由此向前推一年零十个月——1918 年 1 月，作为同盟国一员的罗马尼亚军队向苏俄发动进攻。正在蒂拉斯波尔参加第二革命军代表大会的孙富元，提出组建全部由华工参加的中国营。提议很快获批后，这支红军部队成为苏俄第一支以中国命名的建制部队。不久后，中国营并入蒂拉斯波尔红军支队。从此，孙富元、中国营及蒂拉斯波尔支队，在保卫苏维埃政权的战场上创造了一个又一个传奇。

М. И. Калинин принимает парад интернационального батальона на станции Гомель. 1919 год

● 1919 年,苏俄领导人米哈伊尔·加里宁在戈麦尔车站检阅国际部队

在彼得格勒,旅俄华工领袖单清河也领导成立了一支国际支队,其骨干是彼得格勒—摩尔曼斯克铁路建设工地的中国工人。到 1918 年 10 月,该支队有 410 名官兵。当时,彼得格勒的党政军各界均非常关注这支部队的成长,让他们驻扎在基罗奇大街 15 号的原沙俄宪兵部队兵营中,由俄国同志对他们进行政治思想教育。

1918 年春天,位于乌拉尔地区的彼尔姆省成立了中国志愿军部队。其中,苏俄红军第三军第二十九步兵师下属的中国团,是苏俄红军中最英勇、最强大的部队之一。第三军《红色警钟》在 1918 年秋天的一篇报道中说,归功于团长任辅臣的丰富经验和卓越组织能力,这支红军中国部队拥有很高的训练和战斗水平,形成了顽强不屈和异乎寻常的吃苦耐劳作风。

1918 年年中,俄共(布)中央委员会直属外国共产党组织中央局成立了一个筹建红军国际部队的军事委员会。随后不久，苏俄红军中国支队司令部成立，单清河担任总政委。

为表彰单清河的卓越功勋，苏俄陆军人民委员尼古拉·波德沃伊斯基为他颁授"红旗勋章"。嘉奖令中写道："单清河同志是中国红军部队及国际部队的杰出创始人。"单清河同志曾率领部队光荣参加过许多次战役、战斗，抵抗德意志帝国主义、哥萨克白卫军、彼得留拉匪帮及协约国雇佣军的攻击，保卫了俄罗斯苏维埃联邦社会主义共和国。

● 1918 年出版的《武装人民报》有关苏俄红军中国营的报道

红军中国支队司令部的成立，对于在苏俄红军部队中建立中国军队、训练和补充中国战士发挥了重要作用。到 1919 年，中国营、连及支队数量大幅增加。杰尼斯·彼得罗夫 2019 年 6 月发表的一篇文章中说，据不完全统计，内战中的苏俄工农红军中国国际主义者总共组成了至少 3 个团、5 个营又 7 个连。苏联历史学家尼基塔·波波夫说，他们编入东线红军第三、第四、第五军，南线第十、第十一、第十二军，北线第六和第七军，"积极参加了击溃协约国军队的一次次进攻"。

正如 1918 年 9 月 15 日的《武装人民报》所说的那样：旅俄华工正在扛起步枪，组建国际支队，为社会主义事业奉献自己的生命……

那么，这 5 万多名旅俄华工国际主义战士，究竟是在哪里浴血作战呢？

第四章
中国战士在哪里战斗

翻阅资料过程中，我猛然意识到，历史上的华工，在世界各地的形象都是悲苦而模糊的，是麻木茫然、无意识的"铁路枕木下的冤魂"；然而苏俄红军中的华工却截然不同，他们以响亮的"中国军团"的形象，在苏俄大地上写下了浓墨重彩的一笔。

哪里有战斗，哪里就有中国战士

1917 年的二月革命后，在彼得格勒、莫斯科、基辅、巴库、叶卡捷琳堡、彼尔姆等许多城市暴发的反对亚历山大·克伦斯基临时政府和帝国主义战争的示威游行队伍中，都留下了旅俄华工的身影，他们与俄国工人肩并肩、手挽手。几个月后，他们还一起平定了科尔尼洛夫军官团发动的反革命叛乱。

列宁格勒州国家十月革命和社会主义建设档案馆保存的资料显示，早在 1917 年，华工中最优秀的成员就勇敢而坚决地捍卫了伟大十月革命的成果，加入了彼得格勒、莫斯科、基辅、弗拉季高加索、彼尔姆、雅罗斯拉夫尔、彼得罗扎沃茨克等全俄罗斯很多城市的赤卫队行列。在彼得格勒赤卫队中，中国人冯自战、王永福、李奥书、刘玉臣、马玉屯、张继山、张朝贺等积极参加战斗，表现十分英勇。

十月革命前在彼得格勒新帕尔维宁工厂工作的金鼎山是一位华工布尔什维克，他与中国同乡孙林海等人在 1917 年 12 月加入了赤卫队，并在劳塔车站参加了反击芬兰白卫军的战斗。1917 年 11 月，朱善旺、唐利方、刘宝山等 12 名华工加入了莫斯科的赤卫队。

第一支有华工加入的红军支队，是革命领袖列宁的警卫部队。圣彼得堡的斯莫尔尼宫曾经是布尔什维克军事革命委员会所在地，列宁曾在这里办公和居住。其中，在保卫斯莫尔尼宫的拉脱维亚步枪营中，有 70 多名中国人。随着苏俄政府从彼得格勒迁往莫斯科，这个支队更名为"工农红军第一国际军团"，继续从事保护列宁及其战友列夫·托洛茨基、尼古拉·布哈林等苏俄重要领导成员的任务。

十月革命目击者、美国作家阿尔伯特·里斯·威廉斯这样写道：

列宁的领导风格一贯雷厉风行，早上想到要组建国际支队的计划后就立即下令付诸实施。他打电话给新上任的红军总司令尼古拉·克雷连科，一时没找到，就立即给其写了一张便函。到晚上，已经组织起一支国际主义者部队，并且发表了号召所有外国人加入的呼吁书。

尽管如此，列宁还是放心不下，一直都在亲自关注组建"国际军团"的工作，过问全部细节。他曾经两次打电话给《真理报》编辑部，让他们同时用英文和俄文刊登这份呼吁书，还叫电报局把呼吁书向全国散发。这个国际军团由中国人、芬兰人、波兰人、德国人、捷克人等十几个国家的国际主义战士组成，其中的第一营第三连完全由中国人组成。

随着苏俄内战爆发和协约国武装干涉升级，越来越具

有政治自觉的红军中国支队分"两个阶段""五条战线"驰骋在保卫苏维埃政权的战场上。

●内战中的红军骑兵部队

第一阶段是从 1917 年秋季到 1918 年春季。与此前大多数华工并不了解政治局势不同，此时首批中国军事干部开始成长起来并展现出巨大潜力。共产主义思想在华工中迅速传播，越来越多的人相信：只要信仰布尔什维克，生活会更加美好。此时，华工作为苏俄红军队伍中国际支队的一员，与捷克人、斯洛伐克人和塞尔维亚人并肩作战。总体而言，这一阶段是苏维埃政权创建时期。

第二阶段是从 1918 年春末到苏俄内战结束。这期间有两个重要时刻：首先，布尔什维克在华工中开展广泛的宣传活动，《华工》《旅俄华工大同报》《红军》及《红军报》等中文报纸的出现让他们明白了为何而战；其次，协约国的大规模武装干涉开始，回家之路被堵死，让曾在祖国饱受帝国主义欺凌的华工明白"我们的主要敌人是谁"。

整个苏俄内战，中国国际主义者出现在五条战线上，是苏俄红军编制中的一部分。

西线，首个中国营光辉足迹遍及乌克兰

第一次世界大战中，作为协约国一方的沙俄与以德意志帝国、奥匈帝国、奥斯曼帝国和保加利亚为另一方的同盟国作战。十月革命胜利后，新生苏维埃政权为退出战争而向协约国提出和平建议。遭拒后，列宁从 1917 年 12 月 16 日开始便与德国等同盟国一方进行谈判。作为和平的条件，同盟国提出的割让大片国土给德意志帝国和奥斯曼帝国等条约，极大地刺激了苏俄国内的民族主义者和保守主义者。随即，苏俄外交人民委员、谈判代表团团长托洛茨基拒绝签约。1918 年 2 月 18 日，德国和奥匈帝国展开"拳击行动"，接连进攻爱沙尼亚、白俄罗斯及乌克兰。面对危局，苏俄于 1918 年 3 月 3 日与德国签订《布列斯特 – 立托夫斯克和约》，成功退出了第一次世界大战，为刚刚诞生的苏维埃政权争取了喘息的时间。

当然，根据这一对苏俄而言条款极其苛刻的和约，苏俄也付出了沉重的代价，不仅失去全国 89% 的煤炭开采量、73% 的铁矿石、54% 的工业及 33% 的铁路，更主要的是丧失了大片土地及大量人口的控制权。

在此期间，旅俄华工、第一个中国营组建者孙富元随同所属的蒂拉斯波尔支队，与德奥军队鏖战在乌克兰前线。1918 年初，孙富元的中国营与德国入侵者第一次交火，初战虽未告捷，但其表现出了英勇顽强、奋不顾身的精神，

赢得了赞誉。

根据《布列斯特－立托夫斯克和约》，1918年3月3日以后乌克兰由德奥军队占领，红军必须撤向苏俄内地。此时，蒂拉斯波尔支队奉命承担了最危险的掩护任务。该支队中国营与在敖德萨成立的另一支红军中国独立支队合并后，且战且退。到1918年4月底，他们几乎穿越了乌克兰全境。在乌克兰与俄罗斯联邦边境地区，衣衫褴褛、饥肠辘辘的蒂拉斯波尔支队在米古林和卡赞村镇地区被哥萨克白卫军包围，一次战斗牺牲了500名俄国战士和225名中国战士……

关于这支部队的战斗历程，内战英雄约纳·亚基尔的《内战回忆录》及《真理报》《贫民报》都有记载，苏军中央国家档案馆（自1992年6月起，更名为俄罗斯国家军事档

● 在南线伏尔加河流域作战的红军中国骑兵

案馆，下同）、莫斯科州国家十月社会主义革命与社会主义建设档案馆及顿涅茨克州档案馆也均有收藏。亚基尔在《内战回忆录》中说，中国人坚强而无所畏惧，总是下定决心战斗到最后一个人。

红军中国老战士陈立德在回忆录中说：

> 我们部队是铁道部队第一〇八团，驻扎马山湾站，主要负责剿匪。我在部队执行驻地、铁路线保卫任务，同时学习了军事。战士们没有统一制服，都穿着参军时的衣服。不同之处仅在于，每人帽子上都缝着一块红布。

> 几个月后，上级命令我们部队开拔并进入战斗状态，发给每个士兵一支步枪和两个枪管罩筒。

> 火车开了很长时间——几个月。到达某个车站后停几天，然后开走——接着再停下来。

> 接下来不久，军事行动的目的地到了。在明斯克和巴拉诺维奇（现白俄罗斯境内）之间的铁路段，我们负责保卫距波兰军队阵地仅几十公里的大型铁路桥任务。我记得，有两次一小股敌人偷袭桥梁，但很快就被我们赶跑了。

> 又过了一段时间，战场形势吃紧，我军撤退到叶卡捷琳诺斯拉夫（曾是俄罗斯帝国的一个省，范围大致包括今天乌克兰东南部的卢甘斯克州、顿涅茨克州、扎波罗热州和第聂伯罗彼得罗夫斯克州的一部分），奉命保卫工厂和苏维埃机关，然后在基辅被改编为铁路特别营，维护乌克兰境内铁路干线、支线秩序。

> 当时，乌克兰治安形势很糟糕，从几十人到数百

人的众多土匪团伙活动十分猖獗。战斗任务非常繁重，往往是刚完成一项战斗任务，还没有休整，新的命令又下达。有时，我不得不押着车去哈尔科夫或敖德萨。在基辅，我们主要是夜间巡逻或站岗。一完成任务，战士们往往钻进一间空荡荡的房子里，不脱衣服直接就睡，有时甚至就躺在肮脏的地板上。当时，乌克兰有很多这样的空房子。

西北线和北线，中国战士获"红旗勋章"

以保护协约国的军事仓库、防止德国舰队入侵为借口，在苏俄宣布退出第一次世界大战几天后的 1918 年 3 月 9 日，英、法、美干涉军先后占领俄国北方重镇摩尔曼斯克和阿尔汉格尔斯克，支持反布尔什维克的人民革命党人尼古拉·柴科夫斯基成立的"北方政府"。到 1918 年夏，入侵摩尔曼斯克的外国干涉军已经多达 1 万人。

第一次世界大战结束后，协约国腾出手来加强对苏维埃政权的武装干涉。英、美干涉军增派援军在摩尔曼斯克、阿尔汉格尔斯克登陆，加强对白卫军的援助。1919 年 7 月，沙俄步兵上将尤登尼奇作为自封的"最高执政官"亚历山大·高尔察克认可的私人代表，当上了白卫军西北军的总司令。在英国和爱沙尼亚的支持下，其 8 月成立了俄国"西北政府"。此时，尤登尼奇还得到了驻芬兰湾的英国舰队的支持。

面对"西北政府""北方政府"等白卫军扶持的政权及英、法、美协约国干涉军的持续压力，中国战士与苏俄红军战士共同坚决捍卫苏俄政权。

在西北前线，防守彼得格勒的是苏俄红军第七军。由于较长时间没有战事，该军警惕性减弱。与此同时，该军精锐部队一批批以整营、整连编制被抽调到其他战场。尤登尼奇白卫军进攻后，第七军节节失利。先是芬兰湾要塞红山炮台在 1919 年 6 月被白卫军攻占，接下来的战斗中几乎未进行抵抗就溃退下来，抛弃了大量武器、辎重。在此情况下，红军加强彼得格勒的防御，并于 6 月下旬发动反攻，将白卫军击退。

夏秋期间，尤登尼奇白卫军再次进攻，10 月中旬抵达彼得格勒郊区。在"彼得格勒保卫战"中，离彼得格勒不远库普拉瓦成立的红军第六步兵师第四六一团中国营 300 多人参战。此外，还有从南方前线增援的第四十五步兵师中国支队。苏俄红军最终击溃尤登尼奇白卫军，伟大的十月社会主义革命圣地彼得格勒保住了，但许多中国战士英勇牺牲。其中，9 位中国战士与他们的俄国战友被安葬在了列宁格勒州沃洛索沃市 1919 年和 1941 至 1944 年阵亡的战友公墓。

"彼得格勒保卫战"已过去许多年，苏联政府和人民没有忘记中国战士的英勇顽强精神和立下的不朽功勋。在 1927 年庆祝十月革命胜利十周年前夕，列宁格勒市苏维埃政府将荣誉奖状授予李赞明、马玉珍、宋林祥、刘满山、熊赛等红军中国老战士。

苏俄历史学家尼基塔·波波夫在《俄国内战前线的中国志愿者（1918—1922）》中说，负责阻击任务的红军扎拉霍赫夫支队中，就有很多华工战士。其中，冉文奇因作战英勇而获得"红旗勋章"。多年以后，内战英雄扎拉霍赫夫还记得，冉文奇是一位特别忠诚、英勇的战士，越是在最艰险时刻，他越是站在战斗最前列，并以此鼓舞战友。

　　早在 1918 年初，根据彼得格勒军区军事委员会命令，一个由旅俄华工组成、训练有素的红军步兵连被派往南方前线。1918 年下半年，旅俄华工领袖单清河在彼得格勒组建了一个国际支队。根据彼得格勒军事委员会 1918 年 8 月 29 日下达的关于组建中国国际支队的第 12 号命令，单清河组建起的支队成员主要以建设彼得格勒—摩尔曼斯克铁路的中国人为主，鲁文和柳永久被任命为支队长。

　　在单清河的组织下，来自其他地区的华工也被编入彼得格勒中国支队。彼得格勒军事委员会发布的特别命令建议"按照中国模式进行"，除进行强化战斗训练、严守军事纪律外，所有课程均以中文进行。1918 年 9 月，该支队

●沃洛索沃战友公墓

一个中国连被派往南方前线，其他战士都被编入爆破支队。与冉文奇一样，单清河也被苏俄政府授予"红旗勋章"。

在苏俄内战中，以支队编制出现、被冠以彼得格勒之名的华工中国军团分别有第一彼得格勒共产主义者支队、第二彼得格勒国际支队及第三彼得格勒共产主义者支队。

东线，中国军团与"无畏上将"高尔察克激烈拉锯

1918 年 5 月，由 5 万余名奥匈帝国战俘编成的捷克斯洛伐克军团，经西伯利亚遣返回国途中发动叛乱。6 月 8 日，叛军占领了萨马拉，推翻了当地苏维埃政权，先后占领伏尔加河中游、乌拉尔、西伯利亚、远东等广大地区，在鄂木斯克成立"西伯利亚政府"，在叶卡捷琳堡成立"自治政府"。1918 年 11 月，沙俄海军上将、临时政府军事部长亚历山大·高尔察克在白卫军将领安东·邓尼金、尼古拉·尤登尼奇支持下建立独裁政权，自封为"最高执政官"。

1918 年夏，红军与白卫军在伏尔加河中游、乌拉尔地区战斗的东线成为主要战场。8 月底至 11 月中旬，红军东方方面军的 5 个军、伏尔加河舰队在伏尔加河中游地区对白卫军转入进攻，先后解放喀山、辛比尔斯克（今天的乌里扬诺夫斯克）、萨马拉、伊热夫斯克和沃特金斯克。

在东线，乌拉尔等地战场呈胶着态势。1919 年 3 月，高尔察克指挥 14 万人的白卫军部队发起进攻，先后占领乌法、沃特金斯克、阿克纠宾斯克，逼近喀山、辛比尔斯克和萨马拉，使红军东方方面军防线有被突破的危险。

在苏俄内战名将米哈伊尔·伏龙芝指挥下，红军在 1919 年上半年取得决定性胜利，粉碎了高尔察克的攻势。

1919 年 7 月，红军收复叶卡捷琳堡。不久后，红军解放了高尔察克长期盘踞的鄂木斯克、克拉斯诺亚尔斯克。高尔察克 1920 年 1 月被捕，2 月 7 日在伊尔库茨克被苏维埃政府处决。

●苏联油画:《红军解放叶卡捷琳堡》

在东线，中国军团主要被编入苏俄红军第三、第四和第五军。

《旅俄华侨史》中写道，国际主义战士任辅臣率领的"中国团"号称"铁团""中国英雄军"，他们在乌拉尔这条重要战线上为保卫苏维埃政权而与高尔察克集团展开激烈拉锯战，立下了不朽功勋。

曾担任过苏军总政治部主任的苏联元帅菲利普·戈利科夫，是任辅臣团长的俄国战友、中国团的政治宣传鼓动员。他在其所著《红鹰（1918—1920 年日记摘录）》中写道：

中国战士们很爱护武器，总是随身携带，甚至永远手不离枪；他们尤其看重"马申卡"（机关枪），步枪上的刺刀也比我们的擦得亮……我们的中国同志纪律性强，总是不声不响地完成营长、连长，甚至是排长、班长下达的命令。

1919 至 1920 年初打击高尔察克白卫军时，中国战士一路向东，参加了解放布古鲁斯兰、贝莱贝、乌法、伊热夫斯克、沃特金斯克、叶卡捷琳堡、阿克纠宾斯克、克拉斯诺亚尔斯克、伊尔库茨克等地的战斗。在内战英雄瓦西里·恰巴耶夫（夏伯阳）指挥的红军第二十五步兵师的国际团中，就有许多中国战士与捷克斯洛伐克、匈牙利、波兰及德国国际主义者并肩作战。

南线，中国战士与邓尼金集团、哥萨克白卫军殊死战斗

在南线，红军与协约国武装及其大力支持的邓尼金、弗兰格尔指挥的白卫军，以及疯狂敌视苏维埃政府路线、方针、政策的哥萨克白卫军展开殊死搏斗。这是苏俄内战的又一个主要战场。

高尔察克军队被击溃后，协约国决定将进攻重点目标转到苏俄南方，以邓尼金军队为主力发动第二次进攻。1919 年 7 月 3 日，邓尼金下令攻占莫斯科，自卫军从顿河西岸到伏尔加河兵分三路北犯，直逼莫斯科的南大门图拉。

危急时刻，俄共（布）政治局下令采取一切措施反击邓尼金进攻，誓死保卫莫斯科；列宁向全体党员发出了"大家都去同邓尼金斗争"的号召。10 月中旬，南方方面军在

司令亚历山大·叶戈罗夫和军事委员约瑟夫·斯大林率领下发起反攻，至11月中旬先后收复奥廖尔、沃罗涅日和库尔斯克。反击战中，苏俄内战英雄布琼尼的第一骑兵军发挥了关键作用。从12月发起总攻开始，红军节节胜利。12月至第二年1月，哈尔科夫、基辅、察里津（今伏尔加格勒）、罗斯托夫先后解放。此时，邓尼金白卫军被分割成两支孤立集团，一支退到高加索，另一支向克里米亚、敖德萨逃窜。

在这里，中国国际主义战士为旅俄华工书写了苏俄红军内战史上的光辉一页。

除了孙富元、包其三外，还有许多中国志愿者值得铭记。1919年5月底，第二九二杰尔宾特国际团中国营增援顿河地区，与哥萨克白卫军厮杀。8月，内战名将瓦西里·基克维泽指挥的第十六师第一坦波夫社会主义工农团中国连奉命清剿潜入红军后方的马蒙托夫骑兵团，包括连长常福在内的全连官兵在与敌人战斗中英勇牺牲。

在红军第四十五师第三九七团，有一个由旅俄劳工韩希舜在下顿巴斯组建并担任指挥官的中国支队。

1918年春天，韩希舜组建了一支200人左右的支队。该支队8月份被编入鲁道夫·西弗斯旅，在巴拉索夫方向与克拉斯诺夫将军率领的白卫军激烈交战。1919年秋天，该支队所在师与第十二军一道击溃了波兰白卫军和彼得留拉匪帮。

1921年11月17日，红军第四十五师被授予"第四十五沃林红旗步兵师"荣誉称号。《第四十五红旗师史》辟出专章纪念中国战士的功绩。赠给第四十五师中国老战士韩希舜的《第四十五红旗师史》扉页上写道："曾在第三九七团红色支队服役的第四十五师老战士韩希舜同志留

●苏联油画:《红军第一骑兵军》（藏于特列季亚科夫画廊新馆）

存。"为表彰韩希舜在战斗中表现出来的英勇与豪迈，师指挥部曾记名授予他一柄马刀、一支勃朗宁手枪。而为表彰该团排长李路在敖德萨等地的战斗中的英勇表现，师指挥部特赠予他金表和记名战斗武器。

苏俄内战史学家尼基塔·波波夫在《俄国内战中的中国无产者》一文中写道：

在这个举世闻名的步兵师史册上，永远记载着中国人民英勇男儿的姓名：隋第法、宋有余、程玉森、程勇、顾鸿儒、苏宝堂、唐宝印、唐希奇、王毓秀、屠宝泰、乔友文、王腊路、邱虎兰、诸阳林、蒋第顺、夏玉寿，以及其他许多战士。

●红军围着一小
堆篝火吃午饭
（1919年）

远东，中国游击队将最后一名干涉军赶出

由于英法两国在远东力量不足，因此将远东武装干涉的"责任"交给了美日。美国出动大约8 000人的远征军，主要驻扎在符拉迪沃斯托克到乌苏里斯克之间的铁路沿线，避免与苏俄红军直接作战。英军1 500人、加拿大军队约100人沿西伯利亚铁路向西进犯，以打通与捷克斯洛伐克军团、高尔察克白卫军的联系。

日本以攫取俄国在远东地区的领土和权益为目标，比美国要积极得多。它利用苏俄忙于应付欧洲部分战线之机，打着美、英、法、日等联合出兵干涉的旗号，发动了策划已久的侵略战争。

登陆远东的各国干涉军中，日本兵力为 7.3 万人，数量之多，甚至都引起协约国其他国家的惊疑，而且其胃口很大。苏联历史学家格奥尔基·赖希伯格在《历史》杂志 1938 年第 9 期《同日本干涉军做斗争的远东游击队（1918—1920）》一文中直言，"从俄国伟大十月社会主义革命的第一天起，日本帝国主义就企图在其盟友帮助下，夺取远东并将其变成像朝鲜一样的殖民地"。

赖希伯格写道：

1918 年 4 月 5 日，日军以保护日本帝国公民财产和人身安全为由，在符拉迪沃斯托克首次登陆。为了此次行动，他们蓄意于 4 月 4 日"组织了一次挑衅行动，称日本商社'石户'的符拉迪沃斯托克分部有两名日本人被'不明人员'打死，另外一名日本人被打伤……干预就是这样开始的"。

日本干涉军盘踞在阿穆尔省和滨海省，拒绝向贝加尔湖以西进攻。到 1918 年 11 月，日军控制了俄国远东的所有港口及西伯利亚铁路赤塔以东的沿线城镇，并扶持沙俄将军格里高利·谢苗诺夫的"外贝加尔地方临时政府"。

美、英等国干涉军 1920 年初陆续放弃远东后，日本人仍然留了下来。7 月 5 日，日本与苏俄建立的"远东共和国"签署协议，同意撤出外贝加尔。1920 年 11 月，谢苗诺夫白俄政权倒台。尽管如此，日本还是继续支持在阿穆尔河到太平洋沿岸的白俄政权"阿穆尔沿岸临时政府"。直到

● 1918 年 日 本
干涉军在符拉
迪沃斯托克

● 1918 年 美 国
干涉军在符拉
迪沃斯托克

1922 年 10 月 25 日，苏俄红军解放符拉迪沃斯托克，日军才灰溜溜地退出远东。

协约国在 1918 年夏天登陆符拉迪沃斯托克开始实施武装干涉时，苏俄仅有 30 万人的正规部队，且都在欧洲方向作战，远东只有非正规军 2.5 万人左右。作为游击队和红军正规部队的一部分，中国劳工组成的游击部队在这里与俄国同志并肩作战，阻击日本干涉军企图偷袭阿穆尔省红军后方，解放伊尔库茨克，并参加了著名的沃洛恰耶夫斯基战役，直到日本干涉军被迫撤出，所有反革命势力彻底被击败。他们中，除著名的游击队长孙继五外，还有陈柏川、刘良开、张常义等人。

让我们读一读在苏俄远东的华工组织《致莫戈恰火车站中国工人的一封信》（莫戈恰现为跨贝加尔边疆区的一座城市），从中可以看到中国战士保卫苏维埃政权的决心和意志。这份保存在俄罗斯中央档案馆远东共和国资料部（排架编码 1926 号）的公开信写道：

> 我们（居住于此的中国公民）向我们的邻居——以劳苦大众苏维埃为代表的俄国人民，特别是向外贝加尔前线司令部致以诚挚的谢意，是你们接收了我们 67 位同胞加入红军队伍。我们也同时向成为红军一员的中国同胞表示感谢并再次郑重声明，从此刻起，除苏维埃政权外，生活在俄国土地上的中国公民不但绝不承认任何其他政权，还将与俄国人民一道来竭尽全力捍卫苏维埃政权。

俄罗斯历史学家认为，苏俄十月革命、保卫苏维埃政

权战斗中涌现出一大批中国国际主义者，他们中有刘绍周、任辅臣、单清河、孙富元、包其三、孙继五等。

那么，这些被苏（俄）历史学家和作家们认为勇敢、智慧、顽强的中国国际主义战士们，是如何在异国战场上立威扬名的？当时的战场上，又流传着怎样的一些传奇呢？

第五章

英勇顽强、战术灵活的中国战士

苏俄红军中国军团战士在战场上的表现如何？

俄罗斯是诗的国度，俄罗斯人痴迷诗歌，尊崇诗人。1924年萨拉布尔出版的《无产阶级诗歌集》一展中国英雄们在苏俄战场上的英姿，几乎所有重要的中国国际主义者的光辉名字赫然在目。

　　孙富元和单清河——

　　红色中国人！

　　一听他们的名字，白匪望风而逃，

　　就像林中的野兔。

　　包其三与任辅臣

　　仗打得真漂亮。

　　他们策马驰骋——

　　所有敌人都胆寒。

　　孙继五还有古马清

　　他们是游击队员。

　　阿穆尔河畔的侵略者

　　被打得抱头鼠窜。

　　好样的，同志们，

　　中国同志们！

中国战士在战场上舍生忘死、可歌可泣的英勇故事不胜枚举。

高加索烽火磨砺顽强意志

苏俄《红军报》1918年6月13日报道说，红军中国支队的主体是从贫农、工人、矿工中挑选出来的，严格的纪律和刚毅的性格使得他们特别具有持久力和战斗力，每次战斗他们都坚持到最后。1918年8月发生在弗拉季高加索的保卫战就是一个缩影。

弗拉季高加索市位于莫斯科西南约1 800公里高加索山脉的丘陵地带，意为"控制高加索"。这座城市建于1784年，最初是俄罗斯征服高加索地区的要塞，后来逐步演变成重要的军事基地，现今是俄罗斯联邦北奥塞梯 – 阿兰共和国的首府。1918年夏天，在帝国主义支持下，北高加索的哥萨克发动了反革命叛乱，弗拉季高加索成为南部前线战斗最为激烈的中心之一。1918年8月初，白卫军突破红军防线，攻入城内。4天激烈巷战后，大部分市区陷入敌手，形势万分危急。在此关键时刻，加入城市保卫战的一支中国部队与敌军展开了殊死争夺。

● 苏俄内战期间，红军进入弗拉季高加索

1918 年秋天，幸存者这样回忆 8 月的那场残酷战斗：

一群中国战士守卫在中央广场的一栋建筑里，他们手中的机关枪一直在扫射。一面红旗始终骄傲地飘扬在被围困的城市上空，象征着革命的不可战胜。在无粮、缺水的情况下，英雄们依托掩体，一次又一次挫败白卫军进攻。他们坚持了数天，沉重打击了敌人的嚣张气焰，分散了敌人的军力。

中国战士冲入白卫军占领的街道，与对方展开激烈争夺。进攻时，他们用手榴弹开道。防守时，他们尽可能地近距离射击，力争让每一颗子弹发挥最大效能。撤退时，他们带走受伤和牺牲的同志——这是中国小分队的革命纪律。在火车站附近，我们有人员被一股白卫军包围，随后赶到的中国战士主动出击，解救了被包围的同志。中国战士将受伤人员，包括年轻的俄罗斯人贝雷金扛在肩上冲了出来。

老布尔什维克战士德沃雅尼科夫参加了那次战斗。"我们经历了街头巷尾的恶战。撤退路上，敌人在一座两层楼上架起机关枪，我方处境十分危险，伤亡很大，必须得拔掉这个火力点。一位中国人自告奋勇接下了这一艰巨任务，遗憾的是我不知道他的姓名。这位勇士手握匕首，爬进院子，顺着排水管攀上屋顶。我们看见他扑向一名白卫军机枪手，用匕首刺倒他，为我们扫清了道路。"

由哥萨克组成的白卫军一直未能完全占领这座城市，主要原因是 3 名中国机枪手守卫在亚历山大·涅夫斯基利涅依教堂的钟楼上。王德信、郭义禄和季凤秋囤积了大量弹药，将主要街道置于火力射击范围内。
3 名机枪手坚持了整整 12 天，断水后靠喝自己的尿坚
持。敌军被打退后，3 人精疲力竭、脱水严重，被战友
们从钟楼上背下来。

战斗结束后，时任乌克兰、南俄和北高加索特派员的格
里高利·奥尔忠尼启则特别向这支英勇的中国部队表示感谢。

《俄罗斯历史》杂志 2019 年第 1 期引述红军中国战士
刘永安的话说："中国志愿者不仅在所有前线战斗，还积

●苏俄红军的中
国骑兵战士

●20 世纪 20 年
代的弗拉季高
加索

极参加反盗匪和后方反革命的斗争。中俄两国兄弟还执行契卡的任务，一道摧毁了彼得留拉和马赫诺武装匪徒。"

靠严明的纪律打赢"醉酒村"之战

乌克兰历史学家尼古拉·卡尔彭科在 2007 年出版的《中国军团：参与乌克兰领土革命事件的中国人（1917—1921）》中说，中国部队的战斗价值并非在于数量庞大，而在于总是在前线危急时刻展现出良好的战斗力，在后方镇压叛乱和打击反革命，"每当某一前线战事吃紧时，国际主义者的作用就会凸显——可以说，中国人是他们中最值得依赖的布尔什维克战士"。

苏俄内战打响不久，中国战士就以遵守纪律博得敬重。苏俄国内战争时期的传奇英雄、中国营营长包其三，在回应上级指挥部表扬中国营纪律严明时说：

我们中国人遵守秩序和纪律，这是与生俱来的。看看中国人怎样用双手播种每一粒麦子，如何用犁耙修整土地，甚至开垦出一块儿耕地，你就会明白这种地狱般的工作需要付出多大气力和耐心。每一个军人都要明白，当兵就像耕田：如果你爱惜土地，就能成为一个好农民；而在部队遵守各项条例要求，就能成为一名好战士。

1919 年春，争夺北顿河畔康斯坦丁诺夫斯卡娅村的战斗异常激烈，村庄在红军和白卫军之间数次易手。村子里有大量的酒精和家酿烧酒。在红色政权和白卫军阵营的回忆录中，这场争夺战都以"醉酒战斗""醉酒村"广为人知。

双方士兵攻进村庄后，找到烧酒，控制不住地喝得酩酊大醉，落入"醉酒"陷阱，随后被对方轻而易举地消灭。

战斗接近尾声时，红九军第十六师的普列奥布拉任斯基步兵团经过一番猛攻后，占领了这个村子。很多红军士兵不顾指挥官警告，在村子里四处找酒喝，很快就喝醉了。

该团的中国连士兵们却滴酒不沾，而是进入村外阵地，架好机枪。

黎明时分，白卫军偷偷潜入村子，用刺刀戳死喝醉后熟睡的红军战士。村子一片大乱，最清醒的红军战士向中国连的工事靠拢。中国连机枪、步枪一齐开火，迟滞白卫军进攻。白卫军回过味来，重新集结并将中国连包围起来。中国连拼死战斗，直到红军第二十三师增援部队抵达。

中国国际主义者在战斗中所展现的沉着、勇敢、视死如归等优秀品格，得到了广大红军指挥官和战士的肯定。

亚基尔，苏联首批 5 个一级集团军司令之一，乌克兰军区司令。作为苏俄内战的著名英雄，亚基尔与苏俄红军

●内战中的苏俄
　红军

● 1917 至 1922
年的白卫军

第一支中国营的组建有着很深的渊源。担任南方方面军第
四十五步兵师师长期间，他还是红军中很多支中国部队的
指挥官。在总结自己指挥的第一个中国革命营作战情况时，
他写道：

> 中国人很坚强，无所畏惧。即使是身边的战友在
> 战斗中牺牲，他们也不会眨眼，只是俯下身来，帮战
> 友合上眼睛，仅此而已。然后，他们再次坐在战友旁边，
> 平静地装好子弹，射击。中国人会战斗到最后。

还有不少红军指挥官像亚基尔一样注意到有些中国士
兵战斗时的与众不同——他们不是匍匐射击，而是坐着。
虽然这样危险性更大，但中国人感觉这个姿势更方便，最
重要的是更容易看清楚射击目标。

有勇有谋的中国战士

面对艰苦的环境、狡猾凶残的敌人，中国战士不仅作
战英勇、斗志顽强，而且战术机动灵活——尽管他们没有
接受过专业、正规的军事训练。在苏联的文献中，记录了

不少这样的中国战士的故事——

"多智军师"陈柏川。1918 年春天后，在阿穆尔河左岸和布列雅河流域活跃着一支红军游击队，其中有不少中国战士，陈柏川是其中一位。1919 年夏天，这支队伍壮大到 1 万人左右。为了灵活机动，队伍化整为零，陈柏川成为安东·布特林（化名"老头子"）领导的中国军团战士游击支队副队长。他回忆说，到 1919 年冬天，"老头子"游击支队人数达到 500 人，其中一半为中国人。陈柏川打仗爱动脑子，是队伍里出名的"智多星"。他说：

> 每次打仗前，布特林和我都会骑上马，去观察敌方阵地，部署队伍。我喜欢琢磨，总会对究竟如何打提出自己的看法。每当这时，布特林都会认真听，有时还让我重复几遍。他总是肯定我："干得好，干得好！"

"双簧战术"孙子斌。1918 年，维内迪克托夫带领一支红军部队从库班撤退，在卡拉奇村遭到哥萨克叛军袭击而牺牲，他的副手斯康达科夫接管指挥权。这时，部队弹尽粮绝，还有许多伤病员。部队排成"一"字行进，伤病员被安置在队伍中间。哥萨克人不断袭扰、打冷枪。红军并不还击，而是抬起倒下的人，继续往前走。哥萨克人得到增援并发现红军没有弹药后，策马挥刀杀来。这时，红军中一群中国国际主义者站了出来。中国人的指挥官叫孙子斌，他似乎从喉咙中发出了某种命令。随后，中国士兵两人一组，一前一后，冲向进攻的哥萨克人。前面的人故意暴露在马刀之前，以诱来哥萨克骑兵攻击，然后突然蹲下，迅速躲到后面同伴的步枪下。说时迟那时快，扑空了的哥萨克骑兵被后面的中国士兵用步枪刺刀刺中。看到中国人战术得手，敖德萨支队的水兵们高呼"冲啊"与敌人搏斗，其他人跟着冲上去。

"巧计惑敌"王树山。苏联文献记录了1918年斯皮里多诺夫支队的红军中国士兵从佩兴加撤退时的一场战斗。当时，每个士兵平均只有5发子弹。王树山指挥的10个中国士兵负责保卫肯姆车站附近的一座铁路桥，他们在这里设置了一道防线，为大部队撤退争取时间。如果像以前那样构筑防御工事阻击敌人，这么一点儿弹药显然难以完成任务。于是，中国士兵拆除铁轨，换上修路工服装，拿起镐、铲、锹，装模作样地"修路"。很快，白卫军骑兵探子赶

●中国军团战士

到这里。这些中国人一窝蜂拥向他们，要求白卫军发放面包和钱。几名英国军人走了过来，听了白卫军解释后，没有理会这些中国人，而是开始检查铁轨和路基受损情况。中国人悄无声息地包围了英军和白卫军，拿出藏在垃圾下的步枪，近距离消灭了这伙敌人，随后拿着缴获的武器撤退。

"智俘坦克"车阳智。1919年，以车阳智为首的9名中国志愿人员被编入库班红军第三骑兵团。哥萨克红军战士为他们准备了斗篷、马刀和库班帽，善意地取笑中国人不会骑马。当年秋天，该团向利斯基村进攻。起初，进攻很顺利。但很快，英国坦克从屋后杀了出来，机枪向红军士兵疯狂扫射。中国战士所在的骑兵连连长、副连长英勇

牺牲，全团被迫撤退，而英军坦克紧追不放。这时，浓雾降临了。为获得下一步行动命令，敌人派一名坦克兵回村里，其余的人原地待命。在大雾掩护下，9名中国战士悄悄接近坦克，将步枪伸进坦克里，射杀所有乘员。见势不妙，另一辆敌军坦克立即发动逃离战场。那辆被俘的坦克，1919年11月7日出现于莫斯科举行的阅兵式。

"乔装侦察"王成友。在维亚特卡省（沙俄帝国和苏联早期的一个州，包括现俄联邦基洛夫州大部和乌德穆尔特共和国全部）南部有一支茹可夫 – 亚历山大罗夫斯基领导的红军部队，其中有一支12人的中国小分队，分队长王成友胆大、心细，多次成功完成侦察任务。

1918年7月，维亚特卡省南部发生了由前沙俄军队上尉阿纳托利·斯捷潘诺夫发动的一个红军团的叛乱。当时红军领导机关对这次叛乱的情况一无所知，必须尽快弄清楚这个红军团是否全部参加了叛乱，包括叛军人数、叛乱地点、征用村民及当地老百姓对叛乱的态度等情况，这对平定叛乱至关重要。

王成友主动请缨，装扮成一个沿街叫卖的货郎，侦察了10天。他从村里广场上叛军的训练队伍、买东西的老百姓那里了解到很多情报，例如叛军总人数约1 000人并用了几名前沙俄军官，叛军自认为最坚固的据点、军力配备情况等。此外，王成友还掌握了一个重要情报，即叛军正准备向维亚特卡方面转移，这对红军来说是很危险的。根据王成友侦察得来的情报，红军领导机关果断出击，发起强攻，一举消灭了叛军。

"列宁信使"陶来民和戴里石。北高加索地区战斗形势紧张时，奥尔忠尼启则曾亲自安排3名红军战士执行一

С.И.Гусев, М.В.Фрунзе и Д.М.Карбышев на трофейном танке Mk-A «Уиппет» с собственным именем «Сфинкс». Ст. Снегиревка, октябрь 1920 г.

项重要任务，即从南到北穿越火线前往莫斯科，将一份信件亲手交给列宁。他们分别是俄共（布）党员日瓦金、中国战士陶来民和戴里石。日瓦金后来回忆起那封重要信件交到列宁手里时的情景：

> 列宁走到我身边，向我询问另外两位同志的国籍，我回答说："是中国人。"列宁随后拥抱了他们并说道："中国同志在革命中向我们提供了兄弟般的帮助，这是俄罗斯人民永远不会忘记的。"过了一会儿，列宁给了我们一个包裹，里面是给奥尔忠尼启则的秘密文件。"能送到吗？"列宁问。我们回答说："只要还有一人活着，就一定完成任务。"

返回前线的路上，他们与白卫军遭遇，戴里石肩膀中弹。为保护另两位"列宁信使"，戴里石坚决要求自己留下来

● 1920年10月，苏俄红军南方方面军司令米哈伊尔·伏龙芝、南方方面军战略军事委员会委员谢尔盖·古谢夫和南方方面军工兵副司令、后来十分著名的红军英雄德米特里·卡尔比舍夫等人在一辆缴获的英国惠比特坦克上合影

掩护战友。就这样，日瓦金和陶来民冒着枪林弹雨摆脱敌人追击，最终把文件交到奥尔忠尼启则手中……

"中国人中没有出过叛徒"

中国战士同志不仅作战勇敢，而且知道如何坚守秘密。在内战南方战线，红军被迫撤退时，两名中国战士被白卫军抓住了。白卫军把他们绑起来，倒挂着，企图从他们的嘴里挖出红军的具体人数、指挥官是谁等信息。可是，这两名都会俄语的中国战士宁死不屈，一句话也不说。气急败坏的白卫军把他们折磨得遍体鳞伤，但什么也没得到。苏俄同志很快就懂得了，他们的中国战友对革命无比忠诚。

对于华工加入红军与自己战斗，白卫军十分恼怒。一旦有中国战士被抓，白卫军对待其残忍程度比对待俄罗斯人有过之无不及。杨天祥是一名中国连连长，在白卫军的一次偷袭中，他受伤被俘。白卫军将他打得半死，然后拖到一群农民面前，让他指认其中的布尔什维克。他一句话也不说，最后被残忍杀害。

苏俄红军的中国战士勇敢顽强、凛然赴死，他们团长、营长们的战斗智慧更是让俄国战友们敬佩。

远东游击英雄孙继五，是这样杀死一个日本骑兵军官的：当一名骑着深棕色大马、头戴皮帽的日本军官距离孙继五还有六七米时，孙继五以迅雷不及掩耳之势杀出，抓住枪管将步枪狠狠甩向日本军官。这名军官应声坠马身亡，其余日军见状掉头就逃。

在苏军中央国家档案馆资料部（排架编码第856号），保存有俄共（布）远东地区委员会主席约瑟夫·库什纳廖夫1920年1月向党中央呈送的报告：

　　……中国人和朝鲜人除了（在远东地区）直接参加"游击运动"外，还帮助筹措粮食和烟草。特别需要指出的是，中国人拥有万众一心的精神。在整个远东战斗期间，据我们了解，中国人中没有出过叛徒，而且总是热情款待我们……

　　苏俄红军中的中国军团官兵们在战场上不畏牺牲、冲锋陷阵，就这样以自己的英勇、智慧在苏俄内战战场上立下了赫赫战功。

第六章

华工红军战士是坚定的
国际主义者

在红场墓园，我找到了 1920 年下葬于此的美国著名记者、共产主义者约翰·里德的墓碑。

里德出生在美国俄勒冈州波特兰，家庭富裕，家教很好，后考入哈佛大学。大学毕业后，他为自己安排了一个用打工、写游记挣路费去环游世界的计划。当时正值第一次世界大战，游历欧洲的他看到了社会的贫困、罪恶及贫富之间的极端不平等。里德来到俄罗斯后，亲历了十月革命全过程，并撰写出《震撼世界的十天》一书。

在这本被誉为"20 世纪影响深厚、最重要的报告文学"中，他描述了列宁极为重视国际主义者部队的组建工作。1918 年 2 月，在列宁亲自关怀下，彼得格勒诞生了一支由十几个国家的国际主义战士组成的国际部队。其中，第一营第三连均为中国人。随后不久，一批批华工应征入伍，一支支华人团队组建起来。

列宁："无论家庭出身如何，每月军饷一律 250 卢布"

据苏联学者不完全统计，直接参加工农红军保卫苏维埃政权的国际主义战士有 22 万到 25 万人，旅俄华工是这支国际队伍中的重要成员。

瓦西里·基克维泽，苏俄内战名将，曾任第十六步兵师（1919 年 1 月 11 日他牺牲后，该师被命名为"基克维泽师"）师长、西南方面军临时革命军事委员会副主席等

●约翰·里德与
《震撼世界的
十天》海报

职务。第十六师的第二国际团，由中国、塞尔维亚、德国及匈牙利国际主义战士组成，与兄弟部队一次次勇挫克拉斯诺夫白卫军。基克维泽称该团为"光荣战斗团"，这些国际主义战士"不惜牺牲自己的生命，像雄狮般与敌人搏斗"。

　　苏俄内战中，绝大多数华工对布尔什维克更熟悉，往往断然拒绝反布尔什维克势力的招募。虽有部分不明真相的中国人到亚历山大·高尔察克、安东·邓尼金、西蒙·彼得留拉及格里高利·谢苗诺夫白卫军部队充当雇佣兵，但思想并不稳定，很多人很快就脱离或转投红军。

　　眼见不能把中国人纳入麾下，白卫军一计不成又生一计，开始编造关于红军中国部队在战斗中"图财"的谣言。在《战火中的志愿军》一书中，白卫军头目安东·图尔库尔以所谓回忆录形式还原"中国战士是雇佣军"的所谓证据：

　　　　布尔什维克撤回西部，我们的人跟在后面。在纪念1854年克里米亚战役的小酒馆附近，我们首先发起

ОЛЕКО ДУНДИЧ
(Сербия)

МАТЕ ЗАЛКА
(Венгрия)

БЕЛА КУН
(Венгрия)

ЖАННА ЛЯБУРБ
(Франция)

ПАУ ТИ-САН
(Китай)

СЛАВОЯР ЧАСТЕК
(Чехословакия)

● 红军中国营营
长包其三（下
排中）与苏俄
内战时期著名
国际主义者

炮击，随后骑兵开始进攻。1 500 名红军被俘。骑兵没
有停下来，继续追赶布尔什维克。一个中国营奉命迎战，
给我们的骑兵造成 1/4 的损失，米哈伊洛夫斯基上尉
战死。不过，我们的快速进攻最终击垮了中国人，俘
虏他们大约 300 人。俘虏们的手上戴着金戒指，口袋
装着香烟盒和手表。最终，这 300 名中国人全部被枪杀。

　　图尔库尔的回忆录暗示，中国红军手上的戒指是从被
杀的白卫军那里缴获的。那么，在哪里、从谁那里得到及
数量，图尔库尔完全说不上来。这很难不让人猜测这种说
辞的动机，其目的无非是让人憎恨红军中国战士。

　　在苏联主流历史学家看来，对"中国人是雇佣军"的
指控根本站不住脚，因为这忽略了他们加入红军的明显动

机。苏维埃工农红军从不做广告，也不以金钱来鼓动中国人加入。像包括白卫军在内的任何军队一样，赤卫队、红军部队的官兵也有津贴。红军中，国际主义战士并没有额外军饷。

红军指挥官亚基尔下面的这段话曾被白卫军及其反苏俄势力大量引用：

> 中国人非常看重他们的薪水。只要按时发津贴并且吃得好，就算牺牲生命也在所不惜。一位被授权的中国人找到我，说可以帮助招募到 530 人，前提是必须全部付钱……他们还说，我们应该把遇难者家属送回中国。

苏联历史学家指出，亚基尔显然说的是赤卫队津贴。领取津贴是加入军队的一个非常严肃、无可非议的动机，适用于敌对双方的军队。在沙俄帝国领土上，大多数年轻、贫困男子面临着同样选择。一个不容回避的事实是，在相等条件下绝大多数中国人都选择了红军，而非白卫军，这足以说明除津贴外，保卫工农苏维埃这一全世界无产阶级自己的政权是他们最重要，甚至可以说是唯一的动机。

俄罗斯科学院东方学研究所从事中国问题研究的专家叶甫根尼·卡尔卡耶夫告诉我，他查阅的大量资料表明，自 1917 年 11 月开始，拉脱维亚步枪营就负责彼得格勒斯莫尔尼宫的保卫任务。1918 年 5 月中旬，拉脱维亚步枪营政委卡尔·彼得森会见列宁。列宁指示彼得森，包括中国战士在内的拉脱维亚步枪营官兵，"无论家庭出身如何，每月军饷一律 250 卢布"。

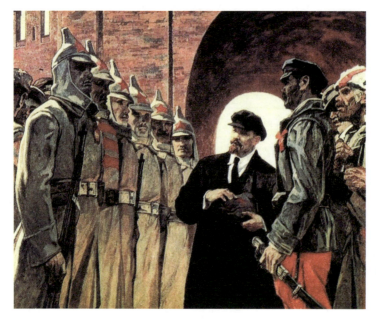

●苏联油画:《列
宁与赤卫队员
亲切交谈》

白卫军对中国战士发动"舆论战"

最初，白卫军占领区流传有各种关于中国红军战士的谣言，比如说中国人是参与"反俄"阴谋的间谍，他们嗜血又自私，以折磨俄罗斯人取乐，他们强奸妇女、喝婴儿的血等。

把中国人说成是"德国间谍"的始作俑者是弗玛·拉伊良。1918年3月，他在《新彼得格勒公报》上得知"中国彼得格勒营"成立的消息后，便发表文章指责所有居住在彼得格勒的中国人，称他们都是为德国人搜集情报的间谍。彼得格勒的中华旅俄联合会（1918年12月更名为旅俄华工联合会，下同）虽起诉了该报，但文章已被白卫军的各种报纸转载，而且这些谣言被广泛用于反布尔什维克宣传。

白卫军占领区的一些人一度轻信过有关中国人"特别残暴"的谣言。对此，苏联历史学家分析过原因：

人们总是倾向于将最负面后果归因于陌生人。任何战争中，此类谣言总是更容易针对敌方中的"外国人"队伍。制造"残酷无原则的雇佣军"站在敌人一边战斗之类的谣言，相当容易奏效。在苏俄内战中加入红军的众多国际主义者中，中国人无疑最"与众不同"，是令人难以理解的参加者。

在敌人的宣传机器下，中国人还被刻画成"残酷惩罚者"的形象。战争中，任何军队的指挥部都力求尽快镇压其后方叛乱、破坏和游击活动。在此情况下，苏俄红军经常动用由匈牙利人、中国人组成的武装对付白卫军。中国人纪律严明、服从命令，他们认为无论是前方的敌人还是后方的破坏者都是一样的。为此，一些中国人被各级苏维埃机关安排到契卡及红军情报机关工作。

白卫军散布的这些谣言，曾直接导致被俘的中国人惨遭屠杀。旅俄华工联合会哈尔科夫（现乌克兰东部城市）分会1919年初曾电告苏俄外交人民委员格奥尔基·契切林："2月初，白卫军在马里乌波尔（乌克兰黑海沿岸城市）残忍杀害中国公民50多人，其中有11名妇女和23名儿童。请求外交人民委员部就此照会中国政府、丹麦政府和协约国政府，我们对于这种迫害平民行为表示强烈抗议。"

苏俄民众冒死救出中国志愿者

事实证明，反苏俄势力和白卫军的反动宣传并没有得逞，中国国际主义者得到了红色俄国人民的衷心拥戴。在苏俄广大红军官兵和人民眼中，中国战士是杰出的国际主义战士，在全俄各地保卫苏维埃战场上，苏俄红军官兵心

●工农红军第一国际军团第一营的士兵，他们至少来自六个国家

甘情愿地与中国战士分享有限的口粮。在弗拉季高加索，当地人与中国战士打成一片，一起舞狮，一起过端午节。在格罗兹尼，俄国妇女娜杰日达·霍赫洛娃冒死救出被邓尼金白卫军砍伤的机枪手季寿山，后来又把康复的季寿山送出城外。回到队伍后，季寿山把所有津贴都辗转交给了霍赫洛娃，并称她为母亲。中国红鹰团的战士黄新川在激烈的防御战中双腿负伤，失去知觉。俄国当地居民把他藏在白卫军发现不了的地方。1936年，已是莫斯科一家汽车厂技师的黄新川专程请假，带着礼物到当地感谢救命恩人。

1957年，苏联曾邀请一批中国战士参加庆祝十月革命胜利40周年纪念活动。成员刘福回忆，1919年1月底，中国春节临近。尽管那时官兵经常断粮，但为了让中国战士过个好年，部队不仅给中国战士准备了牛轧糖和猪肉馅儿饺子，还特批了他们3天假。

苏俄红军老战士、后来加入苏联国籍的刘永安说，那是1919年春天，他所在部队连面包渣都吃光了。在路上，战士们发现了一匹因受伤躺在路边的马。指挥官瓦西里耶夫下令把马杀了，架起篝火烤马肉吃。当大家正吃着分到自己盘子里并不多的马肉时，瓦西里耶夫把自己那份的一半给了他："刘同志，你更年轻，任务更重。"多年以后，刘永安对那场景记忆犹新："那时我是他的勤务兵，他的高尚行为触动了我的灵魂，我再一次感到新旧俄国如此不同。"

内战时曾在乌克兰战斗的姜连峰说，虽然白卫军到处散布各种污蔑红军中国战士的谎言，但无论他们走到哪里都受到当地民众欢迎。他还记得有位老妇人一定要把最后一块面包塞给自己的情景："我没接。但在那一刻，我体会到一位普通乌克兰农民的母爱关怀。"

内战结束后回到沈阳的吴文福，激动地回忆起一位赵姓战友被俄国村民保护起来的故事。当时，赵同志在彼尔姆地区负伤。由于担心被俘，他藏到麦地里。村民们发现了他，将他抬回村子，给他包扎伤口、换衣服、喂吃的。为了躲避白卫军的搜捕，村民们把他藏进地窖，还特意请来乡村医生给他治疗。

刘永安著《履行国际主义义务的人：苏联内战中的中国志愿者》中有这样一段描述：

●正在接受思想教育的中国国际主义战士

契伦科在苏俄内战时期曾是中国营的一名护士，20世纪50年代在乌克兰基辅退休。在她所在的中国营里有800名中国人（原文如此）和20名俄国人。虽然大家来自不同的国家，却有着共同的目标和愿望，那就是保卫年轻的苏维埃政权。她回忆说，她们同中国同志像兄弟姐妹一样和睦相处。在向阿斯特拉罕转移的行军途中，她们营另一名女护士盖费尔不幸染上伤寒，虚弱得无法站起来。这时，中国战友们用旧轮胎做成担架，抬着她走了几十公里。"哪怕是最黑暗时刻，他们也从未抛弃过自己的战友。"

彼得格勒《武装人民报》记者在1918年10月4日这期写道：

昨天，我想方设法与第一卡梅什洛夫团的英雄国际主义者交谈……红军中有许多国际主义者，爱沙尼亚人、拉脱维亚人、匈牙利人、德国人和中国人，其中最优秀的是中国人。面对死亡，中国人眼中没有任何恐惧。流血，用破布堵住，大喊"乌拉"（意为"万岁"），风一样地冲了出去。中国人忍耐性强，给他们的命令都是用中文下达的；其余的国际主义者，都在效仿东方兄弟。

1918年11月15日，南方前线革命军事委员会政治部在报告莫斯科旅第二十一团中国营情况时说，该营500多名官兵全都是中国国际主义者，他们纪律性强、沉着冷静、战斗意志坚定。

无疑，这一评价是对中国国际主义者的最高致敬！

第七章

态度迥异的北洋军阀和广州政府

1917 至 1922 年，中国事实上存在北方和南方两个政治中心、两个政府。

北洋政府在旅俄华工中不得人心

苏俄内战之初，控制北洋政府的皖系军阀段祺瑞向西伯利亚出兵，加入武装干涉苏俄的行列。苏俄政府和列宁深知，中国北洋政府总理段祺瑞对苏俄西伯利亚和远东地区的安危意义重大。

●北洋政府总理、皖系军阀首领段祺瑞

1957 年和 1958 年出版的《苏联外交政策文件》中，有苏俄对中国南方政府的外交政策的详细记载。

1957 年的第一卷中，苏俄外交人民委员会 1918 年 2 月曾给地方政府下达过指示。文件称："在处理与中国人关系时应当记得，北京政府并非中国人民意志的代表，他们正在镇压反抗其反动统治的南方人民。"1958 年出版的

第二卷中，有苏俄政府1919年7月25日发表的《致中国人民及南、北政府宣言》，宣言表示要废除一切不平等条约、要归还中国领土等，呼吁中国与苏俄建立正式外交关系。

1916至1920年，中国北洋政府由皖系军阀控制。1917年8月，北洋政府总理段祺瑞在外国势力的支持下宣布同德奥两国进入战争状态，同时废止与两国所签一切条约。

已加入协约国阵营的北洋政府与列强采取一致政策，对于布尔什维克夺取政权后建立的苏维埃政府拒绝予以承认。

此时，北洋政府继续承认克伦斯基资产阶级临时政府派驻中国的旧俄外交代表，并在1918年5月同日本政府签订了《关于反对苏俄的秘密军事协定》。同月，苏俄政府照会北洋政府，要求不得允许白卫军头目谢苗诺夫以中国领土为基地反苏，遭后者拒绝。8月，北洋政府宣布向苏俄西伯利亚派兵，配合帝国主义者向布尔什维克进攻。经过

●北洋政府驻俄国公使馆旧址

上述连串不睦事件，苏俄与北洋政府关系降至低点，最终造成中东铁路停运，双边经济关系完全中断。

1918 年 12 月 24 日，旅俄华工联合会占领了中国驻彼得格勒公使馆，成立中央执行委员会，以维护侨居俄国的中国公民权益。

苏俄《消息报》1918 年 12 月 28 日称，"旅俄华工联合会占领中国大使馆"：

> 该组织通知苏俄外交人民委员会，公使馆所有的档案和案卷材料都已移交到联合会……中国劳动人民的红旗在大使馆（坐落在谢尔盖耶夫大街 22 号）上空迎风飘扬。苏维埃政府获悉所发生的变革，认为该联合会能全权代表维护侨居俄国的中国工人权益。

此后，旅俄华工联合会反北洋政府行动并未停歇。《消息报》1920 年 6 月 30 日报道：

> 在 1920 年 6 月 22 日举行的旅俄华工联合会第三次代表大会上，中央执委会主席刘绍周做了有关联合会政治纲领的报告。他说，目前北洋政府正与南方政府展开斗争，各省地方政权飞扬跋扈、贪污盗窃、金融混乱，加上由此而产生的借不完的外债，越来越沉重地奴役着中国……军阀混战、中央政府无能、外交政策失败，这种种事实，一方面将导致中国崩溃，而另一方面正在激起广大民众的强烈不满……

旅俄华工大规模参加苏俄红军并同协约国及其支持的

白卫军作战，北洋政府公开宣布反对。俄罗斯历史学家亚历山大·拉林在《俄罗斯的中国移民》一书中介绍，率代表团赴法国参加巴黎和会的北洋政府外交总长陆征祥表示："考虑到……所有拿起武器的中国人都是灾难生活状况或恶意宣传方式的受害者。"他为此抗议苏俄政府动员中国人加入红军队伍，同时反对给中国公民回国设置障碍。作为对此的回应，旅俄华工在苏俄 1919 年 11 月举行的集会上表示抗议。

中华民国北洋政府阻止本国公民参加俄国内战，不仅是因为其"意识形态上敌视苏维埃政权"，而且还可以用"避免在俄国内引发更严重的反华情绪来解释"。这是因为，当时反布尔什维克势力竭尽全力宣传"邪恶的中国人"自愿参加红军是"充当红色政权的帮凶"。北洋政府外交部门 1918 年 4 月称："在顿河地区，哥萨克仍然无一例外地逮捕所有中国人并流放他们，我们不知道他们的下落。"可以推测，中国人遭到枪杀，借口是"来源不明"。

营救：中国外交官在行动

遵照北洋政府指示，刘镜人公使 1918 年 2 月撤离彼得格勒后，委托丹麦驻俄使馆保护中国在俄利益。离俄前，刘镜人授权旅俄华工联合会保护华侨利益，称"如有必要，可向丹麦使馆请求协作"。一定程度上，这项授权填补了北洋政府撤离后留下的外交真空。

《俄罗斯历史》2019 年第 1 期上刊登《俄罗斯内战中的中国志愿者：红色和白色之间》一文，介绍中国外交官营救被自封为俄国"最高执政官"的海军上将高尔察克军队俘虏的中国同胞的情况：

　　1919 年 4 月 24 日，北洋政府驻伊尔库茨克总领事魏渤致信"捷克斯洛伐克政府"代表布拉果什，称在秋明大约有 350 名中国公民在布尔什维克领导的武装中；他们中，许多人可能已经死于在过度拥挤的拘留场所肆虐的各种疾病，而幸存者生活条件非常艰苦；中国总领事馆有责任提请当局注意这一事实，即有相当多的中国公民，尽管手中拿着武器，"但他们是被强迫加入布尔什维克行列"，违背了其意愿。这些不幸者理应被释放。同时，魏渤总领事在信中还促请"捷克政府"代表不要拒绝（通过电报）与秋明当局就迅速释放中国公民进行沟通……

　　苏俄内战中的一个基本事实是大多数旅俄华工是自愿参加红军的。显然，驻伊尔库茨克总领事信中有关"他们是被强迫加入布尔什维克行列"的措辞，只是要求释放"囚犯"并撤销对他们在红军服役的指控的一个借口而已。

　　中俄学者认为，此信很大程度上是魏渤总领事极力促成的，"因为在圣彼得堡接受法律专业教育、曾在北洋政府外交部任职的魏渤积极作为，曾撰写过《在中国的俄罗斯人和在俄罗斯的中国人》一书"。与他相比，北洋政府对撤离华工态度消极。1918 年，北洋政府先后派出"海容"号、"海筹"号两艘巡洋舰前往符拉迪沃斯托克撤侨，但回国的人数不到 3 000 人。

　　李志学和谢清明在《十月革命前后北洋政府对旅俄侨民的使领保护》一文中指出，驻符拉迪沃斯托克总领事邵恒浚、驻鄂木斯克总领事朱绍阳等都为保护侨民做了不少有益工作，得到了侨民的肯定。与之相反，驻莫斯科领事

●苏俄政府派遣到中国的特使阿道夫·越飞

陈广平、驻赤塔领事管尚平等一些外交官却只顾图谋个人利益，不顾侨民死活。

1921年8月和1922年7月，苏俄政府派遣副外交人民委员阿道夫·越飞作为特使抵达北京，希望与直系军阀领导人吴佩孚接触并建立合作关系。但由于双方在中东铁路、苏军出兵外蒙古等问题上存在巨大分歧，北洋政府拒绝合作，阿道夫·越飞无功而返。自此，苏联对华政策转向，开始支持孙中山和位于广州的国民政府。

旅俄华工组织并排挂起列宁、孙中山画像

旅俄华工参加十月革命、保卫俄国苏维埃政权这段历史，与广东国民政府、孙中山本人有着密切关系。

起初，身在南方政府的孙中山尽管对俄国十月革命知之不多，但这位伟大革命家殷切希望革命在俄国能够成功、人民生活变得美好，他反对列强干涉中国北方诞生的"善邻"。1918年夏天，孙中山离开广州来到上海，更多地知晓了年轻的苏维埃国家的情况。

此前的 1918 年 4 月 29 日，孙中山出席南方非常国会并以南方国会和中华革命党的名义给列宁发去电报，祝贺十月革命胜利。这是孙中山领导的革命党人对俄国十月革命最早的声援。迄今为止，这封电报原文还没有被发现，但有多项证据证明其存在。证据之一，就是苏俄外交人民委员契切林 7 月 4 日在第五次全俄苏维埃代表大会上宣布：中国南方民主运动领导人（孙中山）指出，"社会主义共和国在俄国存在 8 个月的事实，帮助东方人民树立了在东方建立类似这种新的、持久秩序可能性的信心"，在广州的中国"革命政府的代表将这一声明交给了我们和世界上的一切民主派"。

《消息报》1918 年 7 月 5 日就此报道说：

> 美国图书《孙中山的生命及其意义》的作者莱昂·谢尔曼指出，孙中山给列宁发来的电报在俄国内广为人知，极大激起旅俄中国青年的热情。他写道，中国年轻一代知识分子的目光在十月革命以后转向莫斯科，非常渴望向莫斯科学习，从根本上改变本国深陷困境的可怕局面……孙中山先生设法向列宁发出贺电，青年人心中为此鼓掌欢呼。

为牵制北洋政府，列宁领导的苏维埃政府及他本人从中国政局的特殊性出发，寻求在革命的俄中两国人民之间建立兄弟般的友谊，随后同孙中山开始了频繁的书信来往。

孙中山致信列宁："因为有了俄国革命，世界人类便生出了一个大希望。"在苏俄遭受帝国主义武装干涉而处于最危急的时刻，孙中山致信鼓励列宁"继续奋斗"。辗

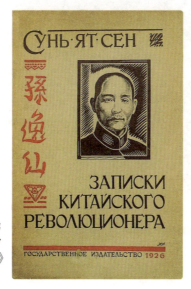

● 苏联1926年出版的孙中山《中国革命者笔记》封面和扉页

转收到孙中山这封来信的列宁激动地说："这是东方的光明来了。"

契切林在代表苏俄政府于 1918 年 8 月 1 日致孙中山的回信中说："人民委员会交给我一项光荣任务，向您——尊敬的导师几个月前曾以南方国会的名义给工农政府寄来贺信表示感谢；同时，向您——自 1911 年以来在特别艰苦条件下一直坚定不移地领导中国劳动群众反抗北方当局及外国资产阶级、帝国主义政府的中国革命领袖表示敬意。"

由于国事繁忙，列宁无暇亲自回复孙中山的每一封信，一般都是请契切林代复。契切林在致孙中山的信中，介绍苏俄革命的目的、意义及进展情况，革命遇到的困难和所取得的胜利。他提请孙中山注意这样一个事实，即"劫匪们"正准备加入由外国银行家在那里创建的北京政府，俄中两国人民为此应团结一致、互相支持，携手战胜反动派。

1918 年 12 月，在苏维埃生活的中国工人组织在彼得

●苏联外交人民
委员格奥尔基·
契切林

格勒召开会议，决定将所有华人组织联合，成立"旅俄华工
联合会"。这一大约有6万会员的组织，就其任务而言具有"广
泛宣传的革命组织"性质。会议向全体中国人民发出呼吁，
反对北洋腐败政府，支援俄国革命。该组织的成立和活动，
积极建立和促进了中国与苏俄两国人民的革命联系。

　　中国半年后爆发的1919年五四运动，是中国无产阶级
首次在全国范围内提出反对帝国主义的要求，这自然影响
了孙中山对劳工运动问题的兴趣。与此同时，1920年期间
孙中山和旅俄华工联合会积极通信，对他的思想和观点也
产生了重大影响。

　　1920年6月，旅俄华工联合会举行第三次代表大会，
全俄中央执行委员会主席米哈伊尔·加里宁亲自到会并致
贺词。会场主席台上，并排悬挂领袖列宁和孙中山的画像。
大会上，列宁、孙中山双双被推举为该联合会名誉主席，
这不仅提高了联合会的地位，还拉近了中俄人民的距离。
契切林发表讲话，称联合会"是中国现有运动与未来运动
之间的纽带"。

●米哈伊尔·加
里宁

大会召开前的 6 月 25 日，旅俄华工联合会主席刘绍周
代表大会全体代表向身在上海的孙中山发去两封电报。第
一封电报中，刘绍周向孙中山报告列宁和孙中山两人当选
为联合会名誉主席："大会决定邀请您前来俄国，以便使
我们有机会直接了解您——中国革命领袖的思想。"第二封，
则是代表大会通过的旅俄华工致国内同胞书的文本。7 月
13 日，孙中山指示《民国日报》刊出旅俄华工致国内同胞
书。孙中山在草拟好的回电中，声援旅俄华工致国内同胞书。
但是，当时上海的电报局掌握在帝国主义列强代表手中，
它们拒绝将这份声明转发莫斯科。因此，孙中山不得不通
过他在纽约的代表马苏将回电发给驻哥本哈根的苏俄全权
代表马克西姆·李维诺夫。7 月 16 日，孙中山的回电才辗
转交给莫斯科方面。

孙中山从俄共华员局成员那里了解苏俄

旅俄华工联合会第三次代表大会闭幕次日，旅俄华工
联合会的共产党员成立了俄国共产党华员局。当年，孙中

●举行旅俄华工联合会第三次代表大会的莫斯科工会大厦

山会见了从莫斯科回国的俄国共产党华员局成员刘谦。其间，孙中山和刘谦讨论了推动中国革命的宏伟设想，从新疆、蒙古及华南分三路合击北洋政府，解放全国。迄今为止，并没有档案文件显示此次会见发自列宁本人或者苏俄政府，而更大可能是由俄国共产党华员局策划而独立采取的行动。不过，上述想法符合列宁关于殖民地和半殖民地革命的理论，以及列宁希望同孙中山取得联系的急切心情。

1922 年，孙中山与苏联外交官往来活跃，建立了私人交往，这对孙中山了解、正确认识苏俄内外政策产生了极大帮助。与此同时，列宁也密切关注中国民族解放运动的发展，对孙中山的活动很感兴趣。在《苏联外交政策文件》中保存了 1922 年 1 月 26 日契切林写的一张便签，其中标明列宁要求阅看孙中山 1921 年 8 月 28 日写给契切林的信。契切林 1922 年 2 月 7 日致信孙中山，向他介绍 1 月 21 日至 2 月 2 日第三国际（共产国际）在伊尔库茨克、莫斯科召开的远东各国共产党及民族革命团体的代表大会情况。契切林向孙中山保证，无论对欧洲政策如何变化，苏俄政府永远不会偏离与中国人民最忠诚、最亲切、最真诚的友谊与合作道路，实现繁荣和国家自由发展是我们最真诚的愿望，"列宁同志怀着极大兴趣和好奇心反复读了几遍您的来信，并关注您充满热情的活动"。

会议期间，列宁抱病接见了参加会议的中国国民党代表张秋白、共产党代表张国焘及工人代表邓培，瞿秋白担任翻译。列宁在仔细询问了国共两党的情况后问道："中国国民党和中国共产党能否合作？"列宁明确表示，中国共产党应当促进各反帝革命力量的团结，中国革命的任务是反对帝国主义和封建势力。苏联史学界比较一致的看法是，列宁此次会见中国国共两党代表及其所做指示，对推进国共合作乃至整个中国国民革命运动的发展都具有重大历史意义。

●位于莫斯科近郊戈尔基村列宁故居图书室中关于中国的图书

　　1923 年 1 月，苏联特使越飞从苏联前往上海，与孙中山商讨改组国民党、建立革命军及共产国际援助中国革命问题。1 月 26 日，双方联名发表《孙文越飞宣言》，标志着苏联与孙中山和国民党结成联盟，从此双方关系进入崭新阶段。

第八章

英雄团长任辅臣

2021 年 11 月 26 日，3 个月前结识的俄中友好协会斯维尔德洛夫斯克分会副主席亚拉山大·维涅尔给我打来电话，说他同另一位副主席弗拉基米尔·什梅廖夫一行人将在 3 天后的 29 日从叶卡捷琳堡市专程前往 220 公里外的维亚火车站，祭奠 103 年前在那里牺牲的中国第一个布尔什维克、苏俄红军的中国红鹰团团长任辅臣。

中国第一个布尔什维克

在有关苏俄国内战争的档案文献、研究著作及老战士回忆录中，中国国际主义战士任辅臣是最常被提及的。周恩来总理曾高度评价说："任辅臣在苏联十月革命时，就为无产阶级的革命事业献出了生命，他是我们的先烈，他的革命业绩是我们国家的光荣。"

任辅臣 1884 年 4 月 28 日出生于现辽宁省铁岭县镇西堡镇河夹心村的一个农民家庭。1896 年，天资聪颖的任辅臣考入清代著名五大书院之一的铁岭银冈书院，并在那里度过了 4 年时光。毕业后，他到中东铁路做了一名录事（书记员），在这里他掌握了俄语。1901 年夏，他考取奉天警员教练所，先后在新民、铁岭担任警官。

1904 年日俄战争期间，任辅臣开始接触俄国社会民主工党党员，接受无产阶级革命思想。1907 年元旦后，任辅臣放弃警官职位，前往哈尔滨，当时那里是俄国社会民主工党的活动中心。1908 年，他加入了布尔什维克。

在 2021 年 5 月 27 日《参考消息》第 10 版刊出的《高擎十月革命旗帜的中国旗手——记中国第一个布尔什维克任辅臣》一文中，作者于力、高爽援引长期致力于任辅臣研究的辽宁省铁岭市档案和党史文献中心副主任张雅莹的话说：

> 根据现有的史料记载，他（任辅臣）是姓名可考、最有代表性、最有典型意义、第一个加入布尔什维克的中国人。

在哈尔滨工作时，任辅臣曾帮助、掩护被俄国沙皇政府流放的布尔什维克党员。1914 年底或 1915 年初，任辅臣以华工事务专员的身份，从哈尔滨出发，来到俄国乌拉尔地区的阿拉帕耶夫斯克矿区工作。其间，他在旅俄华工中宣传革命思想。

十月革命爆发后，任辅臣率领旅俄华工建立了中国无产阶级第一支成团建制的武装部队——中国团，加入苏俄红军，在东方战线屡建奇功。1918 年 10 月 27 日，苏俄中央颁布嘉奖令，命名任辅臣的中国团为"红鹰团"，俄共（布）领导人捷尔任斯基亲自赶到库什瓦城主持隆重的授旗仪式。1918 年 11 月下旬，任辅臣担任乌拉尔维亚战场左翼总指挥，带领战士们同敌人殊死战斗，11 月 29 日在维亚火车站战斗中壮烈牺牲。

苏维埃政府和布尔什维克党中央在 1918 年 12 月 28 日，即任辅臣牺牲一个月之后发表讣告，给予他高度评价：

> 在维亚战役结束时，中国团团长任辅臣同志壮烈

●红鹰团部分官
兵合影（第二
排右数第三位
就是团长任辅
臣）

牺牲了。任辅臣在中国侨民中享有很高威信，他把他
在中国人中间的影响和威信全部贡献给了苏维埃俄国。
由他组织领导的中国团部队是我们战线上最坚强、最
可信赖的部队。作为国际共产主义忠诚战士，他把毕
生精力都献给了伟大的事业。他的精力并没有白费。
革命战士们将永远记着为全世界被压迫者的事业而献
出了生命的中国人民的儿子——任辅臣同志。

　　100多年后，我决定追寻任辅臣的足迹，前往他曾经
生活、战斗过的乌拉尔地区。得知我千里迢迢从莫斯科驱
车2 000多公里抵达斯维尔德洛夫斯克州首府叶卡捷琳堡，
维涅尔和什梅廖夫欣然决定专程陪同我前往任辅臣生活、
战斗和牺牲的地方。他们近年来翻阅大量史料，努力还原
任辅臣及中国红鹰团的战斗之路。得益于他们的帮助，找
寻之路出人意料地顺利。

●瓦季姆·维涅尔（左）和弗拉基米尔·什梅廖夫

乌拉尔山区的工厂城

斯维尔德洛夫斯克州地处乌拉尔山区，横跨欧亚分界线。阿拉帕耶夫斯克是距叶卡捷琳堡东北 140 多公里的一个工厂城。就是在这座小城里，任辅臣生活了 3 年多，并组建起由中国工人组成的战斗队伍。

从叶卡捷琳堡开车到小城，路程算不上远，但全程几乎都是双向对开，因此需要两个多小时。行驶在乌拉尔山区，丝毫觉察不到山路蜿蜒、曲折，一路起伏平缓，两侧密林绵延，偶遇小溪、平地。山区人烟稀少，鲜见村庄，只有零星的加油站和服务设施。8 月下旬，时令虽仍是夏天，但树梢、枝头间或露出黄、红叶子，提醒着赶路的人们，秋天已悄然来临。小城的历史可追溯到 1639 年，那时这里有一个名叫阿拉派哈的村子。1704 年，村子附近发现了优质铁矿，于是俄国便在此建起一座国有炼铁厂——阿拉帕耶夫斯克工厂。1781 年彼尔姆省建立时，阿拉帕耶夫斯克工厂成为该省的一个城市。到 19 世纪 60 年代，工厂已发展成为俄国领先的冶炼企业，制作多种类型的铁、锅炉和铁皮等。维涅尔告诉我："第一次世界大战爆发后，俄国男人上了前线。冶炼厂需要劳工，于是中国人的身影出现那里，大概有 1 000 人。"

按照维涅尔的说法，任辅臣和这批工人抵达阿拉帕耶夫斯克工厂的时间大概是 1914 年底。那之后，应该还有华工陆续抵达。李永昌在《旅俄华工与十月革命》中曾引用历史资料说明，"1915 年底 1916 年初阿拉帕耶夫斯克工厂总工程师希米诺夫一次即在奉天省招收'铁木等匠及各项工人'1 203 人"。

什梅廖夫退休前是一名电气工程师、技术科学副博士，他聊起了小城一段不太为人所关注的革命历史。"1905 年，这里建立了全俄第一个工人代表苏维埃，但很快就被镇压下去。知晓这段历史的人不多，不过我觉得，任辅臣当年

● 100 多年过去了，阿拉帕耶夫斯克市火车站候车室仍在使用

●秋天的阿拉帕耶夫斯克

应该听说过，他到小城时，已经是一名布尔什维克。"

对广大热衷旅行的俄罗斯人而言，小城之所以受关注，在于这里是著名作曲家柴可夫斯基青少年时居住过一年半（1948 年中到 1950 年底）的地方，美国总统理查德·尼克松少年时也曾随父母到访过小城附近 30 公里处。此外，阿拉帕耶夫斯克的窄轨铁路也吸引一些人前来，这是俄罗斯最长的一条窄轨铁路，达 270 公里。俄罗斯 Live Journal 网曾刊登一篇题为《阿拉帕耶夫斯克，最古老的工厂城市》的专栏文章，称这条铁路代表着一种在针叶林荒野中失落的文明。

两位副主席的讲述使得即将抵达的小城生动而有趣，我不由自主联想起一些到访过的俄罗斯工业小城，或许阿拉帕耶夫斯克会和那些记忆中的小城类似吧。

真正置身小城时，我还是有些诧异的。相比其他地方，这里似乎更为破败、杂乱，街道地面坑洼不平，两侧小楼

大多老旧，墙体斑驳，时光似乎停留在多年前的某个时刻。瞬间，那篇文章中的一句话蹦了出来："这个城市的这一部分是比较沉闷的。如果你不知道接下来会发生什么，可能根本就没有去走一走、看一看的欲望。"

然而，对接下来要看的东西，我充满好奇，一边匆匆打量着街景，一边加快步伐，紧随两位向导，开启了小城之旅。

冶金厂的中方经理

我们首先来到市中心列宁大街 18 号一栋古老建筑前。19 世纪后期这里曾是一个消防局，如今成为市政府办公地。小楼墙上挂着一个铭牌，上面刻有"1905 年阿拉帕耶夫斯克冶金厂工人代表苏维埃成立。苏维埃领导人：主席索罗维约夫，秘书维特卢金"。原来，这就是什梅廖夫讲述的那段历史的发生地。小城中至今还有一条名为"第一苏维埃"的街道。从列宁大街 18 号，我们开始一点一点地找寻当年任辅臣的足迹。

沃罗达尔斯基街 100 号是一栋黑色的两层木质小楼，门前停放着的一部摩托车、院落里的陈设告诉我们，这里仍有人居住。1915 年 3 月到 1918 年 3 月，任辅臣和妻子张含光女士、3 个孩子在此生活了 3 年。"他的夫人和孩子来得比他晚。张含光女士非常能干，后来成为中国团后方代表处主任。"

关于任辅臣的具体工作，按照苏联作家诺沃格鲁茨基和杜纳耶夫斯基所述，"他在第一次世界大战期间成为彼尔姆及维亚特卡省的华工事务专员"。维涅尔则形象地讲了一段通俗易懂的话："他是中方经理，负责中国工人与

● 1905 年阿拉帕
　耶夫斯克冶金
　厂工人代表苏
　维埃成立旧址

● 沃罗达尔斯基
　街 100 号，任
　辅臣一家曾在
　此生活了 3 年

阿拉帕耶夫斯克冶金厂管理方之间的沟通。他受过良好教育，多才多艺，会 5 种语言，曾帮助列宁翻译过中文的报纸、杂志等资料。"

柴可夫斯基博物馆是城中保存完好的老建筑。据记载，1837 年这里曾是阿拉帕耶夫斯克矿区办公室。博物馆对面有一栋浅白色的两层小楼，现为城市图书馆。"任辅臣曾多次出入这栋小楼，与冶金厂负责人会面。"作为中方经理，任辅臣总是尽己所能，忠实地为华工服务。他与当地政府及工厂主交涉改善华工待遇、检查招工合同履行情况，参与有关华工诉讼案件的审理和交涉。他还利用各种机会，向华工进行革命宣传。由于办事公道，他在华工中的威信越来越高。

从城市图书馆出来后，轻车熟路的两位副主席将我领到一栋毫不起眼的苏式建筑的一层，冶金厂博物馆就设在这里。冶金厂如今已不复存在，只留下博物馆陈列着工厂的产品。维涅尔带我径直来到一间大展室的一面墙前。由于展架遮挡，我无法看到墙上的全部文字说明，但显露出

●冶金厂博物馆馆长介绍，任辅臣被选为阿市苏维埃委员

●阿拉帕耶夫斯克市巴甫洛夫街33号

来的介绍和图片足以让人惊奇。

按照说明文字，小城在十月革命后成立了以阿布拉莫夫为主席的城市人民代表苏维埃，任辅臣被推选成为委员。委员们的黑白照片被陈列出来。与其他多数人的标准照不同，任辅臣的照片似乎取自与红鹰团部分指战员的那张合影。他戴着一顶宽檐帽，眉毛浓浓的，蓄着小胡子，面庞虽清瘦，却显得十分精悍。维涅尔告诉我："苏俄内战爆发后，冶金厂大多数工人参加了红军和赤卫队。巴甫洛夫领导城市军事工作，在他的领导下，任辅臣负责组织中国国际主义战士。"

巴甫洛夫街33号是一栋两层的石质老房子，不俗的窗沿雕花告诉人们它有着不寻常的过往。如今，因年久失修，墙面已看不出原来的颜色，裂纹密布。墙上挂有两块暗红色的铭牌，那是斯维尔德洛夫斯克州俄中友协在2020年初制作的。铭牌上的俄、中文表明，1918年7月，任辅臣就是在这栋建筑里组建并领导中国营。"1918年3月，任辅臣向当地布尔什维克组织提议并成立了由华工组成的中国连。参加红军的中国工人越来越多，7月中国营成立，这里是任辅臣的营部和指挥所。后来队伍再次壮大成中国团，被编为苏俄红军东部方面军第三军二十九步兵师二二五团。"

站在铭牌下，维涅尔指着大约 50 米开外、隔着一条小街道的一栋翻新的漂亮建筑："那里当时是中国战士们的营房，现在是剧院。"快步穿过街道，我们便来到昔日的营房。遥想百余年前，任辅臣一定也这样多次穿梭于两栋建筑间。两栋建筑仅一条街道之隔，一新一旧，仿佛代表着间隔了百年的时空，让人感怀。

缴获的机枪就可以装备一个师

米哈伊尔·卡缅什基赫是俄罗斯科学院乌拉尔分院研究员，专门研究过乌拉尔中部地区旅俄华工与十月革命这段历史。他告诉我，苏俄国内战争时期，地处中乌拉尔地区的彼尔姆省是东方战线最重要的战场。那时，叶卡捷琳堡归属彼尔姆省，彼尔姆是首府城市。

1918 年 5 月，捷克斯洛伐克军团在西伯利亚发动反革命叛乱后，在苏俄北部登陆的英国干涉军和东部的白卫军、捷克军团竭尽全力企图在这一带会师，以达到包围莫斯科的战略目的。为了粉碎白卫军的计划，红军在这里展开了激烈反击，这一带的战斗胶着且残酷。

什梅廖夫说，任辅臣是一位传奇式的军事指挥官，在苏俄内战时期的乌拉尔地区有很高知名度。在他的领导下，中国连发展成中国营、中国团。中国团还因战功赫赫而被授予"红鹰团"称号。

当时的《共产主义者》报登载文章说："任辅臣的红鹰团是捍卫苏维埃斗争中最机智最顽强的部队。红鹰团之所以百战百胜，在于他们对革命事业的无限忠诚，在于官兵之间有着血肉相连、生死与共的阶级感情。而任辅臣作为这支部队的指挥员已成为伏尔加地区的传奇英雄，他的名字在闪光。"

任辅臣担任团长的中国团组成人员，除阿拉帕耶夫斯克的矿工外，还包括来自彼尔姆、下乌金斯克及南乌拉尔地区的华工。中国团成立之后，首先投入的是保卫阿拉帕耶夫斯克矿区的战斗。他们在夜色掩护下攻打附近白卫军盘踞的村镇，一举全歼白卫军。随后，中国团参加了夺取楚索沃依一座铁路桥的战斗。楚索沃依地处叶卡捷琳堡和彼尔姆之间，铁路桥战略意义重大，上级要求中国团不惜一切代价完成任务。接到命令后，任辅臣率领 800 名勇士冒着枪林弹雨奋勇冲锋，以伤亡 600 多人的惨重代价，最终夺回铁路桥。从此，中国团威名远扬，让白卫军闻风丧胆。

在苏军中央国家档案馆资料部（排架编码 1334 号，编目第 3 号，案卷第 9 号，第 830 页背面），一张电报纸打印件记录了东方面军第三军乌拉尔联合步兵师（1918 年 11 月 11 日，该师改称第二十九步兵师）师长和军事委员 10 月 29 日联名发出的战报：

……在上图里耶方向，中国营强渡阿克塔伊河，击退左右两翼防守的敌人并使其向上图里耶溃逃。过程中，白匪军狼狈不堪、伤亡惨重。敌人在炮火掩护下死守阿克塔伊河桥，使进攻部队受阻而无法扩大战果。下午 4 点左右，退守里亚利车站的敌人开始反扑。为避免后路被切断，中国营不得不退回阿克塔伊河右岸。此次战斗，我军抓获很多俘虏、缴获大批装备。

　　此次追寻英雄团长任辅臣足迹的重要一站，维涅尔和什梅廖夫特意推荐我前往阿拉帕耶夫斯克市火车站。火车站至今仍在使用，灰色木质平房、暗红色屋顶，干净、整洁。车站墙外贴着的时刻表，说明停靠车辆已不多。

　　站台上，什梅廖夫的一番话让我猛然明白缘何铁路桥、火车站屡屡成为交战双方争夺之焦点。他说："当年，火车是中国团出征的主要方式。他们就是从我们今天所到的这个小站搭乘火车，奔赴各地战斗。乌拉尔山区人烟稀少，密林丛生。100多年前，铁路已成为主要交通运输手段。坐火车打仗，机动性强。"

　　任辅臣率领中国团在楚索沃伊、上图里耶、叶卡捷琳堡、塔吉尔、彼尔姆等许多地方同捷克斯洛伐克军团和高尔察克的白卫军作战，他们的顽强和献身精神赢得了红军战士

●苏俄红军的中国红鹰团官兵（骑白马者为团长任辅臣）

和苏俄人民的高度赞扬。

维涅尔说："他们的对手——高尔察克白卫军的报纸都称其是战场上遇到的最凶狠敌人，异常勇敢，不怕死，擅长肉搏战。"

在苏军中央国家档案馆资料部一份档案中，记载着1918年11月17日苏俄红军第三军二十九步兵师指挥部对中国红鹰团的评价：

> 上图里耶前线的几场战斗中，"红鹰团"发挥了不可替代的作用。不论该团身处何种险境，或是敌众我寡身陷包围圈，或是连续鏖战数天，这些中国军人总能凭着自己的顽强、铁纪，以及团长对战局的出色判断和卓越指挥，硬撑过来。他们的指挥员（任辅臣）每次都能适时地调整战术、扭转局面，重夺战场上的优势。敌人曾偷袭下图林斯克工厂，多次攻击我师腹背，而这些企图都被"中国团"粉碎了……

当时，任辅臣及他率领的红鹰团也是当地报纸报道的重点。《乌拉尔工人报》曾这样报道：

> 他们曾夺取彼尔姆，血战阿克塔伊，后又多次在都拉河和上图里耶一带击溃敌军，光是他们缴获的机枪就可以装备一个师。
>
> 中国部队是东部前线最坚强的部队……之所以如此顽强，是因为他们对共产主义无限忠诚，是因为官兵之间拥有血肉相连、生死与共的阶级感情。

他将自己的一生奉献给了全世界被压迫人民

进入 11 月后，高尔察克的白卫军部队连续疯狂进攻，旨在夺取维亚车站和下图林斯克工厂，切断红军的后勤补给通道。敌对双方在维亚车站北面激烈交战，危急关头，中国团被派往这个重要而危险的地段。这次，红鹰团遭遇装备精良、人数远超自己的劲敌。进攻的白卫军是全俄九支哥萨克军中最剽悍的一支，他们喜欢血酒和套马索（用来将俘虏拴在马后拖死），鞭子涂着柏油，手臂上青筋暴露，传统的"沙什卡"直刃马刀举在半空。三四天连续战斗，红鹰团减员达 40% 至 50%，牺牲的军官数量更是高达 70% 以上。尽管如此，红鹰团仍顽强作战，用炮火和刺

●秋到乌拉尔

刀为自己开辟道路，率先夺回了被白卫军占领的维亚镇，将数倍于己的敌人打得仓皇撤退。

如今，当年的维亚镇已变成维亚村，在叶卡捷琳堡西北220公里的下图里耶市市郊。那是任辅臣英勇牺牲的地方，也是我此次乌拉尔山区之行的一个重要目的地。

根据维涅尔和什梅廖夫为我安排的行程，头一天天黑前从阿拉帕耶夫斯克返回叶卡捷琳堡市，第二天再前往维亚火车站前的纪念碑拜谒。考虑到两人年事已高，我本不想让他们陪同，而是自己驾车前往，但遭到两人一致坚决的反对："任辅臣曾经为我们而战斗，现在我们应该为让更多的人了解他的事迹而奔走。"

眼见无法说服他们，也就客随主便，一早取上前日订购的鲜花，一同前往祭拜。通往下都拉的是乌拉尔北部公路，路况好于前一天的山路，很多地方甚至称得上准高速水平，整个路程只用了两个多小时。当看到静静流淌的都拉河时，维亚就在眼前。

从主道下来不到4公里，便进入小村。四周静悄悄的，两旁是俄罗斯乡村常见的木质小房，家家户户门前整齐码放着砍成一节一节的木材，是为过冬储备的燃料。一户人家门前还停放着一辆婚车，新郎模样的小伙子穿着帅气的礼服，正低头微笑着与伴郎模样的几个小伙伴交谈着什么。一切都是如此恬静、美好，与百年前的血雨腥风形成鲜明对照……

维亚火车站的规模，要比阿拉帕耶夫斯克车站小上许多。候车室已停止使用，寂寥，甚至是萧条。砖红色的房子，旁边一侧是一座水塔，另一侧就是纪念碑。纪念碑四周一圈铁制的栅栏，维涅尔一边打开栅栏，一边告诉我：

"水塔 100 年前就有了，甚至更早就在这里了……6 月份时，我们曾来拜谒过一次。"

在黑白灰三色纪念碑的正面，上用黑底白字刻有"彼得格勒第十七卡梅什洛夫团、中国团、波罗的海舰队水兵支队和马扎尔中队阵亡将士纪念碑"字样，下刻"1918 年，为捍卫苏维埃政权而牺牲者永垂不朽"。在侧面，上面灰色铭牌上刻有苏联最高苏维埃 1988 年追授任辅臣"红旗勋章"的主席团令；下面则是中国团团长任辅臣、卡梅什洛夫团团长布罗尼斯拉夫·什维尔尼斯两人的纪念牌匾。我们一行人依次在纪念碑前献花，哀悼 100 多年前为保卫新生苏维埃政权牺牲于此的英雄们。彼时，眼前浮现出 1918 年 11 月底的那场战斗。

在苏军中央国家档案馆中的原始档案显示，第二十九步兵师师长瓦西里耶夫 11 月 28 日晚命令第三旅旅长维雷舍夫要求中国团做好全面战斗准备：

> 我命令你让中国团的一个营做好全面战斗准备并在下都拉工厂待命。接到命令后，该营必须前往指定地点集结。

29 日入夜，已经连续鏖战数日的红军官兵在维亚火车站和维亚镇沉沉地睡去。维亚镇上极端仇视苏维埃政权的富农阿霍特尼科夫，偷偷跑到驻扎在普拉吉纳的白卫军指挥部提供情报，并带领敌军穿过人迹罕至的沼泽地，趁着黑夜向维亚火车站发动突然袭击。当天，白卫军多达四个团投入战斗，而红军只有中国团的两个营、卡梅什洛夫斯基团一个营、波罗的海舰队水兵支队及马扎尔中队，人数、

БОЙЦАМ
И КОМАНДИРАМ
17-го ПЕТРОГРАДСКОГО,
КАМЫШЛОВСКОГО,
КИТАЙСКОГО ПОЛКОВ,
ОТРЯДА МОРЯКОВ
БАЛТИЙСКОГО ФЛОТА,
ЭСКАДРОНА МАДЬЯР.

1918
ВЕЧНАЯ ПАМЯТЬ
ПАВШИМ В БОЯХ
ЗА СОВЕТСКУЮ ВЛАСТЬ

●任辅臣和在维亚战斗中牺牲的红军官兵纪念碑

● 苏联最高苏维埃主席团令(译文：值此乌拉尔从高尔察克集团手中获得解放七十周年之际，为表彰苏俄内战中红军第二十九步兵师中国团团长任辅臣在乌拉尔地区与高尔察克集团战斗中展现的英勇、顽强和自我牺牲精神，以及为苏中两国人民建立起战斗友谊而做出的巨大个人贡献，特授予红旗勋章。)

装备都处于劣势，遭遇的又是突然袭击。很快，掌握准确情报的白卫军将正在军列中熟睡的中国团指战员层层包围，机枪子弹雨点般朝红军防守阵地扫射过来。

尽管遭到突袭，任辅臣还是冷静指挥、沉着应战，命令各营交替掩护，伺机给敌人以重创。战斗由黑夜打到黎明，终因寡不敌众，地势和战机均十分不利。与敌人鏖战一夜，红鹰团官兵除 62 人突出重围外，大部分壮烈牺牲，无一人投降。打光最后一颗子弹后，已身负重伤的任辅臣在军列车厢的过道处被白卫军刺杀，壮烈牺牲，年仅 34 岁。

同样在苏军中央国家档案馆中，有一份记录了 11 月 30 日第三旅旅长维雷舍夫向第二十九师报告维亚车站战况的文件：

……敌我双方在车站激烈对射、反复冲杀，许多战士在肉搏战中英勇牺牲。搏斗中，我带领几名战士跳上装甲列车成功突围，随后维亚车站的战斗结束。

中国战士同志们失去了自己的团长。我旅已经没有军事委员，经过前日沉重打击，博格连诺夫同志病倒了。今天，被打散的部队正在归建，但在当前复杂情况下已经很难完成您交给我的任务。牺牲、负伤以及失踪的战士人数还未查清，旅指挥部以及卡梅什洛夫团、中国团目前只突围出来几个连。以上是我向您做的简单报告。

当日数小时后的 18 点 30 分，该旅长再向师长瓦西里耶夫发去电报：

许多部队像狮子一样战斗……卡梅什洛夫团团长什维尔尼斯身负重伤（后牺牲），旅军事委员鲍奇卡列夫、英雄的指挥员任辅臣同志以及许多光荣的营连指挥员英勇牺牲。

● 1918 年苏俄内战东部前线的中国营

1988 年 7 月 30 日，阿拉巴耶夫斯克冶金厂厂报《冶金人》刊登《英雄功勋永志不忘》一文，对中国团的事迹进行了报道。这篇文章中，苏联元帅戈利科夫表示，自己

曾与中国红鹰团的战士们并肩战斗。对红鹰团最后一次大战,戈利科夫是这样描述的:"在维亚火车站,白卫军包围了我们团。战斗进行了一夜,从始至终,我的战友中没有一人被俘虏,没有一人求饶乞怜……"

任辅臣及红鹰团战士牺牲的消息传到彼得堡红军总部,一向处变不惊的捷尔任斯基拿着话筒,呆呆伫立在写字台前,也没有人敢把这个消息报告给正在住院养伤的列宁。

红军夺回乌拉尔后的1919年,为铭记那场战斗中牺牲的中国红鹰团战士和苏俄红军的功勋和事迹,苏维埃政府在维亚火车站修建了牺牲将士纪念碑。此后每年10月25日,即最后一支外国武装干涉军被赶出苏俄的纪念日,维亚镇附近的民众会聚集在纪念碑前,缅怀、追忆那些为了这里的和平、宁静、自由而战斗和牺牲的红军中国国际主义战士。

1988年,任辅臣的儿子任栋梁来维亚火车站祭扫。

●苏联元帅菲利普·戈利科夫与苏俄《公社社员报》刊发的任辅臣牺牲讣告

2020 年，维涅尔、什梅廖夫陪同任辅臣的孙子任公伟悼念先辈。

近年来，中国驻叶卡捷琳堡总领馆每逢清明都会来此祭拜。

两天的追寻之旅很快过去，任辅臣在乌拉尔地区的岁月渐次在我头脑中清晰起来……

英雄任辅臣的后人们

任公伟先生今年（2021 年）75 岁，是苏俄红军中国红鹰团团长任辅臣的孙子，也是我第一个联系到的中国军团国际主义战士的后人。

我与任公伟能够"在线相识"，得益于莫斯科中俄文化交流中心主席李宗伦和俄中新丝绸之路文化发展基金会会长高先中的帮助。任公伟是李宗伦北京一〇一中学校友，毕业于北京师范大学中文系，退休前为北京联合大学教授，还曾担任《大学语文》教材的主编。作为中国红鹰团的后人，任公伟近年来一直推动让更多的人知晓百余年前中国国际主义战士在远离祖国的土地上保卫第一个红色政权的事迹。

●英雄团长任辅臣曾经战斗过的中乌拉尔上图里耶地区风貌

　　2021 年 7 月的一天，我在莫斯科拨通了任公伟的语音电话。传过来的普通话纯正、利落，声音洪亮、有力，交谈思路清晰，很难想象这是 75 岁的长者。将近 3 个小时的交流中，他讲得精彩，我听得入神。这期间，我担心他的身体便建议换个时间再聊，可他拒绝了："思绪已经打开，请让我接着说下去。"

　　那次，任公伟的讲述从 2021 年 6 月 17 日参加在辽宁省铁岭县镇西堡镇河夹心村举办的任辅臣红色文化教育基地启动仪式开始："那里是爷爷的家乡。我作为任辅臣烈士后代和红鹰团后人的代表参加活动，思潮翻涌、激情难抑。那是一个值得纪念的日子，也是所有中国红鹰团将士后人刻骨铭心的历史性时刻。经各方多年不懈辛勤努力，期盼已久的任辅臣红色文化教育基地，在中国共产党建党百年之际正式对外开放。"

●任公伟

列宁接见任辅臣家人

任公伟告诉我，参加保卫新生苏维埃政权的数万名中国国际主义战士的战斗足迹遍及西伯利亚、高加索、乌拉尔山区等地。爷爷任辅臣领导的中国红鹰团就战斗在乌拉尔山区。1918年，中国红鹰团为苏维埃战斗的英雄事迹很快就传到莫斯科。

任辅臣牺牲后，红军指挥部将其妻子、儿女接到莫斯科居住。任公伟说："1920年5月，列宁在克里姆林宫亲切接见了奶奶张含光、父亲任栋梁和任玉珊、任琳琳两位姑姑。父亲是1907年出生的，列宁接见那年他13岁。从我记事开始，就听奶奶和父亲多次谈起过那次接见。列宁称赞爷爷和中国红鹰团的国际共产主义精神，并表示：'感谢你们！用生命捍卫苏维埃政权……'"

任公伟父亲任栋梁后来曾回忆说：

> ……列宁穿的是深色西服，系领带。他个子不高，肩膀宽，很魁梧，声音大，说话快，热情而无拘束，神采奕奕，特别亲近。
>
> 列宁说，关于任辅臣团长的事迹，斯大林同志和捷尔任斯基同志从东方前线视察回来后都向我汇报了，感谢你们！用生命捍卫苏维埃政权。任辅臣同志是勇敢的战士，杰出的华工领袖，卓越的军事指挥员；他不仅是真正的布尔什维克，还是优秀的中华儿女；他创建的红鹰团为保卫苏维埃政权立下了很大的功勋，苏俄人民不会忘记的。
>
> 母亲张含光感谢列宁同志的关怀。她说在中国，

●中国油画:《永生难忘》。内容是列宁接见任辅臣的夫人张含光及子女（创作者赵友萍、周上列,源自中共中央马克思恩格斯列宁斯大林著作编译局编：《列宁画传》,重庆出版社2012年版）

妻子有责任照顾亡夫双亲,以及照料好后代。列宁表示尊重母亲的想法。1921年端午节前,苏维埃政府专门拨了一节车厢,派10名红军护送我们一家到中国满洲里火车站。

20世纪90年代在俄罗斯驻华使馆工作期间,中国"友谊勋章"获得者、俄中友协第一副主席加林娜·库利科娃认识任栋梁并与其有过交往。库利科娃回忆说,任栋梁告诉过她,自己永远记得伟大领袖列宁接见他们家人的情形。2019年6月中国国家主席习近平对俄罗斯进行国事访问前夕,我曾经专访过她。她当时送给我的《从学生时代到一辈子》回忆录中,有这样一段描述:

　　我永远也不会忘记与任栋梁的会面——在他2004年去世前,他不仅是中国,也是我们两国健在的为数

不多的见过列宁的人之一……我在北京工作时，经常
与任栋梁及其夫人宋奉琴见面。宋奉琴于 2018 年去
世，享年 103 岁。任栋梁有 7 个儿女和 8 个孙子，他
们都接受了高等教育。长孙在苏中友好协会的协助下，
1989 年毕业于莫斯科国际关系学院，其他的孙辈还在
读中学。他们的家庭成员一直保留着家族传统，非常
珍视我们的友谊。任栋梁的儿子任公伟至今仍致力于
促进中俄间的文化合作，特别是从事俄罗斯油画艺术
在中国的推广工作。

"在内心深处，奶奶从来不相信自己的丈夫已经牺牲。
因为爷爷说过，等苏俄革命成功后，会带领中国团战士从
新疆伊犁返回中国闹革命。当年她带着 3 个孩子千里迢迢，
从中国东北远赴乌拉尔的阿拉帕耶夫斯克小城与爷爷团
聚。爷爷组建红军队伍之后，她成为中国红鹰团后方办事
处负责人。列宁接见之后，她带着 3 个孩子回到祖国，独

●任公伟与加林
娜·库利科娃

自把他们抚养长大。奶奶把当年爷爷出国时使用的皮箱带回国，一直在家里保留着。我将这只皮箱捐给了任辅臣红色文化教育基地，现在陈列在那里的任辅臣纪念馆。"任公伟说。

来自最高领导人的批示

在任公伟的记忆中，生活的磨难让奶奶十分坚韧。"文化大革命"期间，父亲受审，被扣上"苏修特务"的帽子关进牛棚、九死一生，一家人分散到全国各地。任公伟一直在乡下，1974 年才得到特别批准返京照顾奶奶。回到北京的他，当了一名炼钢工人。"那时，奶奶已是 90 岁高龄，身体每况愈下，腿摔坏了，瘫倒在床。请医生不来，也没有条件上医院治疗。"

万般无奈之下任公伟做出了一个大胆举动，写信反映家里情况，请求解决父亲的问题并让奶奶得到治疗。写好之后，他跑到电报大楼给毛主席、周总理各寄去一封挂号信。同时，他还怀里揣着另一封信来到中南海西门，希望能呈上信件。"大概是 1975 年春节后，北京市革命委员会统战领导小组、文化卫生领导小组的两位负责人来到我家，宣读了最高领导人批示，对奶奶要'尽一切努力抢救，终身奉养、高干待遇'。后来，老人家被送进同仁医院治疗，直到 1975 年 5 月 11 日去世。奶奶的追悼会是在八宝山举行的。"

任公伟说："对奶奶的批示，让我进一步理解并相信，中国共产党没有忘记以爷爷为代表的中国国际主义战士，没有忘记那段历史。"

让任公伟难忘的是，爷爷受到中俄两国人民的尊敬。

"1988年7月17日至27日，在爷爷牺牲70周年之际，受苏中友协、对外友好与文化交流协会邀请，我陪同父母到苏联为他扫墓。当时苏联很多广播、电视进行了报道。《真理报》称我们是'英雄的儿子''英雄的孙子'，这让我们一家人很受感动。在苏联朋友陪同下，我们拜谒了莫斯科红场的中国烈士纪念碑，还去了爷爷牺牲的地方，那里也建有一座纪念碑。我知道，俄罗斯至今很多地方还有这样的纪念碑。"

受联共（布）中央和苏联最高苏维埃主席团委托，苏联驻华大使奥列格·特罗扬诺夫斯基1989年11月2日在

●张含光（前排左三）与儿子任栋梁（前排右二）一家合影

●任栋梁（前排左三）1988年和家人在苏联斯维尔德洛夫斯克

使馆举行仪式,把追授给任辅臣的"红旗勋章"交给了任栋梁。任辅臣烈士是被苏联追授"红旗勋章"的唯一中国人。"父亲领取了这块勋章,它一直被珍藏在家中。我们家属一致决定,要将它捐给国家。"

任公伟还清晰地记得1988年去维亚火车站扫墓的情形。7月20日,他们在维亚火车站纪念碑前祭拜爷爷和其他牺牲的中国团官兵。"父亲站在纪念碑前,眼里饱含泪水,献上了祭文:'父亲!我们离别已经70年了……儿子没有违背您的意愿,我把7个孩子都抚养成人,都接受了高等教育,他们大多数是共产党员……'"

任公伟还提道,他父亲遵照奶奶的遗愿,把她的一半骨灰与任辅臣安葬在一起,并带回一捧那里的泥土,送至铁岭市烈士陵园。

任辅臣亲笔写下的最后一份文件

1988年苏联之行时,父母和任公伟得到了一份珍贵资料。在任辅臣牺牲前10天左右,也就是1918年11月中旬,激烈战火间隙,任辅臣曾亲笔用俄文留下最后一份文件,即中国红鹰团排以上49名指战员名单。"去祭拜祖父和中国红鹰团将士时,苏方将这份名单赠送给父亲。熟稔俄语的父亲亲自将其译成中文,并将这49人的中文名一一对应地写下来,母亲则用她那娟秀的字体将译文写在一页纸上。"任公伟说。

"2004年,父亲永远离开了我们,名单传到我的手中。这份珍贵的文件复印件,现在完整地陈列在任辅臣纪念馆展厅中。于父亲而言,这是爷爷留下的政治遗嘱;对我来说,这是父亲留下的家庭遗嘱。"

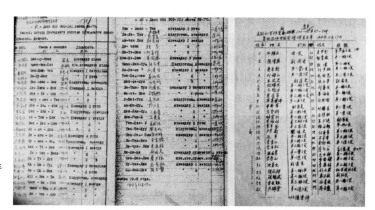

●中国红鹰团排级以上指挥员名单

谈话后不久，任公伟将名单影印件给我发了过来。看到上面的一个个名字，我心情难以平静，似乎能想象出任辅臣在硝烟之中执笔写下名单那一时刻的从容、悲壮。当我在维亚火车站为牺牲的中国红鹰团官兵献上鲜花时，眼前再次浮现出那份名单，这是名单上的人留在尘世的最后点滴，我更理解了任公伟跟我说的一番话："这些年来，我无数次翻看它，越来越意识到，记录下祖父和中国团的事迹，找寻后中国团时代的痕迹，传承他们的理想和精神，是先人留给后人的遗愿，也是历史赋予后代的责任。"

世纪交往，世纪友谊

近年来，任公伟一直把促进中俄两国友好交往作为自己的责任和事业。他办讲座，接受媒体采访，接待来华的俄罗斯友人，多次出访交流。"作为任辅臣烈士的后代，中国红鹰团将士的后人，唯有加倍感恩，加倍回报，加倍努力，为中俄世代友好，为世界和平，竭尽所能地贡献绵薄之力。"

2011年7月，在纪念《中华人民共和国和俄罗斯联邦睦邻友好合作条约》签署10周年暨任辅臣127周年诞辰之际，任公伟应邀在北京的俄罗斯文化中心做了长达两个多小时的专题报告。"那年所进行的中俄友好系列报告中，我是首位报告人。我用自己掌握的所有影像、文字、图片等资料，讲述了作为任辅臣后人寻找中国团足迹的故事。"《一个世纪的交往，一个世纪的友谊》，是这场专题报告的名称。

如今，任公伟身边聚集了一批为传承那段红色历史而努力的中俄两国热心人士。"很不幸，旅居俄罗斯的红鹰团副团长荆一清的外孙黄志柏被新冠肺炎夺去生命。他生前长期致力于中俄友好事业，曾担任俄中友协斯维尔德洛夫斯克州分会秘书长。如今，他所在机构的两位副主席，维涅尔和什梅廖夫先生，俄中友协车里雅宾斯克分会主席尤里·巴博诺夫先生，以及前面提到的高先中、李宗伦等都致力于以此段历史为切入点推动两国交流，希望在中俄两国关系处在好时期的当下，让更多的人尤其是两国的年轻人，了解、珍惜中俄百余年前用鲜血凝成的友谊。"

百年沧桑，百年风云。寻找中国国际主义战士的足迹、记录他们的故事并非易事。每每困难之时，任公伟的话便回响在我耳边："我爷爷和我们家的故事是完整的、清晰的，然而绝大多数中国国际主义战士不为人所知晓。他们中的一些人长眠在异国他乡，一些人消失在历史的烟尘中。目前国内虽然有了一些出版物、文献资料在挖掘、讲述这段红色历史，但远远不够。于公于私我都希望，你作为常驻俄罗斯的媒体人，能在那片土地上进一步挖掘出新鲜的东西，记录并审视当下俄罗斯人对那段历史的看法。我相信，这将是对现有材料的很好补充。"

任公伟念兹在兹的事情，过程虽艰难，但意义非凡。

第九章

传奇战将包其三

1961 年，苏联军事出版社曾发行过一套名为《内战英雄》的明信片，汇集了瓦西里·布柳赫尔、米哈伊尔·伏龙芝、谢苗·布琼尼、瓦西里·恰巴耶夫（夏伯阳）等 30 位遐迩闻名的苏俄红军指挥官画像。其中，与他们并列的赫然有位中国人，他就是内战时期驰骋于北高加索、顿河流域、中亚撒马尔罕等地的传奇英雄包其三（包清山）。

俄罗斯人眼中的"中国战士同志"

运气算是不错，我居然在一家俄罗斯收藏网站淘到了这套明信片。明信片创作者栩栩如生地勾勒出包其三半身像，比照包其三留存下来的有限几张照片，明信片的画像着实传神，包其三外表俊朗、斯文，气质上更像文人。尽管眼眸透着刚毅、坚定，但还是让人难以想象这是位让苏维埃敌人闻风丧胆的"硬核"战将。

包其三得以进入更多人的视野，是在 20 世纪 50 年代中苏两国间伟大友谊时期。1956 年夏天，苏联作家诺沃格鲁茨基和杜纳耶夫斯基无意间发现，内战时期北高加索地区曾活跃着一支华工组成的队伍，其领导者是包其三。随后历时 3 年多，两人在全苏各地遍访包其三的老战友，查阅大量档案文献，甚至还写信求助北京的中苏友好协会。经过查访，包其三的事迹被一点点挖掘出来，1959 年，两位作家出版了《中国战士同志》一书。该书出版后，数以百计的信件纷至沓来，内容涉及不少老战士的个人回忆录、文献、旧照片、军事命令摘抄等。他们借此对图书进行修改、补充，在 1962 年以《沿着包其三的足迹》的书名再次出版。

历史的脚步迈入 21 世纪，俄罗斯依然有人关注这位来自中国的内战英雄。2010 年，俄罗斯内务部内卫部队杂志《在战斗岗位上》第 2 期的《有趣事实》栏目中，刊登了铁木尔·马科耶夫撰写的《红军指挥官包其三与他的无畏部队》一文，还原了这位英雄的战斗事迹，让当今的俄罗斯读者看到了百余年前苏俄红军中国战士的英姿。在文章开篇，他这样描述：

> 北奥塞梯共和国首都中心的一个广场，矗立着一座 25 米高的花岗岩方尖碑。碑上刻着："献给国内战争年代在北奥塞梯为保卫苏维埃政权而献身的中国同志们。北奥塞梯苏维埃社会主义自治共和国的劳动人民谨立。"这座纪念碑所在的广场，在当地被称为"中

● 苏联 1959 年版《中国战士同志》一书封面和扉页

国志愿军广场"。中国"志愿军同志"的哪些功劳被铭记？现在很少有人对此有所了解。可曾知道，在苏维埃政权的最初几年，一支独特的部队——捷列克共和国契卡第一中国独立支队在北高加索浴血作战。其战斗经历，是我国内战史上研究最少的一页……

8月盛夏时，我在俄罗斯国立图书馆阅读到《中国战士同志》《沿着包其三的足迹》两书。指尖滑过泛黄的旧纸时，些许激动，思绪跟着行行文字，回到百年前，感觉那些字里行间，跳动着历史的脉搏……

关于包其三的早年生活，记载寥寥。他1887年生于沈阳，年幼时成为孤儿。1905年左右，他随一位参加过俄日战争、名叫米哈伊尔·瓦茨纳泽的沙俄军官来到格鲁吉亚

●位于弗拉季高加索市中心的中国国际主义战士纪念碑

首府第比利斯，并在那里的一所教会中学接受了教育，俄语名字为科斯佳（康斯坦丁这个名字的小名，爱称）。离开学校后，包其三曾在俄国商船上做客舱男服务生，这段经历，让他游历四方、广闻博见，英语也达到了较高水平。十月革命爆发时，正在彼得格勒一家工厂工作的包其三加入了赤卫队，随后不久成为一名布尔什维克。十月革命后不久，包其三被中华旅俄联合会派往北高加索地区，与那里的华工建立联系，进行革命宣传。第一次世界大战爆发后，大量华工涌入这一地区，而他俄语流利、熟悉当地情况。造化弄人，在这里，他拿起枪杆子，成为一名红军指挥官。

苏俄内战中，北高加索地区是俄共（布）和苏维埃政府特别重视的地区。马科耶夫认为，这毫不奇怪，"这片土地不仅传统上具有被种族和宗教矛盾撕裂、政治不稳定、不可预测性大的特点，而且捷列克和库班的众多哥萨克反革命分子的存在，使得该地区发展成俄国南部反布尔什维克势力的主要据点之一"。

捷列克共和国契卡部队指挥官

1918 年 3 月，新生的苏维埃政权宣布在北高加索中部地区建立捷列克共和国。该共和国领土包括现在俄联邦北奥塞梯、卡巴尔达 – 巴尔卡尔、卡拉恰伊 – 切尔克西亚、车臣、印古什及达吉斯坦西北部地区。从诞生之日起，捷列克共和国就遭到邓尼金白卫军和顿河哥萨克武装的疯狂进攻。为捍卫革命成果，红军与反动势力展开了殊死争夺。很多旅居在此的华工同情革命，支持布尔什维克和苏维埃政权，不少人直接加入红军。

1918 年春天，捷列克共和国组建了由 450 名（也有资料说 600 名）中国战士组成的契卡第一中国独立支队，这支队伍成为捷列克共和国重要的武装力量。中国支队骁勇善战，英勇顽强，被人们传颂为"列宁从莫斯科派来的中国赤卫师"。这支部队的总部设在共和国首都弗拉季高加索，包其三被任命为支队长。

为什么会成立中国独立支队？我从当年乌克兰哈尔科夫赤卫队指挥官格里高利·特列季亚科夫那里找到了答案。1918 年初，他带领队伍向北高加索地区挺进，沿路吸纳了不少华工，队伍不断壮大。抵达弗拉季高加索后不久，他接到上级命令，让他把自己队伍中的中国战士交由捷列克共和国军事委员会另行安排。他非常生气，希望能将忠诚事业、英勇顽强、严守纪律的中国战士留下。于是，他找到时任共和国人民委员会主席塞缪尔·布哈契泽（党内化名诺伊，1918 年 6 月在一场集会中被刺杀）。从诺伊那里，特列季亚科夫得知成立中国独立支队是列宁的提议。列宁当时特别提醒诺伊，在这个多民族地区，要注意组织各民族人民自己的队伍。也是从诺伊那里，他第一次听到包其三的名字。

"指挥员已经有了，这是一位很能干的人，他叫包其三。"那以后，这个名字时常出现在特列季亚科夫耳边。据老战士回忆，当时领导北高加索地区苏维埃政权进行武装斗争的谢尔盖·基洛夫（布尔什维克党早期领导人，1934 年担任列宁格勒州委书记时在办公室被暗杀，成为导致苏联"大清洗"运动的导火索）非常器重包其三，两人建立了深厚的革命友谊。

基洛夫参加了中国独立支队的成立仪式。这位激情澎湃的革命家发表了热情洋溢的讲话，亲手将一面红旗交到队长包其三手中。包其三代表全体战士庄严宣誓："革命的俄国已经成为我们的第二故乡，我们宣誓要做革命俄国的忠诚战士和革命小兵！"

那一年，包其三刚刚 30 岁出头，他很快赢得战士们的尊重和爱戴。凭着优秀的组织管理能力，他将中国独立支队打造成苏俄红军队伍中遵守纪律的模范。

中国支队老战士李振东回忆，大家都非常喜爱自己的队长。在他们看来，这位沈阳人的俄语说得不比任何俄国人差，他有很多俄国指挥官朋友，还能阅读俄文报纸和大部头书籍。他精力充沛，有问必答，不摆官架子，既能听取别人的意见，也善于提出忠告，必要时也会严厉批评……他是一个很有文化的人，体格匀称，个子不高，一身总是很整洁，经常穿一件皮夹克。基洛夫同志送给他一支毛瑟枪和一支黑色海泡石烟斗，他从不离身……

性情豪爽的包其三考虑问题很细致、全面。诺伊曾来到设在市中心一栋两层楼房的中国支队营房与战士们座谈。

●苏俄内战英雄
　包其三

由于诺伊身体十分虚弱，包其三下令禁止在召开座谈会的礼堂吸烟，而且让战士们提前 3 天开窗通风。五一国际劳动节时，他邀请基洛夫和中国支队一起欢庆，其他分队的红军战士也来到中国支队营部做客，基洛夫和红军战士们的嘹亮歌声响彻街道上空。端午节来临，包其三又组织大家庆贺传统节日。不少战士希望他再次邀请基洛夫。可是，那时战事一触即发，为解决武器装备供应不足问题，基洛夫已前往莫斯科。

到北高加索前，包其三从来没有带过兵，但他善于学习，和副队长一起为中国支队制定了详细的条令。按照条令，战士们有着规范的作息制度，每天日程包括军事训练、政治座谈会、警卫勤务、休息，每一项都有固定时间。士兵不能随意逛市场，营地必须保持清洁，未经批准不能擅自离开等。经过严格的军事训练，战士们很快学会了瞄准射击和一些战术。

包其三治军严格。有一次，他发现几名战士违反规定，公然玩纸牌，随即宣布严厉处罚。从那以后，战士中再无人敢违反纪律。有资料记载，即便是时任乌克兰、南俄和高加索特派员的奥尔忠尼启则进入其军营，也需提前通知，得到批准后方可进入。

●谢尔戈·奥尔忠尼启则（左）与塞缪尔·布哈契泽（右，党内化名诺伊）

征战北高加索的传奇战将

1918年夏天，北高加索的哥萨克在英帝国主义的支持下发动反革命叛乱。到7月初，白卫军先后占领莫兹多克、纳尔奇克和交通枢纽普罗赫拉德纳亚（现为俄联邦卡巴尔达－巴尔卡尔共和国的普罗赫拉德内）车站。随着车站陷落，年轻的捷列克共和国面临着严峻考验——武装部队人数有限，枪支弹药严重缺乏，与其他革命军队的联系被掐断，只能依靠自己的力量应战。危急关头，原本主要负责保护首都军火库、火车站和银行等地点的中国支队，勇敢地肩负起战斗重任。

7月，包其三率领自己的队伍参加了夺取普罗赫拉德纳亚车站的战斗。当时，中国支队和其他队伍一起组成特别联合部队，乘火车开赴前线作战。火车走走停停，平时只需3小时的路程，花了将近一夜，黎明前终于来到马尔卡河边。隔着波涛汹涌的河流，普罗赫拉德纳亚车站就在对岸，白卫军则躲在河边战壕里。河上有一座桥，要想夺回车站，

●在装甲火车上战斗的苏俄红军官兵

红军必须控制这座桥。

特别联合部队军事指挥官认为，正面夺桥会伤亡惨重，最佳方案是挑选几名胆大心细的战士，在天亮前悄悄摸到对岸，抓住有利时机进行偷袭，红军大队人马趁敌人混乱时发动进攻。这一艰巨任务落在中国支队身上。《红军指挥官包其三与他的无畏部队》作者马科耶夫详细描述了那次战斗：

在一个没有一点儿星光的苏俄南方漆黑之夜，红军侦察兵李振东、鲁海烈和王奇手举轻机枪、步枪，借助一根圆木渡过波涛汹涌的马尔卡河，漂到被哥萨克占领的岸边。他们3人匍匐前进，爬上陡峭的河岸。黑暗让他们无法分辨自己的具体位置，也不知道敌人的火力点究竟在什么地方。按照队长之前的交代，他们只能悄悄地趴着，等待敌人自己发出"信号"。

他们的耐心很快有了"回报"。突然间，不远的地方，一星火光在漆黑的黑暗中闪过，应该是哥萨克人划着了一根火柴。李振东立刻下令开火，王奇扣动了扳机，鲁海烈也开始用步枪射击。哥萨克白匪军的阵地上传来了一阵叫嚣声和射击声。敌人把枪口对准3位战士的方向，却暴露了自己的位置，遭到对岸红军大炮的猛烈轰击，吓得四处乱窜。进攻时刻到了，红军战士们高喊着"乌拉"，端着枪，迅速冲过大桥。红军几乎毫发无损地将敌人赶出普罗赫拉德纳亚车站……

这次战斗让包其三和中国独立支队一战成名。俄共（布）高加索地区委员会主席菲利普·马哈拉泽回忆说，这支队伍成立不久便成为捷列克共和国苏维埃政权的重要支柱。

在随后的战斗中，包其三更是展现出杰出的军事才能。老战友们都这样评价他："仗打得好极了，是个异常勇敢的人。"

1918年7月中旬，前线局势出现巨大变化。白卫军调集大批援军，转入反攻。面对强敌，红军决定有组织地撤回弗拉季高加索。包其三的中国独立支队负责在阿斯杰米罗沃村附近拖住敌人，为大部队转移争取时间。他们顽强战斗、坚守阵地，直到上级传达下来撤退命令。

白卫军仗着人多、装备精良，逐渐逼近弗拉季高加索，并于8月5日突破城市防线。形势十分危急，中国支队忽然从位于城中心的中央广场的一栋高楼里升起了一面红旗，紧接着中国支队战士们向白卫军猛烈射击，并依托掩体，挫败了白卫军的多次进攻，始终把这一重要的制高点掌握在自己手中。双方激烈巷战12天后，敌人被迫弃城逃跑。马科耶夫认为："在很大程度上，这要感谢中国独立支队，他们在保卫捷列克共和国首都的某些街区时表现出惊人的顽强。正是这种韧性，使红军有机会在最危险时刻向这里集结更多军队。"

●包其三中国部队老兵李振东和在高加索的苏俄红军部队

● 苏联油画:《苏
俄内战时期的
高加索》

● 北高加索山区
的夏天

● 弗拉季高加索
市内中国军团
战士防守的一
幢建筑物

很多年以后，经历过这场保卫战的人们都还记得中国战士的英勇和悲壮。中国支队化整为零，分成数个小组。在库尔斯克、莫洛康定居点，在用作政府机关的什杰因盖尔男爵府邸，在商人齐帕洛夫的住宅，在亚历山大·涅夫斯基利涅依教堂的钟楼，在医院街，在实验中学等地，均留下了中国战士英勇战斗的身影。他们在夜间深入敌军占领的街道投掷手榴弹，令敌人惶恐不安；他们珍惜每一颗宝贵的子弹，总是等敌人走得很近时才射击；他们坚守教堂钟楼 12 天，白卫军始终无法占领教堂所在街道。直到叛乱被平息，这些筋疲力尽的战士才被抬出来。更为传奇的是，他们还曾巧妙地从敌人手中缴获两辆装甲车……

弗拉季高加索保卫战结束以后，领导这次战斗的奥尔忠尼启则向中国独立支队表示感谢。

格罗兹尼的"百日保卫战"

1918 年 9 月，包其三奉命率领独立支队的一个连，驰援 90 公里外的格罗兹尼。当时，这座著名的"石油城"被白卫军包围。包其三和战士们绕开敌军占领的村镇，一路向东急行军。抵达后，他们旋即与当地工人、农民及从别处赶来的革命队伍（其中包括一个中国连）一起与白卫军进行了长达 3 个多月的残酷厮杀，这就是苏俄国内战争史上有名的"百日保卫战"。

战斗在市区和近郊展开。在沙马什舍村附近，中国支队用刺刀冲锋击退了一个敌军步兵营。在一座极具战略意义的铁路桥旁，中国战士数次粉碎白卫军的破坏企图，保证了"战士"号铁甲列车运载着红军战士顺利开往敌后，对敌方司令部、机车厂和据点进行攻击。一位名叫杨新乡

的年轻战士还单枪匹马缴获了一辆给红军造成重大伤亡的白卫军装甲车。《奥塞梯社会主义报》这样写道：

> 杨新乡躲在一堵矮墙后，手榴弹用完了，步枪子弹也打光了。在装甲车从他身边驶过的那一瞬间，他纵身跳了上去，抢起枪托奋力砸向机枪管，机枪管被打坏了。白卫军急忙刹住车，想调转车头逃走，无奈道路很窄，车头转不过来。这时，附近的红军战士听到杨新乡的喊声，纷纷跑过来，将车上的白匪军全部俘虏。当他们驾着装甲车在街上驶过时，人们热情地向这位中国战士欢呼致意。

侦察兵李振东也随包其三转战格罗兹尼，在近郊战斗中表现出色。在一次侦察中，他与另外两位战士被白卫军抓住并关进地牢。天黑后，被打得遍体鳞伤的李振东从地牢通风口爬了出来并归队。随后，他带着一队人马潜入村庄，消灭了白卫军哨兵，救出了战友，还夺来数支步枪。为了表彰李振东，包其三将基洛夫送他的烟斗转送给李振东。

格罗兹尼保卫战结束后，包其三和中国战士们马不停蹄，参加了解放莫兹多克、纳尔奇克的行动。12月，回到弗拉季高加索的包其三被选为捷列克共和国第五次人民代表大会代表。在这座城市里，他成了无人不知、无人不晓的英雄。

然而，对包其三来说，接下来的数月是痛苦的。很多追随他的战士牺牲，带着无法实现的回乡梦，永远离开了他们眷念的这个世界。

1918年底，高加索的暴风雪格外猛烈。比天气更糟糕

●20世纪初的
"石油城"格
罗兹尼

　　的是，控制着顿河和库班的邓尼金白卫军对当地的红军第
十一军发动了强大攻势。白卫军封锁了通往弗拉季高加索
的所有通道，并动用精锐部队从三面进行包围。

　　1922年8月14日的《东方曙光》刊文披露第十一军
当时被迫撤离弗拉季高加索的困境："无论战略上还是战
术上都处于最不利的境地，既没有供应充足的后勤部队，
也没有占有交通线和交通工具。"

　　连续作战、无暇休整的中国支队，接到的新任务是掩
护大部队撤离。按照上级安排，他们迅速赶到城外一个小
火车站。在包其三的指挥下，战士们击退了敌人骑兵连一
次又一次进攻。在敌人的强攻下，身边的战友一个个倒下，
包其三沉着指挥应对，直至接到司令部命令，才率部撤到
指定地点基兹利亚尔。一些战士落入邓尼金白卫军之手，
被赶到一座清真寺里，惨遭枪杀。

　　与此同时，中国支队有一个连100多名战士被派去攻
取再度落入敌手的格罗兹尼。然而，全连除连长宋赤山和
杨新乡成功转移、18名战士被俘后惨遭射杀，其余全部壮

烈牺牲。宋赤山和杨新乡突围到了山区，随后不久从那里重返战场。

来不及悲伤的包其三安顿完伤员，带领幸存的战士和第十一军其余编队从基兹利亚尔向卡尔梅克大草原进军，目的地是500公里外的阿斯特拉罕。冬天的草原，北风刺骨、大雪纷飞，气温降到零下25摄氏度左右。战士们饿了没的吃，累了无处歇，

●包其三

就连篝火都点不着，还时刻要防备敌人的子弹和军刀。前进一步，中国军团战士们都要耗费巨大的体力。这次凶险万分的长途行军，历时整整一个月，全队减员2/3以上，500多人的队伍到达目的地只剩下约150人。

幸存者李森科夫曾回忆，在数千名红军中，中国支队十分与众不同：

到达距离阿斯特拉罕60公里的别列赞卡时，大家都筋疲力尽。战士们倒地就睡，哪怕地面是皑皑白雪。万一白匪军袭击，部队都毫无防备……然而，如此纷乱的部队中，有一支中国队伍，他们全副武装，沉默地蹲守着一堆篝火，一辆两轮马车上码放着武器。眼前这些战士超人的军事忍耐力，太让我感到惊讶了……

●卡尔梅克大草原的冬天

在距离阿斯特拉罕市不远的一个村庄，基洛夫迎接这支减员严重的中国支队。包其三队长走在最前面，他让旗手高举军旗。尽管他们疲惫不堪，衣衫褴褛，冻坏的手脚上绑着已经完全看不出颜色的绷带，但全体战士都保持着军人的姿态，迈着整齐步伐。基洛夫上前紧紧拥抱住包其三。

从阿斯特拉罕"镇暴"到格罗兹尼"灭火"

在阿斯特拉罕稍作休整后，包其三又接受了新任务。1919 年 3 月 10 日，阿斯特拉罕爆发了由当地资产阶级、哥萨克、白卫军共同组织发动的叛乱，几天内被中国支队平息。然而，在阿斯特拉罕码头，几名中国战士在与数倍于己的叛军交锋中不幸牺牲。其中，战士刘发烈誓死不向叛军投降，将最后一颗子弹射进自己的心脏……

此时，中国支队减员严重。尽管补充了大约 30 名中国籍渔场工人和港口装卸工，但问题没有从根本上得到解决。在阿斯特拉罕，他们同另一支中国队伍被整编为第三十三师师部直属独立中国连。1919 年 5 月 1 日，连队开往顿河前线。顿河地区被解放后，他们转战库班。

　　1920 年夏天左右，中国连再次扩编为中国营，成为高加索劳动军的第十东方国际营，包其三担任营长。两年前，包其三带领中国支队在格罗兹尼与白卫军厮杀百日，如今他们又回来支援这座已经回到苏维埃政权手中的"石油城"。当时，必须立即组织恢复石油生产和运输，可这里的五口油井从 1917 年底被敌人破坏后就开始燃烧，到 1920 年已经烧了两年半。

　　为完成《中国战士同志》的写作，诺沃格鲁茨基和杜纳耶夫斯基曾专程拜访格罗兹尼一位 70 多岁的老石油工人阿姆巴尔祖莫夫。老人在近 40 年以后还清楚地记得，在采油场的劳动队伍里见到过一小队中国红军，其中一位指挥员俄语说得很好，非常英勇、反应敏捷，也很有头脑。他

●出征前的阿斯特拉罕共产主义国际团

们共同想办法扑灭了油田大火。

1921 年 2 月结束在格罗兹尼油田的任务后，国际营返回弗拉季高加索，深入山区，清剿邓尼金和弗兰格尔的残余武装。由于任务艰巨，而国际营战士人员不足，急需补充兵员，于是包其三带着一名战士从格罗兹尼直接前往刚从孟什维克统治下解放的格鲁吉亚，在那里的华工中进行宣传。经过号召，150 多名华工加入红军。当年春天，包其三和战士们一起回到弗拉季高加索，在新成立的北高加索山区苏维埃社会主义自治共和国组建起契卡第一中国独立支队，他再次出任队长。包其三带领这支队伍，在北高加索山区同残匪进行了不懈斗争，为巩固当地苏维埃政权做出重要贡献。

山区共和国苏维埃政府在鉴定中对包其三和中国支队给予高度评价：

> 包其三指挥的支队虽然物资得不到保证，远离后方，忍饥挨冻，但毫无怨言，在北高加索山区出色完成了无数次战斗任务。不管是歼灭零星散匪，或是打击装备良好的白匪军，他们都是真正的国际主义战士的典范，都是保护劳动人民权利的忠诚卫士的典范。

1922 年 1 月上旬，这支队伍接到了在苏俄内战南方前线的最后一项任务，前往罗斯托夫州首府顿河畔罗斯托夫。那时，这里的白卫军、无政府主义者和形形色色的刑事犯罪分子肆无忌惮，成群结队恐吓市民。每当夜幕降临，居民都提心吊胆。有天晚上，嚣张至极的匪徒在市中心广场的两座建筑物间竟然拉出横幅，上写"早上是你们的，晚

●苏联油画:《苏俄内战中的红军骑兵》

上属于我们"。在包其三的提议下，全城实施戒严，中国支队轮流巡逻。当地苏维埃政府授予他们权力，在街上可以对袭击者当场开枪。大约两个月后，顿河畔罗斯托夫恢复了平静和秩序。

受重用征战中亚

由于国内战争基本结束，苏维埃俄国转入和平劳动、恢复国民经济时期。1922 年 3 月，中国支队接到解散命令。战士们有的希望留下参加建设，有的准备回国。后来，一些人如愿返回祖国；另一些人复员，分散定居在弗拉季高加索、纳尔奇克、巴库、哈尔科夫、符拉迪沃斯托克、撒马尔罕及车臣、印古什等地。例如，杨新乡后来留在弗拉季高加索（苏联时期，这座城市改名为奥尔忠尼启则），1936 年退休后住进该市养老院，直到 1952 年 4 月 23 日去世。宋赤山选择在符拉迪沃斯托克居住，成为一名警察，最后晋升为上尉。

包其三则再次被委以重任，带领 9 名战士前往现位于中亚国家乌兹别克斯坦的撒马尔罕。接下来的两年里，他指挥穆斯林骑兵营同苏维埃政权的敌人巴斯马基匪徒进行了数十次作战。1923 年 5 月，他被召回莫斯科。离开前，撒马尔罕市革命委员会为表彰他的功绩，赠给他一只金表，上面刻有"赠工农苏维埃政权的英勇捍卫者，在与巴斯马基匪徒战斗中发挥重大作用的包其三同志留念——撒马尔罕市革命委员会主席团"。由于在中亚的赫赫战绩，包其三被授予"红旗勋章"。

撒马尔罕，中亚历史名城。60 多年前，诺沃格鲁茨基和杜纳耶夫斯基曾到那里寻访。为他们提供线索的是包其三在俄国的女儿。在弗拉季高加索时，包其三与俄国姑娘叶甫根妮娅·巴拉耶娃结婚，她是中国营政委博格丹·巴拉耶夫的妹妹。妻子随包其三来到撒马尔罕，并在那里安家，有了一个可爱的女儿。包其三被召回莫斯科时，母女俩留在撒马尔罕。女儿结婚后，携母亲迁到高尔基市（现为俄联邦下诺夫哥罗德）市郊。

在撒马尔罕，为了办理抚恤金，叶甫根妮娅把手头有关包其三的所有证件，包括委任状、通行证、奖状和调遣令等，都交到撒马尔罕市社会保障科。两位作家便是顺着这条线索，在社会保障科找到了关于包其三的资料卷宗。由此，这位英雄的很多经历终于合乎逻辑地串联在了一起。

离开中亚前，包其三的人生履历、战斗经历基本上是完整和清晰的。然而，离开中亚后，有关他的记载戛然而止。此后，出现了截然不同的说法，给这位苏俄内战的传奇英雄增添了神秘色彩。

充满谜团的人生归宿

说法一：在俄国的妻子和女儿，对包其三 1923 年以后的事一无所知。她们得到的消息是，包其三 1924 年回到祖国，并在此后的革命战争中牺牲了。前面提到《红军指挥官包其三与他的无畏部队》一文作者马科耶夫也说，包其三在（苏俄）内战后回到中国，率领中国红军的一支部队，最后牺牲在战场上——而具

● 20 世纪 20 年代的撒马尔罕

● 有关包其三在撒马尔罕活动的文件档案

体是何时何地，已经无从考证，"也许，中国人民解放军的同志们可以帮助我们了解包其三回国后的命运"。俄罗斯《北奥塞梯报》称："……只知道科斯佳（包其三）后来在中国度过。"

说法二：2004 至 2005 年间曾有中国媒体报道称，包其三就是曾任中东铁路公司监事会少将监事、后于 1924 年被奉系军阀张作霖杀害的杨卓。当时，杨卓的孙子杨刚以史料为据，在 2005 年出版了一本名为《家殇——奉俄外交与哈尔滨杨卓事件之谜》的书，认为包其三就是杨卓。据该书记述，奉系军阀张作霖 1927 年初以"通俄"罪名突然处决了中东铁路公司少将监事员、死前一直担任其苏联事务顾问的杨卓。杨卓这位中国东三省著名的"俄国通"被杀，震动很大。当时，官方拒绝对此做出具体解释，"杨卓事件"遂成历史悬案。2005 年，中国刑警学院教授赵成文以刑事相貌学鉴定两人的历史照片，判定杨卓和包其三系同一个人。就在这一年，包其山后代与杨卓后代还取得联系，并于 2008 年 3 月在拉脱维亚首都里加见面。

说法三：俄总统档案馆 2005 年与俄罗斯境内的一家社会团体联合整理、公布了一批解密档案，即"联共（布）中央政治局成员签署的处决名单"，俄文拼写的"Пау-Ти-Сан"（包其三）是其中之一。名字后面，只有简单的几行文字："1887 年出生于中国，中国国籍，联共（布）党员。基辅联合指挥官学校翻译。居住地为莫斯科苏维埃街 9 号 20 室。1925 年 11 月 10 日被捕。1926 年 4 月 19 日，被苏联人民委员会国家政治保卫总局（格别乌）以"反革命恐怖活动罪"判处死刑。

●俄罗斯社会团
体公布的包其
三生平及照片

●包其三照片和
杨卓照片

　　1926 年 4 月 23 日，在尤兹卡娅医院被枪杀。葬在莫斯科。1991 年 10 月 18 日，根据俄罗斯联邦《关于政治镇压受害者平反法》予以平反。"

　　为寻访包其三的人生"终点"，我在初冬的一天下午来到了位于莫斯科市什维瓦雅山丘之上的尤兹卡娅医院，现在它叫第 23 临床医院。从 1918 年开始，该医院划归"格别乌"所有。那时，这里不仅给契卡人员治病，还承担秘密处决犯人的任务。据统计，1921 至 1926 年，这里共处决、埋葬了 969 人。进入庭院，我看到一座 1999 年竖立的"政治迫害者"纪念石。纪念牌匾上按字母顺序刻有 103 名受害者的姓名，Пау-Ти-Сан——包其三的名字赫然出现在第二列第 18 位。

在整个追访过程中，我越来越倾向于认为那份所谓"判决书"其实只是一种障眼法，包其三实际被秘密派回中国执行任务。《北奥塞梯报》就称："关于科斯佳（包其三）这方面的材料，或许仍然被标注着'秘密'而保存在联邦档案馆中……很可能受苏联情报部门派遣。"不仅如此，如果包其三被苏联政府以"反革命恐怖活动罪"判处死刑并在 1991 年才被"平反"的话，那么前面两位《中国战士同志》和《沿着包其三的足迹》作家兼记者怎能在 20 世纪 50 年代到 60 年代如此高调宣传？此次追寻"旅俄华工参加苏俄红军与十月革命"这一主题过程中，我领教了苏俄、苏联及俄罗斯档案管理工作的严谨和档案材料的丰富，很

●莫斯科第23临床医院正门

显然有苏联官方背景的两人又怎能对包其三被"处决"的事实一无所知?！当然,倾向于这一结论,也折射出我心中的一种祈愿——英雄落幕,理当在战场。

包其三在苏联的后人,并未因其所谓"反革命恐怖活动罪"受到牵连。包其三与叶甫根妮娅的女儿乔埃利亚诺尔,一头黑发,与父亲长得酷似。她毕业于医科大学,嫁给了一名海军水手、后来的二等舰长伊戈尔·西比里亚科夫,育有嘉莉娜和艾拉两个女儿。20 世纪 50 年代,他们举家从中亚迁回伏尔加河畔,再到高尔基市……

令人欣慰的是,今天的俄罗斯人并没有忘记包其三和他的中国支队。在包其三和他的同志们曾经战斗过的弗拉季高加索,每年都有不少人前往那座建于 1960 年 4 月的纪念碑祭扫;在中国支队成立 100 周年的 2018 年,北高加索的《北奥塞梯报》分别在 1 月和 4 月以《来自中国的猛虎》《包其三的烟斗》为题向后人介绍来自中国的国际主义战士……

● 1999 年竖立的
"政治迫害者"
纪念石及牌匾

第十章

首个中国营创建者孙富元

2021 年 11 月初，莫斯科进入阴雨连绵的晚秋、初冬时节。一个上午，我如约同中国问题研究学者叶甫根尼·卡尔卡耶夫在俄罗斯科学院东方学研究所会面。事情的缘起，是在遍寻最早创建红军中国营的孙富元资料时，我意外发现署名卡尔卡耶夫的文章《为了解放被奴役者，加入我们——1918 年中国营在莫斯科组建》。文中引述了《真理报》1918 年 5 月 9 日发表的一份《中国营营长孙富元致全体中国籍社会主义者呼吁书》。

那么，这位孙富元是谁？他又是如何两次组建中国营的呢？

首倡成立中国营的布尔什维克

遍寻莫斯科的图书馆、博物馆、档案馆，甚至还有类似中国"知乎"等互联网资源，孙富元参加保卫苏维埃政权前的资料少之又少。在俄罗斯版"知乎"上，有关孙富元的生平介绍寥寥无几："孙富元（桑福阳、富洋），出生地？（中国），生年不详，卒年不详，中国社会主义党党员，俄共（布）党员。十月革命和内战期间，蒂拉斯波尔支队中国部队指挥官（1918 年 2 月），蒂拉斯波尔支队第一中国革命营副营长（1918 年），中国营营长（1918 年 5 月隶属于莫斯科第二十一步兵团）。"

1918 年 6 月 6 日出版的彼得格勒报纸《红军报》中写道，红色中国营组建者孙富元是一位年轻的中国革命者、布尔什

●苏俄红军蒂拉斯波尔支队中国营营长孙富元（图片见于1920年3月1日《旅俄华工大同报》）

维克党员。孙富元出生于中国东北，父亲曾在边防军任职，这让他不仅会打枪，还掌握了基础军事知识。由于家境贫寒，孙富元幼年饱尝了生活的艰辛。来到俄国后，他开始同情并接触布尔什维克。1918年初，罗马尼亚人向苏俄发动进攻。前文说过，当时正在蒂拉斯波尔出席第二革命军代表大会的孙富元提议将华工组织起来成立中国营，得到与会者支持。随后，孙富元被授权组建中国部队，并被纳入蒂拉斯波尔支队（另有苏联史学家考证，孙富元组建中国国际部队的时间是1917年底）。

　　蒂拉斯波尔支队由内战英雄亚基尔在1918年1月组建，是苏俄内战中红军一支战斗力非常强的部队，有"打击罗马尼亚寡头政权"的特种部队的称号。该部队的底子，是第一次世界大战中起义的罗马尼亚第四军和第六军余部，甚至还有德意志帝国、奥匈帝国军队的战俘，总兵力5 000至6 000人。该支队战斗序列有扎穆里特第五团和第六团、

●苏俄内战名将约纳·亚基尔（右边照片前排中）同红军官兵在一起

德涅斯特团，还有海军分队、爆破部队、装甲列车、汽车分队、中国营等其他一些军事部队。

亚基尔在《内战回忆录》中记录了孙富元奉命编入蒂拉斯波尔支队的过程。他写道，1918 年初，孙富元率领大约 450 名战士（实际上是 530 名）来到他的部队：

　　一个清晨，有人叫醒了我。站在我面前的，是一个中国人。

　　"瓦西卡，我叫瓦西卡。"他说。

　　"你要做什么？"我问。

　　"需要中国人？"他说。

　　"什么中国人？"我再次疑惑地问。

　　随后，他一直重复着那句"需要中国人？"还有那句无论如何也不明白的句子——杰格纳尔姆（后来有人推测，这可能是汉语"加入你们"的意思）。

　　当我走出营房进入院子，发现那里齐刷刷地站着四五百个中国人，他们按照瓦西里发出的中文口令，集合起来。

　　见此情形，我全明白了。我们的人很少，但武器很多。我们最终决定，这些人全部留下来，他们当战士哪一点不够格？！后来证明，他们都是出色的战士！穿上了鞋、换上了军装、扛起枪。你再看看——简直是施了魔法一样。就这样，我奉命指挥他们，被派去防守古老的蒂拉斯波尔要塞。

　　我很幸运，孙富元是我最初认识的中国人——他是中国部队的优秀指挥官，指挥着一批好士兵。而我，则是他的上司。

●约纳·亚基尔
撰写的《内战
回忆录》

根据史料记载，蒂拉斯波尔支队中国革命第一营的首任指挥官是亚基尔，然后换成佩斯托夫，最后才由孙富元接任。

归根到底，亚基尔不过是奉命接收中国部队，而孙富元则在中国国际主义战士招募中发挥了重要作用。

早在十月革命前的 1917 年 9 月，沙俄乌克兰地区经济形势急剧恶化，其中仅顿巴斯矿区就关闭了 200 多个矿山，造成多达 10 万名失业人员流落街头。如果说这种局面对乌克兰人来说只是没有工资收入的话，那么对第一次世界大战爆发前后来到此地务工的华工们，处境则更加悲惨，回国无望、缺吃少穿、失业、流浪……1918 年 6 月 13 日《红军报》称，红色中国营的士兵全部是从贫农、工人和矿工当中挑选出来的，主力是"苦力们"。有的商人想加入进去，支队没有同意。

孙富元本人后来回忆道："……资本家盘剥、压榨我们，我们就起来反抗，先是参加赤卫队，然后转成了红军。"其中，蒂拉斯波尔、森杰雷、基什尼奥夫等地华工参军意愿最为强烈。一位蒂拉斯波尔支队老兵后来回忆：

1918 年 1 月的一天，一个穿着俄国军装的中国人来到我们的伐木场并住了下来。他就是孙富元，和我们一样也从中国东北来。不过，他来俄国的时间比我们早，能讲、能认俄国字，是我们第一个认识的布尔什维克。

孙富元说："我们正在招中国人加入苏俄红军队伍，你们中谁想报名参加？"

我问："我们在那里干什么？"

"要打仗。"孙富元回答说，"伟大斗争的时候到了，俄国工农政权是胜利还是失败，将决定你们和你们子孙们的命运。我们不能袖手旁观。"

孙富元的这番话，说服了我们。不久以后，这个伐木场的大部分工人都加入了孙富元的队伍。我们领到了军服、武器，每天大部分时间都是军事训练，学习步枪知识、拼刺刀、队列训练，还有各种命令……

战火中穿越整个乌克兰

蒂拉斯波尔支队及其所属中国革命第一营的一次次战斗，都同 1918 年春天苏俄严峻的国内、国际形势密不可分。

1917 年 12 月 16 日至 1918 年 3 月 3 日，苏维埃俄国和德意志帝国、奥匈帝国在布列斯特－立托夫斯克就达成停战协议展开谈判。在此期间，乌克兰"拉达"政权也与德国政府订立"和约"，致使 30 万德奥军队开进乌克兰和顿河地区。此时，包括孙富元任营长的中国营在内的 1.5 万名红军，不得不离开与同盟国军队交战的摩尔达维亚，向乌克兰南部的敖德萨方向转移。

孙富元率领中国营的首战并没有告捷。奉命撤退的队伍刚到拉兹杰尔纳亚车站，就碰上了奥匈帝国军队。大部分中国营战士都刚刚入伍，缺乏实战经验，刚一交火队伍就乱了。两小时后，队伍重新集合起来，一清点人数，死伤 40 多人。

然而，在随后的战斗中，中国营组织良好、坚忍不拔、无所畏惧的特点表现出来，出色地完成了掩护红军转移的任务。

此后，中国营随蒂拉斯波尔支队一路向东，经别列佐夫卡、弗兹涅辛斯克、比亚基哈特卡朝着乌克兰东部顿巴斯地区（包括现在的顿涅茨克、卢甘斯克）撤退。苏联历史学家考证，4 月 12 日，孙富元指挥的第一中国革命营抵达卢甘斯克。根据上级红军南部方面军总司令弗拉基米尔·安东诺夫 – 奥夫谢延科的命令，孙富元就地积极招募华工新战士补充中国营。几天内，一批在顿涅茨克工矿、企业打工的中国志愿者入伍。到 24 日，中国营有 350 名战士。如果在顿巴斯招兵后全营才只有 350 人，那么不难想象，这个营在通过乌克兰撤回苏俄的过程中遭受了怎样的损失！要知道，该营刚组建时，全营就有 530 名中国战士。

苏俄所需煤炭、石油及粮食中的很大一部分来自南方，为此，保卫莫斯科到顿河畔罗斯托夫的铁路运输畅通具有极其重要的意义。此时，这一与德军作战的艰巨任务再次落在蒂拉斯波尔支队身上。此后不久，蒂拉斯波尔支队继续向苏俄境内撤退。1918 年 4 月，该支队撤退到米列洛沃 – 捷尔特科沃地区，并计划穿过顿河草原的哥萨克村镇向卡拉契 – 波尔察古、沃罗涅日方向转移。

根据《布列斯特 – 立托夫斯克和约》，红军从乌克兰退入苏俄领土时必须解除武装。但是，就在与蒂拉斯波尔支队一起行动的友邻部队斯塔夫罗波尔团刚刚交出武器之

●苏俄红军一支中国部队上战场前的合影

时，在米古林、卡赞村遭遇到两个哥萨克白卫军连的突袭。该团损失惨重，除了官兵大量牺牲外，侥幸活下来的也成了俘虏。几乎与此同时，哥萨克白卫军部队也命令蒂拉斯波尔支队交出武器。

危急时刻，中国营战士表现出了英勇顽强的战斗品质、视死如归的牺牲精神。曾参加此次战斗的苏俄红军中国老战士徐墨林后来回忆说：

我们中了敌人的诡计，毫无防备地被敌人包围了。可是，我们并没有慌张，立刻开始了激烈的战斗……我们终于冲出了重围。不知有多少同志英勇牺牲，或者被俘。后来，听说被俘的中国红军战士被押送到邓尼金匪帮的盘踞地，他们与俄国红军战士们一起遭受了残酷的刑罚，俘虏最后只剩下了40来人还活着……

亚基尔在自己的《内战回忆录》中写道：

这次战斗中，冲出包围的中国战士只有半个连。他们到达沃罗涅日以后，立即投入了平定当地反革命叛乱的战斗。他们的斗争拯救了沃罗涅日苏维埃政权……

事实上，伴随苏俄红军中国战士的不仅仅是战斗生涯，他们的思想也一样在升华。原本，乌克兰远离彼得格勒、莫斯科等革命中心，民众思想觉醒也要晚得多。响应孙富元等人的征兵号召，在矿山务工的华工齐扬戚在乌克兰顿巴斯加入红军，随后与孙富元一道转战北高加索、乌克兰、伏尔加河流域及库班等地。1920 年 8 月，齐扬戚所在的红军部队 1.2 万多人被迫从波兰进入德国境内并被缴械。在收容所中，德军千方百计地想办法引诱齐扬戚等 500 多名中国志愿者脱离苏俄，留在德国。然而，无论德军耍什么招数，没有一个中国志愿者同意留下来。齐扬戚后来回忆说：

我们的想法很简单，为什么要在工人是最下等人的国家生活呢？！在德国，中国工人是下等人中的下等人。那时的俄国则完全不同，苏维埃政权让人民当家做主，没有阶级压迫。

见中国战士态度坚决，德军只好放齐扬戚和他的战友们回归苏维埃俄国。

曾经长期研究中国军团保卫苏维埃政权的苏联历史学家尼基塔·波波夫说，几乎穿越整个乌克兰、从前沙皇俄国与罗马尼亚边界退回苏俄的红军蒂拉斯波尔支队中国营损失惨重。

《真理报》刊出中国营营长的呼吁书

孙富元并未气馁，奉命前往莫斯科招募新的华工入伍。卡尔卡耶夫告诉我，1918 年春天在莫斯科成立中国营，是旅俄华工组建部队、保卫苏维埃政权的一个重要事件，其经过散见于回忆录、历史研究和纪录片中，但该营的创建和重组、更名、指挥权等许多内容仍模糊不清。为避免让二十世纪五六十年代出版物中的瑕疵误导当代读者，他决定还原该营历史，包括从 1918 年创建到将其大部分红军士兵编入莫斯科苏维埃第四步兵团（后来的第二十一莫斯科联合步兵团），并在几个月后被派遣到南方前线战斗的过程。

无论是内战和外国干涉、社会主义建设时期，还是伟大卫国战争时期，苏俄 / 苏联宣传画都以画面简洁、人物形象质朴、表情坚毅自然、目光真诚热切等典型风格特点体现出高昂的爱国主义、集体主义及坚贞不屈、坚忍不拔等苏维埃精神的重要特质。比如，德米特里·莫尔《你参加

●叶甫根尼·卡
尔卡耶夫

●宣传画《你参
　加志愿军了吗》
　及创作者德米
　特里·莫尔

志愿军了吗》、亚历山大·阿普西特《公民们，请捐献武器》
及彼得·基塞里斯《同志们都去乌拉尔！歼灭高尔察克、
沙皇和资本主义其他走狗》等苏俄内战时期的宣传画作品，
通过直接、鲜明而又丰富的表达，将作品内容嵌入保卫十
月革命成果、捍卫人类第一个苏维埃政权的时代洪流当中。

　　那么，苏俄政府在内战和反外国干涉的过程中是如何
招募中国国际主义战士的呢？也是靠宣传画吗？一张发黄
的《真理报》老报纸，揭开了红军中国营营长孙富元的招
兵之谜——

　　在这份 1918 年 5 月 9 日出版的《真理报》上，刊登了《中
国营营长孙富元致全体中国籍社会主义者呼吁书》：

　　　　同志们！你们大家都是离开那个资产阶级共和国
　　的中国人。如今，你们是这个革命国家里的革命者，
　　让我们团结起来吧！

　　　　……

　　　　革命的中国兄弟们！你们中有谁赞成解放被奴
　　役的人们，谁就加入到我们的队伍中来！谁要想保

●孙富元在莫斯
科设立的招兵
处（右）

卫工农政权，谁就同我们一起前进吧！一切壁垒、
藩篱都必须被推翻，解放了的中国苦力们，应当与
全世界胜利的无产者联合起来。

同志们！欢迎你们参加红军队伍，加入到中国营
中来吧。让我们坚决自觉服从革命纪律，紧密团结起
来抗击资产阶级军队。

莫斯科，下森林胡同2号2室，基督救世主大教
堂对面。

营长孙富元

5月14日，《军事人民委员会消息报》在修改了一些
标点符号后，转载了这一呼吁书。22日，在莫斯科"斗争"
红军中央俱乐部举行的国际主义战士大会上，孙富元用中
文发表演讲，表示中国赤卫队员要英勇坚定捍卫、永远支
持苏维埃俄国。

大多数旅俄华工是文盲或半文盲，甚至不会用母语书

写自己的名字，更不要说阅读俄文报纸和传单了。为了说服华工们加入红军，孙富元用中文和他们联系。《真理报》上发表的那段话，在莫斯科以俄语和中文双语传单的形式，在相对封闭的华人聚居的地方迅速传播开来。

5月13日，红军莫斯科兵役局动员处下达命令，要求所有在红军部队中服役的中国人向莫斯科河南岸区兵役局报到，加入那里正在组建的中国营。7月26日，区兵役局再次发布命令，重申只有该营才能接收中国战士，唯一例外的是正承担镇压富农暴动任务的华沙团，莫斯科军事委员会允许其保留一个中国连。

卡尔卡耶夫说，虽然《真理报》5月9日的呼吁书是以中国营营长孙富元的名义发布的，但孙富元并没有马上正式承担这一职务。莫斯科兵役局动员处在5月13日下达的命令中指出："责成戈德堡和孙富元同志组建中国营。"莫斯科兵役局直到几天后的20日才下令："自5月21日起，孙富元担任中国国际营营长。"

1918年5月30日的《贫民报》报道，莫斯科成立了完全由中国人组成的红军营，营部设在莫斯科河南岸区夏波洛夫卡一座3层楼房里，营长是中国人孙富元。该报道还刊登了孙富元的照片。看上去孙富元年纪在30岁上下，表情刚毅、英武，军帽上有一颗五角星，制服上衣显得十分得体。6月6日的《红军报》则写道，中国营所到之处极为整洁，井井有条，官兵军服整齐，纪律性很强。

时任苏维埃第四团团长、后升任莫斯科特别联合旅政委的乌格尔·索科尔后来回忆，中国营营长孙富元的俄语说得不错，很有文化，是一位优秀的组织、宣传工作者，在中国国际主义战士中威望很高。

招兵公告发出没有几天，就有 500 多人参加，夏波洛夫卡那所房子显得拥挤起来。于是上级批准索科尔的请示，中国营在 6 月底 7 月初时搬到麻雀山。

1919 年，苏俄著名记者米哈伊尔·科利佐夫在《基辅之声》发表了一篇题为《中国志愿兵日记》的特写，文中写道：

在麻雀山，我偶遇到第一批中国部队。他们宽敞的营房打扫得干干净净，一排排步枪整齐排列，每个人都剪成了短发，说起话来言简意赅，黝黑的脸上带着腼腆的微笑。在墙上，张贴着"共产主义在召唤"等标语，以及列宁凝视远方的画像……不久后，他们前往伏尔加河下游地区，去捣毁那些阶级敌人的堡垒。

在招募中国战士的同时，苏维埃第四团还奉命训练中

● 100 多年前，从麻雀山上俯瞰到的莫斯科城景象

国战士。换上军装、配上武器加上简单的军事训练，从前
的苦力们一下子面貌焕然一新了。索科尔如此描述 1918 年
中国营夏天的一天：

> 紧张训练的日子一天天流逝。中国志愿者很快掌
> 握了武器使用和军事常识，他们特别喜欢马克西姆机
> 枪和上实弹射击课，在麻雀山一个深沟射击场里一下
> 子就度过了几个小时。

南方前线书写中国军团壮观篇章

不过，孙富元当营长才两个多月，7 月 15 日，兵役局
就研究他请调到沃罗涅日工作的问题，那里也在组建中国
部队。接替孙富元营长职务的代理营长佩斯托夫，是他在
蒂拉斯波尔支队担任中国营营长时的老战友，拥有在中国
军团从事政治教育工作的丰富经验。

原定用两天时间交接工作，但孙富元不知何故未进行
交接便离开中国营。按照卡尔卡耶夫的说法，区兵役局派
人赶紧去找他，可是没有结果。显然，这里有不合常理的
地方——要知道，孙富元本人一贯以严守纪律而著称。

在卡尔卡耶夫的叙事版本中，孙富元从此消失在历史
的烟尘中了。与此同时，由他一手组建的新中国营的辉煌
即将铺陈开来。

1918 年 9 月，苏俄红军在南方前线形势极端危险：协
约国在北方和西伯利亚的军事干涉遭到失败后，开始派军
队从黑海、里海沿岸登陆，同时支持白卫军从内战南方战
场向莫斯科所在的中央地区大举进攻。

这时，中国营被编入拉奇茨基任旅长、索科尔任政委

的莫斯科特别联合旅第二十一苏维埃步兵团。15 日至 16 日，该团分六批开赴南方前线并立即投入战斗。战斗中，这支刚刚组建的中国部队表现出了极强的战斗力和崇高的献身精神。

第二十一团到达前线时，新霍皮奥尔斯克地区的红军处于困境。在人数超过红军 20 余倍的精锐马尔科夫哥萨克白卫军和科尔尼洛夫军官团的猛烈进攻下，红军右翼阵地——波列斯尼亚科夫高地面临崩溃的危险。为挽救危局，战场指挥官将中国营和团警卫部队作为最后一支后备队派了上去。莫斯科第二十一团 9 月 25 日呈送的战报说，在猛烈的机枪火力掩护下，中国营官兵冒着敌人的密集炮火发起冲锋，冲垮了白卫军骑兵的防线，令敌军难以抵挡；受到中国部队英勇精神的感染，莫斯科第二十一步兵团其余部队也跃出防御工事转入反攻，打得白卫军狼狈逃窜。

在苏俄内战时期档案中，莫斯科第二十一步兵团中国营英勇顽强、纪律严明的事迹时有所见。苏军中央档案馆保存的内战期间南部方面军的一份通报说：

一位来自莫斯科第二十一团的红军士兵谈到了俄罗斯和中国官兵的战斗友谊。这个团一个由中国国际主义者组成的营有 500 名战士，中国战士们纪律严明、吃苦耐劳、坚强不屈。那些初上前线的俄国红军新兵，正以具有沉着和勇敢精神的中国战友为榜样。中国战士们轻伤不下火线，这对普通俄国红军战士产生了积极影响……

莫斯科第二十一团驻扎在扎诺副赫尔斯克附近，他们两个月以前从莫斯科开赴这里……

苏军档案中的文件还记载："在争夺新霍皮奥尔斯克的战斗中，中国营发挥了决定性作用。"此次战斗中，中国营书写了苏俄红军中国军团最壮观的篇章之一，将中国战士们崇高的无产阶级革命英雄主义精神永远载入史册。

时任莫斯科特别联合旅政委的索科尔在回忆录中说，加入红军的中国人"以意志非凡和纪律严明而著称"。他说，白卫军将领邓尼金的部队曾多次试图摧毁中国部队，他们派人渗透到中国志愿者队伍中，试图制造混乱，进行恐吓，削弱他们的意志，但每次都以失败而告终。恼羞成怒的白卫军，甚至趁着夜色摸进红军战壕，专门偷袭中国营。从敌人方面不难看出，中国营已经成为他们撼动整个红军防线的巨大障碍。

新霍皮奥尔斯克战斗后，有关中国营的最后消息，是18名中国红军战士的安葬仪式。在诺沃格鲁茨基和杜纳耶夫斯基所著的《中国战士同志》中，引述了新霍皮奥尔斯克县阿尔非洛夫卡乡军事委员会肃反武装支队队长克拉夫佐夫呈报给苏俄政府外交人民委员会的一封信。在信中，他真实记述了安葬仪式的感人场面：

●沃罗涅日州新霍皮奥尔斯克中国志愿者纪念碑和碑文

根据新霍皮奥尔斯克县委指派，我在 1918 年 9 月以指挥员和共产党员的名义，举行庄严的军事仪式，安葬英勇牺牲的中国战士——令人遗憾的是，我不知道他们的名字。一支军乐队、一支 100 多人的武装部队，以及几千民众，将牺牲的同志们护送到墓地。烈士们遗体下葬前，我们鸣放礼炮。追悼会上，发言者都宣誓要为我们亲爱的同志——中国志愿者报仇。这里距中国万里之遥，但我们认为中国就在身旁，因为这里长眠着 18 位中国人民的儿子。

神秘消失于苏俄内战的中国营营长

苏联历史学家尼基塔·波波夫在《俄国内战前线的中国志愿者（1918—1922）》一书中，曾提到孙富元的归宿——他 1918 年底在新切尔卡斯克的一场战斗中牺牲。遗憾的是，尼基塔·波波夫并未说明孙富元具体牺牲在哪里，当时的战斗场景如何。特别是，尼基塔·波波夫没有注明孙富元牺牲的资料出处。

而在刘永安编著、1959 年出版的《血脉相连的友谊：参加伟大十月社会主义革命和苏俄内战中国同志回忆录集》一书中，有一张 1934 年拍摄于基辅的照片，上面是一群前第四十五步兵师的红军战士，其中包括孙富元。难道他根本就没有在 1918 年牺牲？还是另有一个同名同姓的人？

历史学家卡尔彭科的《中国军团》一书，则完全推翻了尼基塔·波波夫有关孙富元牺牲于 1918 年的结论。他写道：

再看看我们所熟知的中国营营长孙富元的下落。1920 年 5 月 5 日，"远东共和国"人民革命军第一任总司令海因里希·埃赫签署命令，任命孙富元为西伯利亚第三步兵师师长。在此之前，他在东线指挥过一个营，然后是一个中国团。内战结束后，他到了远东。在那里，他奉命率哈巴罗夫斯克地区的 340 名中国官兵返回中国。欢送会上，孙富元在沃洛恰耶夫斯基团团长扎哈罗夫致辞后充满激情地说："你们教会我们打仗，现在又将最重要的任务交给我们。你们总是像对待兄弟一样对待我们。谢谢同志们！世界革命万岁！万岁！"

在苏俄内战结束百年后的今天，俄罗斯史学界和偏爱了解历史的普通人并未忘记孙富元。在历史网论坛的"红军中的中国人"主题下，一位署名特米特里的网友在 2015 年 3 月 19 日称，孙富元是他的曾祖父。他提供的证据是，其叔父保留一张有孙富元俄文名字的 1935 年的老照片，与《旅俄华工大同报》上孙富元的素描照片酷似。据他说，曾祖父 20 世纪 20 年代初加入了俄共（布）中国局，1922

●左图：1920 年 3 月 1 日《旅俄华工大同报》上的孙富元素描像

右图：俄网友特米特里提供的有俄文"孙富元"签名的照片

年到了苏俄远东城市符拉迪沃斯托克（注意，这里并非是卡尔彭科所说的哈巴罗夫斯克）。受契卡派遣，他从那里前往中国开展建立苏维埃政权的工作。

孙富元究竟是牺牲在 1918 年，还是被派回中国，并在 1934 年重回苏联？这其中有太多的疑问。很遗憾，本文并无确切证据给出明确答案。

但诚如尼基塔·波波夫所指出的那样，孙富元指挥过的、历经苏俄内战洗礼的中国营的光辉战斗事迹，足以证明他和中国战士们拥有英勇无畏的伟大国际主义精神。

第十一章

远东游击队长孙继五

1924 年 9 月 11 日的苏联远东哈巴罗夫斯克市红十字医院里，孙继五——苏俄内战时期阿穆尔河（即黑龙江）沿岸鼎鼎有名的游击队长，永远闭上了双眼，离开了亲爱的战友们和眷念的世界。

孙继五在保卫苏维埃政权的历次战斗中有 4 次负伤。在缺医少药、风餐露宿的战争条件下，他无法得到及时、良好的治疗，健康严重受损。尽管入住医院后的一个多月里，医生积极抢救，他的生命还是被死神夺走。

赢得尊重和信赖的村民领袖

孙继五 1876 年出生在黑龙江的一户贫农家庭。1900 年，他和哥哥参加了义和团运动。在一次战斗中，哥哥不幸牺牲。为了躲避清政府缉捕，1902 年他怀抱着哥哥刚满两岁的遗孤，夹在前往沙俄做苦力的人群中，来到阿穆尔河左岸的密林深处，在一个中国人聚集的小村子里落下脚，以打猎为生。

19 世纪末 20 世纪初，尤其是义和团运动被镇压后，很多中国人来到俄罗斯远东地区。他们中有些人选择住在茂密原始森林的茅草棚中，以寻挖人参、采集鹿茸、猎取野兽毛皮为生。

在阿穆尔河沿岸的原始森林里，村民们总是随身带着武器，既对付老虎、黑熊、野猪等凶猛野兽，也预防土匪袭击。他们常为了自卫而联合起来，推选出一位信得过的人来领导。孙继五由于办事公道、讲义气，赢得了同村人的尊重和信任，成为村民领袖。

那时，沙俄官吏对华人很凶恶，欺压村民、收取苛捐杂税，甚至抢夺他们辛苦猎取的毛皮、淘来的金子等。因为敢于替受迫害者讲话，孙继五结下了仇家。1913 年，他被迫离开那个村子，前往滨海省的哈巴罗夫斯克，在一家华人开的面粉厂当工人。正是在这期间，他接触了布尔什维克党，并很快接受了社会主义思想。1918 年，他秘密加入俄共（布），并在当地华工中开展革命活动。

那么，为什么孙继五在苏俄内战爆发后不是在红军部队作战，而是成为远东滨海省的游击队长呢？要想知道这个问题的答案，首先需要对内战时期西伯利亚和远东地区的整体斗争形势和特点有全面的了解。

就西伯利亚和远东地区的华人参加保卫苏维埃战斗情况，我曾与俄科学院东方学所研究员、中国问题研究专家卡尔卡耶夫进行过深入交流。40 岁出头的卡尔卡耶夫多年来潜心研究，严谨认真。他在莫斯科查阅过大量原始档案，

●俄罗斯远东冬日的原始森林

对 100 多年前旅俄华工的情况有较为全面的掌握。

卡尔卡耶夫介绍，第一次世界大战爆发前，旅俄华人集中在西伯利亚和远东，最多时人数达 25 万人。除极个别商人外，绝大多数为背井离乡谋生的华工。相比之下，俄罗斯其他地区的华人少之又少。第一次世界大战爆发后，大批华工涌入俄罗斯。仅 1914 到 1917 年就有 16 万人，分布在从摩尔曼斯克到彼得格勒、顿巴斯、乌拉尔等地，但西伯利亚和远东仍旧是主要聚集地。

十月革命前，这一地区的华人身受沙俄政府的民族歧视、压迫及资本家的榨取和盘剥，生活异常艰难。中国人过着半饥饿的日子，很难得能吃上一顿面包。1917 年 11 月 7 日彼得格勒武装起义胜利后，革命迅速蔓延到俄国全境。1918 年 2 月前，远东的哈巴罗夫斯克、符拉迪沃斯托克等地成立了苏维埃政权。苏维埃实行民族平等政策，还颁布取消当地中国人和朝鲜人的不平等地位的决议，旅俄华人由此欢欣鼓舞。在布尔什维克党的领导下，他们和苏俄人民一起投入到创立和巩固苏维埃政权的斗争中。

● 20 世纪 20 年代俄国远东城市符拉迪沃斯托克的华人

1918 年夏天，捷克斯洛伐克军团叛乱。以日、美为主的帝国主义干涉军在符拉迪沃斯托克登陆，联合该地区活动的各种白卫军，无情绞杀苏维埃政权，致使西伯利亚和远东革命形势急转直下。

远东"游击运动"风起云涌

有一点毋庸置疑，即苏俄内战期间西伯利亚和远东"最光辉的一页是游击队员谱写的"。在那里，反抗帝国主义干涉军、捷克斯洛伐克军团、高尔察克白卫军、谢苗诺夫和卡尔梅科夫匪帮的英勇斗争持续了 4 年多。卡尔卡耶夫说：

> 游击运动大概从 1918 年夏天开始。在 1920 年"远东共和国"成立以前，那里没有红军正规部队，只有布尔什维克党领导的游击队。1920 年以后红军进入该地区，一部分游击队被整编进正规部队。由于日本干涉军和白卫军活动猖獗，斗争形势需要保留大量的游

● 1918 年日本干涉军海军舰只侵入符拉迪沃斯托克

　　击队，在乡村和密林中与敌人周旋。关于整个地区游击队员人数，有不同的说法，我认为至少有 10 万多。

　　1918 年夏西伯利亚和远东局势变化后，布尔什维克党认为，新的条件决定了反对干预和反革命的新斗争方式。在帝国主义干涉军和白卫军的步步紧逼和白色恐怖下，赤卫队开赴密林深处，组成了一支支游击队。1936 年 11 月 11 日的《真理报》曾报道，那时的对敌方针是让"针叶林成为防御堡垒"。

　　孙继五就是在 1918 年 5 月（也有记载说是 6 月）被党组织派回自己曾居住过的村庄，在那里的猎户中进行宣传，动员大家参加游击队。他没有辜负党组织的期望，一个月左右就组建起一支游击队，其中包括自己年仅 18 岁的侄子。

　　西伯利亚和远东的游击队活动中心，分别位于阿穆尔省、滨海省、贝加尔沿岸省和外贝加尔省。赖希伯格曾这样描述那里的战斗："那是一场反对外国压迫者和侵略者的群众战争。当地居民，无论老少，都与游击队有着千丝万缕的联系。他们为游击队提供食物、衣服、交通工具以及干涉军和白卫军的情报。甚至日本人也承认，'每个灌木丛、每个孩子都成为游击队的哨兵'。"

　　干涉军中，日本人最残暴。他们有时会烧毁整个村庄，不许一人逃出；有时把数百人抓起来，集中屠杀。日军对中国人和朝鲜人犯下种种罪行，抢劫他们的店铺和财产，烧毁他们的房屋，对他们施以种种酷刑……在日本军队的支持下，白卫军也肆无忌惮地屠杀包括旅俄华人在内的无辜百姓。正是这样的暴行，让不少华人响应布尔什维克党的号召，拿起武器、加入游击队，成为反抗帝国主义干涉军和白卫军的重要力量。

俄共（布）远东地区委员会主席约瑟夫·库什纳廖夫在1920年1月呈送给中央的一份报告中说："……1919年期间中国人和朝鲜人都积极参加了'游击运动'，中国人主要是在尼科尔斯克－乌苏里斯克（今乌苏里斯克）县境，朝鲜人是在奥里根斯克。"

1920年1月22日，俄共（布）远东地区委员会发表《致远东工人、士兵、农民和游击队员同志们书》：

全世界无产者联合起来！

远东的工人、士兵、农民和游击队同志们！

远东和西伯利亚的劳动人民与俄国反革命分子、外国军队所进行的持续武装斗争，马上就要两年了。

●20世纪初俄国远东地区的一个小镇

这场战斗进展顺利。在西伯利亚的 1 200 万人口中，已经有 1 000 万获得解放，只有远东的 200 万人口继续在日本刺刀和自封"最高执政官"的枷锁下受苦。近日来，驻扎在伊尔库茨克的苏维埃红军将进军外贝加尔，与日军作战。我们从官方报纸发表的声明中知道，苏维埃俄国不会接受日本对远东的侵略；如果日本不离开这里，苏维埃政府就会向它宣战。

我们身在远东，一刻也不能放下武器。通过我们的斗争，帮助苏军东进。通过这场斗争，我们向全世界发出了更加清晰、更加响亮的宣言：我们渴望加入苏维埃俄罗斯，不想成为日本的臣民。

只有团结起来、各支队之间建立起联系、整个运动由一个统一的军事组织领导，这场斗争才能取得成功。也只有统一领导、有计划地开展斗争，才能有针对性地打击敌人。迄今为止，还没有这样一个组织，而这导致工作被拖延了下来。必须刻不容缓地增强组织的力量。

俄共（布）远东地区委员会决定将斗争领导权掌握在自己手中，组建了远东地区共产党人革命军事总部。委员会选择了最有战斗经验的军事人员加入这个已经开始工作的总部，并且与本地区规模大的游击队和军事组织建立起了联系。

在困难条件下，总部为自己设定了以下任务：

一、与外贝加尔、阿穆尔和滨海地区的所有游击队和军事组织建立联系，指导其军事工作，指明具体目标，并报告有关总体情况、事态发展等必要信息。

二、总部为各地游击队武装提供武器、衣服、鞋类、药品及其他所需一切。

三、总部向各游击部队提供呼吁书、传单、共产党报纸和时政信息。

四、总部建立起各游击武装之间的通信联络。

五、总部收集敌军有关即将对一支或另支游击部队发动袭击的情报，并及时发出警告。

六、总部选派军队和党的工作者、医生、救护人员到游击部队中。

七、总部向游击部队提供资金，并欢迎游击部队向总部军事基金捐款。

这就是总部的工作。只有所有党和军事组织都与总部建立经常联系，这项工作才会更加成功。

工人、士兵、农民和游击队员同志们！你们每个人都必须尽其所能，参加为统一的伟大苏维埃俄国而进行的斗争。你们中的一些人已经拿起武器前往山上，成为游击队员。拿起武器的人，只有后方的人帮助他们，才能战斗成功。不是每个人都可以拿枪上战场，但每人都应尽其所能帮助那些离开家人、前去战斗的英雄。这里没有人有权坐视不管。农民给游击队面包，工人运送武器装备；任何人收到任何重要信息，都应立即报告给革命总部、最近的军事组织或游击支队。在这方面，电报员和铁路工人同志对这项事业大有帮助。为了游击运动取得胜利，必须在后方的城市里建立起情报组织。工作时，必须最严格地遵守保密规定。

同志们！现在各阶层民众终于明白了自己想要什么，谁受到外国刺刀的保护。而且，除了少数投机者以及将自己卖身给日本干涉军的谢苗诺夫和卡尔梅科

夫匪帮外，所有人都准备好与日本人做斗争。有了这样的团结，我们不惧怕任何敌人，而且越战斗越成功。

工人、士兵、农民和游击队员同志们！要求你们团结在俄共（布）周围。从俄国伟大十月革命爆发之初始，布尔什维克就指明了俄国必须走的唯一正确道路。

我们现在对你们说：团结在共产党革命军事总部周围。当务之急，必须团结各方力量抗日。同志们，组织起来，联系总部。

让我们团结起来，为伟大的苏维埃俄国而斗争。

打倒外国掠夺者！打倒日本！

俄罗斯联邦苏维埃共和国万岁！

国际社会主义革命万岁！

第三国际万岁！

1920 年 3 月 17 日，远东"游击运动"领导人拉佐在尼科尔斯克－乌苏里斯克举行的远东边区代表会议上强调了中国人在同帝国主义干涉军和白卫军进行斗争及解放远东中的重要作用。

神出鬼没的远东中国游击队长

那么，究竟有多少中国人参加了这一地区的游击战？在 1919 年 9 月 13 日《真理报》刊登的一份萨马拉红军收到的电报里，曾出现过一个数字：

红色远东和西伯利亚向红军英雄们致敬。同志们，红色的雄鹰啊！我们远东和西伯利亚各支队向你们致敬。虽然我们在黑龙江沿岸原始森林里经受百般苦难，但是我们还能够组织起 20 万中国人……

然而这个数字，并没有得到其他文献资料的印证。与卡尔卡耶夫谈及时，他认为这个数字更可能反映的是当时旅居在此的华人数量。

虽然无法确定具体数量，但从不少个人回忆录和资料来看，远东和西伯利亚游击队中的确有大量华人。例如，该地区游击运动的领导人舍甫丘科回忆，自己的队伍从开始就有中国人加入，后来还成立了中国连。战斗在阿穆尔省、曾担任"老头子"游击支队副队长的陈柏川说，到 1919 年底，队伍从原有的 100 多人发展到 500 多人，其中一半是中国人。此外，据苏联学者伊·巴比切夫《在远东参加国内战争的中国朝鲜劳动者》一书记载，1920 年 3 月 27 日，阿穆尔省劳动人民第八次代表大会在布拉戈维申斯克开幕，大会全体代表向为苏维埃政权英勇献身的中国劳动者默哀……

孙继五正是这些参加保卫苏维埃政权战斗的中国红色游击队员的杰出代表和领军人物。

1918 年 6 月底，按照党组织的安排，孙继五带着中国猎户组成的游击队来到乌苏里前线参加战斗。与孙继五一道同日本干涉军、白卫军战斗过的老战士柯瓦里后来回忆说，自己就是在乌苏里前线司令部与孙继五初次相见的，时间是在 6 月底、7 月初。1958 年，柯瓦里在《苏联中国研究》杂志第 4 期发表了《游击战士孙继五》一文，讲述这位杰出游击队领导人的故事。

从 1918 年 7 月初乌苏里前线作战开始，在接下来的 4 年多时间里，孙继五率领自己的队伍与武器和人数都占优

● 1920 年乌苏里
斯克地区的哥
萨克游击队

势的敌人周旋。他们破坏交通，传递情报，发动、组织群众，
占领重要的居民点和交通枢纽，给敌人以沉重打击。

1918 年 7 月初，白卫军和日本干涉军大举北上。由于
双方实力悬殊，按照乌苏里前线指挥部要求，到达前线不
久的各路游击队先后撤出了尼科尔斯克－乌苏里斯克、斯
巴斯克等地。

为了有效地阻止敌人的攻势，加强乌苏里战线的防御，
上级决定调滨海省几支较大的游击队在乌苏里河畔卢特科
夫卡镇附近阻击敌人。这一带迅速集结起 5 支队伍，孙继
五游击队是其中之一。这时的孙继五游击队已经补充了新
鲜血液，乌苏里铁路大枢纽站——维亚泽姆斯克车站的 30
多名铁路工人加入了队伍。

8 月初，5 支游击队在乌苏里铁路沿线展开进攻，打了
个漂亮胜仗。游击队彼此策应，最后冲入白卫军设在安东
诺夫卡镇的司令部，哥萨克白卫军头子卡尔梅科夫情急之
下跳窗逃走。

8 月以后，更多外国干涉军在远东登陆。22 日，乌苏

里前线指挥部获悉有一支干涉军从斯维亚基诺车站下车，正向中国与苏俄边界的松阿察河方向前进，企图渡河到中国一侧，以便绕过游击队的右翼，这样将使游击队面临被侧翼包围的威胁。当晚，孙继五奉命率部渡过松阿察河，来到中国境内离河边 3 公里的一个村庄。他们的任务是利用村庄有利的高地地形，阻击这支由日本、美国干涉军组成的支队。河对岸，另外一支红色游击队与他们隔河相望、遥相呼应。

23 日凌晨，天蒙蒙亮，干涉军以日本骑兵为先锋朝孙继五游击队埋伏的村庄开了过来。在匆忙挖好的掩体中，游击队员们紧张地等待孙继五的开火命令。当敌人距离他们只有 100 米左右时，孙继五下达开火命令。游击队员们用机关枪扫射，配备的两门野炮也向敌人开炮。敌人完全没有料到会在这里受到伏击，河面也被对岸游击队用火力封锁。无奈之下，他们调整策略，从侧面迂回，占领了距孙继五游击队所在村庄 4 公里的两个中国屯子。

干涉军派出侦察兵，天天在孙继五所在村庄附近出没。为了支援游击队，河下游的不少中国村民拿着武器赶到这里。村民们给游击队送来了小米粥、黄豆、烤馒头等。这时，为切断这支干涉军同设在斯维亚基诺的干涉军司令部之间的联络，对岸的那支游击队迅速做出决定，向松阿察河的上游派出一支小队。

孙继五也没有闲着。他派已成为侦察排长的侄子在一天夜里率领一个小队突袭敌人，捉回来一个"舌头"。次日后半夜，侦察员向孙继五报告，干涉军准备再次向村子发动进攻。孙继五当即决定留下一个排牵制敌人，自己则和其他人悄悄撤离，然后分兵两路，迂回到敌人后方。战斗打响后，负责吸引、牵制敌人的那个排先是进行了有模有样的抵抗，没有引起敌人丝毫怀疑。之后，他们找准时机，迅速撤出村子同孙继五会合。

等这股干涉军爬上村子周围的高地后，孙继五率领游击队从两面向敌人开火，并迅速包围了村子，向敌人发起猛烈攻击。游击队将村子包围了两天两夜。附近的中国农民听说游击队打的是日军，都纷纷前来，要求孙继五发给他们武器参加战斗。孙继五准备在补充弹药后对敌人发起最后进攻。

眼看胜利在望，形势却发生了变化。由于外国干涉军源源北上，敌人兵力已达到当地游击队的 10 倍。为了保存革命力量，远东苏维埃政权决定将乌苏里战线的游击队撤往哈巴罗夫斯克方向，孙继五的游击队也将一同撤走。

8 月 27 日傍晚，干涉军在松阿察河边架起大炮向中国境内轰击，企图援救被围困在小村子里的那支队伍。接到撤退命令的孙继五不再恋战，率部沿河下游行进 6 公里，同原本驻扎在河对岸的那支游击队会合。两支队伍一起登上停在那里接应的一艘汽船。

据柯瓦里回忆，边境地区不少中国老百姓闻讯赶来码头送行，他们带来了猪肉、鸡蛋、蔬菜、水果和糖。到处飘扬着红旗，上百个青年围着孙继五要求参加游击队。孙继五告诉他们：

> 亲爱的同胞们！我代表支队的红色战士谢谢你们的欢送。由于我们和俄国人民共同的残暴敌人——美日干涉军的强大攻势，我们马上要撤走了。但撤退是暂时的，无论干涉军投入多么强大的兵力，绝不可能

战胜列宁的人民。在我们中国，将来也一定会出现和
俄国一样的贫民和工人的政权。在取得最后的胜利之
前，我们决不放下武器！

9月4日，年轻的远东苏维埃政权被推翻。根据布尔
什维克党的要求，孙继五带领队伍撤进无边无际的密林。

与日本干涉军激战面粉厂

此后很长一段时间里，孙继五和自己的队伍一直穿行
在密林和铁路沿线之间。他整合了数支队伍，成立了中国
联合游击队。从哈巴罗夫斯克到符拉迪沃斯托克铁路沿线
的日美干涉军岗哨、在车站驻防的白卫军，都成为游击队
的袭击目标。敌人犹如惊弓之鸟，惶惶不可终日。

《消息报》1920年1月30日援引罗斯塔通讯社（俄
罗斯塔斯社在1918至1925年的名称）的消息报道：

> 来自东方人士称，在高尔察克白卫军后方，中国
> 布尔什维克支队与滨海省的俄罗斯起义军达成采取共
> 同行动的协议，中国人和俄国人交换粮食、弹药。

1920年初，红军在苏维埃俄国欧洲部分战场取得决定
性胜利。在红军的强大攻势下，高尔察克白卫军由西向东
溃逃，他本人不久即被俘虏并在伊尔库茨克遭处决。在远
东的日本干涉军也遭到惨重的失败，设在符拉迪沃斯托克
的日本干涉军司令部向苏维埃政府提出进行和平谈判。2月
中旬，红军和部分游击队进入哈巴罗夫斯克，城市上空飘
起了红旗。

●自封的"最高
执政官"亚历
山大·高尔察
克在视察白卫
军部队

　　鉴于日本人的惯常恶行，苏俄在哈巴罗夫斯克近郊村镇部署了一些游击队，轮流承担驻防任务，孙继五的队伍也在其中。

　　果然，4月4日至5日夜间，日本干涉军背信弃义，撕毁了同苏俄的协定，其指挥部下令对哈巴罗夫斯克、斯巴斯克、尼科尔斯克－乌苏里斯克、符拉迪沃斯托克等地的游击队发动全线进攻，并在各地开始血腥屠杀。

　　当时，孙继五的游击队驻扎在哈巴罗夫斯克附近的一个中国村。日军进攻一开始，他就意识到事态的严重性，决定率领队伍冲入哈巴罗夫斯克市内去支援另外一支游击队。然而，路边一座面粉厂大楼被日本兵占领，他们用机关枪从楼上居高临下向游击队扫射，孙继五只好带领战士们退到一座公路桥边隐蔽。就在此时，40多个日本骑兵挥舞着马刀，从他们身后的一小块空地展开进攻，而且游击队的右翼也冲过来大约半个中队的日本骑兵。

　　孙继五知道，游击队已处于包围之中，只能同后面向他们接近的骑兵硬拼，杀出一条血路后再利用公路路堤做掩护，撤回到中国村驻地。在他的指挥下，游击队员们先是冲出面粉厂日军机关枪扫射形成的扇形地带。然后，大家端起刺刀，出其不意地迎面冲向敌人骑兵。

这支小股日本骑兵部队没有料到孙继五的游击队还有这么一招，掉头就跑。趁敌人惊慌之时，孙继五立即带着游击队退回中国村子。

很快，尾随而至的半个中队日本干涉军骑兵和面粉厂内的日军将小村子包围起来。险峻局势下，孙继五仍然沉着指挥。长期对敌斗争，已经让他成长为一名优秀的指挥员。他知道，只要先前派出去寻找另外一支游击队的通讯员能联系到那支队伍，并从外围对日军实施打击，自己率领的队伍就有望突围。所以，他命令游击队员们沿着村边设置起一道防线，自己则不时用望远镜观察，直到敌人逼近时，才下令射击。

战斗异常激烈，从面粉厂方面冲来的敌人突破了防线，游击队的一挺机枪也落入敌手，一些入伍不久的新战士开始向村里溃退。就在这时，找到那支游击队的通讯员带领

●服装和武器都
　五花八门的阿
　穆尔省游击队

●日本干涉军在符拉迪沃斯托克杀害俄居民

同志们赶了过来。为配合孙继五队伍突围，那支游击队对面粉厂的日军发起猛烈进攻。凑巧的是，一枚不知从何而来的炮弹落在向孙继五进攻的一群日本步兵中，敌人被炸得晕头转向。

趁着日军步兵混乱时，孙继五集中两挺机枪对准日本骑兵扫射，打乱了敌人的进攻队形。终于，前方被游击队撕开了缺口。孙继五随即率领战士们冲出包围圈，他们边走边打，最后摆脱了敌人。

1920年6月，日军从哈巴罗夫斯克撤出，然而战争远没有结束，游击队在原始森林里待命休整，准备粮食、弹药等，为远东的最后解放做准备。

"回国建立工农政权"志未酬

此时的孙继五开始实施一个在他脑海中酝酿很久的设想。或许，很多参加保卫苏维埃政权的旅俄华工都曾有过这样的念头，那就是苏维埃政权重新建立和恢复后，能回到祖国去建立工农政权。他们很多人带着这样的梦想而战斗，只是不少人早早牺牲。相比之下，孙继五是幸运的。闯过无数枪林弹雨后，他坚守着战友和同胞们的共同信念，筹划在十月革命旗帜的指引下，为中国工农政权的创建贡献力量。

1921 年 7 月上旬，告别柯瓦里的孙继五乘船从松花江口逆流而上，在靠近俄国滨海省的中国吉林境内活动达半年之久。这期间，他曾在若干地区建立了革命政权，后来遭到奉系军阀张作霖部队的围剿。9 月底，孙继五被困在一个小镇里，他派人把游击队的危险处境告诉苏俄的战友。在他们的帮助下，孙继五带领战士们于 11 月 10 日再次回到苏俄境内。

1921 年末，为了在伊恩和沃洛恰耶夫卡之间的地区集结大量红军部队同敌人进行决战，远东共和国人民革命军司令部指示滨海省各支游击队尽可能长时间地拖住白卫军，破坏敌人的交通线。孙继五接到的任务是在布达科沃村附近截击一个白卫军骑兵营，同时牵制住敌军。司令部把柯瓦里的游击队调配给孙继五指挥。

两位老战友再次合作。他们配合默契，成功在布达科沃村牵制了敌人整整两天。他们英勇战斗，为巩固沃洛恰耶夫卡战线和为布柳赫尔将军率领的人民革命军从赤塔赶来争取了宝贵时间。

1922 年 2 月 10 日，沃洛恰耶夫卡战役打响。红军战士和滨海省各游击队配合作战。2 月 14 日，哈巴罗夫斯克解放。10 月 25 日，符拉迪沃斯托克解放，远东反抗帝国主义武装干涉和国内白卫军的战争取得最后胜利。

哈巴罗夫斯克解放以后，孙继五于 1922 年 3 月 18 日受阿穆尔省华工联合会的派遣再次回到祖国东北，并和孙中山领导的广东革命政府取得了联系。经孙中山先生同意，孙继五在东北进行革命斗争。在他和一些志同道合战友的共同努力下，多支游击队联合组建成一个旅（下辖4个团），总数达3 300人。这支队伍有时被称作"吉林省中国革命第一师"。我看见俄罗斯版"知乎"上一段关于孙继五的简单介绍中称，他曾出任（中国）吉林省游击队旅长，应该指的就是这一段经历。

李永昌的《旅俄华工与中国革命》中说，孙继五在祖国东北的斗争卓有成效。到1922年5月，吉林省境内43支游击队得到整合，共计2.15万人，其中有1.25万名步兵，9 000名骑兵；拥有9门各种口径火炮、16挺机关枪，步枪无数。此外，没有武装的1万人被编成游击队预备师。远东共和国人民革命军司令部负责向这支部队提供武器、粮食和军需装备。

这支部队分散在各地战斗，还常出现在远东共和国境内。1922年5月在解放穆拉维约夫－阿穆尔斯基的战斗中，中国游击队曾派人参加。他们炸毁了敌人好几节满载武器弹药的车厢。

● 苏联油画：《沃洛恰耶夫卡决战》

● 20 世纪 20 年代的符拉迪沃斯托克

　　此后不久，孙继五本人不得不完全退至苏俄远东地区。这是因为，当时的奉系军阀对孙继五所领导游击队的革命活动感到恐惧，悬赏 6 万卢布要他的人头。

　　1922 年 10 月远东和平生活开始后，孙继五在哈巴罗夫斯克的一个中国居民区任宣传指导员。直到病逝，他再也没能回到祖国继续为创建中国工农政权而奋斗。孙继五病逝时年仅 48 岁。他走时很安详，但想必带着些许遗憾。

　　相比任辅臣、包其三、孙富元等苏俄内战中有名的中国人，有关孙继五的信息并不多。大量阅读之后，我依然没能找到他的一张照片。所以，要特别感谢柯瓦里，正是因为他的一段描述，让我对孙继五有了模糊的印象。

　　是个大个子，一双精明的眼睛使得他本就充满生机的面庞更加光彩夺目。他的脸上布满皱纹，看上去饱经风霜，黑胡子里夹杂着几缕白须。他说话总是慢条斯理，似乎在考虑每一个用词。尽管他的面部表情总是那么严肃，但嘴角总浮现着一丝微笑。

●外国干涉军退
出苏维埃俄国
时间表

　　孙继五是无数战斗在西伯利亚和远东的中国红色游击
队员的缩影。如苏联历史学家尼基塔·波波夫所言："在
中国志愿人员保卫苏维埃俄国的战斗中，他们所参加的游
击斗争占有特殊的地位。在这一斗争中，中国游击队员建
立了许多英雄业绩，许多光荣的中国游击队员同志的名字
将为苏联人民所怀念和尊敬。"

第十二章

中国军团总政委单清河

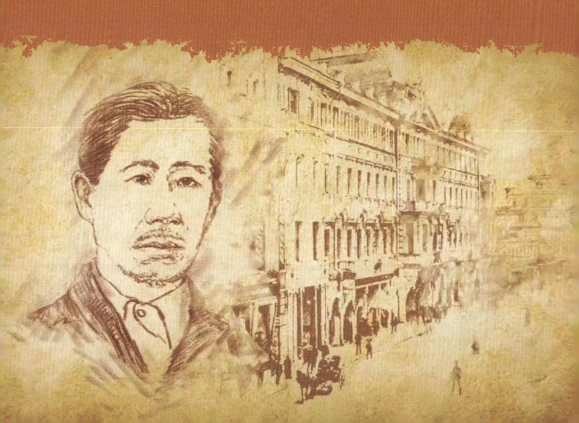

旅俄华工的故事并不全是革命浪漫主义的美好回忆。在世界上第一个苏维埃政权建立和发展的曲折历史上，有许多勇士没有倒在对敌战场上，却牺牲在内部斗争中——那曾是苏联人最深的伤口。

长眠在异国土地的中国无产阶级国际主义战士中，也有人是这伤痛的一部分。

克格勃逮捕了一名华裔老工人

1941年6月22日凌晨4时，纳粹德国实施"巴巴罗萨"计划，从北方、中央、南方三个方向以闪击战的方式对苏联发动袭击，同时这也标志着苏联伟大卫国战争开始了。

6月24日，苏联宣布全国戒严并开始战争总动员。同一天，负责抓捕行动的探长斯库达金拿到由苏联国家安全人民委员会（克格勃）莫斯科市和莫斯科州局副局长签署的第667号逮捕令。

次日，莫斯科市中心高尔基大街（即今天的特维尔大街）19号，发生了下面这样一幕——

一群身着深色外套的人出现在19号楼附近。一部分人负责布控，其余的径直来到大楼86号公寓。一阵敲门声后，一位身材中等、瘦削的亚洲中年男人打开房门。来人迅速向他出示逮捕令、搜查令。他们对亚洲男人不大的房间进行了搜查，随后将其押进早已等候在楼旁的车里，消失在高尔基大街的车流之中。整个过程迅速、专业，可以说是

●苏联国家安全
  人民委员会（克
  格勃）莫斯科
  市和莫斯科州
  局签署的第667
  号逮捕令

悄无声息。

　　被带走的是什么人？他犯了什么事儿？人们难免会有这样的疑问。要知道，这里距离苏联党和国家心脏的克里姆林宫仅约千米，并且还是在苏德战争刚刚爆发这个敏感的时间点上。

　　被捕者是莫斯科斯坦科利特工厂一号车间的工人单清河，其姓名的另一种中文写法为尚廷浩。他出生于1887年，出生地是中国山东省。

●现今的特维尔
  大街19号

　　单清河是长期居住在苏联的中国人，中国国籍。难道他是隐藏极深的大资本家？不，他没什么钱，甚至可以说是身无分文。搜查房间之后，搜查人员只带走了一张工厂通行证和一本名为《联共（布）章程》的中文版薄薄的小册子。

　　对"工人"单清河的审讯在逮捕后马上开始了，由克格勃莫斯科局的调查员帕克霍缅科负责。他究竟从这名中国工人那里得到了什么？逮捕令上说，单清河的"罪名"是在身边人中进行反苏鼓动，动机是诋毁布尔什维克党和苏联政府的政策措施。

　　事实上，对单清河展开的审讯进展并不顺利。工作持续了一个夏天，先是在莫斯科，然后转到西伯利亚西南部城市鄂木斯克。审讯围绕的核心问题是："你是否进行了反苏联宣传？"而单清河始终回答："没有！"

　　不过，从审讯中，一些鲜为人知的十月革命和苏俄内战时期的中国人的故事渐渐浮现出来，从彼得格勒的喀琅施塔得到远东符拉迪沃斯托克的全俄土地，成千上万的中国国际主义者走上保卫苏维埃政权的战场。这其中，单清河是一位卓越的组织者、久经考验的军事指挥员。他在蒂拉斯波尔、敖德萨、卢甘斯克、哈尔科夫、乌拉尔等地率领红军中国支队英勇杀敌；在高加索的捷列克河畔，他服务于契卡机关；内战结束后，前往远东将"红色中国人"派回祖国的东北和新疆……

　　前面我们提到，1917 年彼得格勒苏维埃革命军事委员会主席、从 1918 年 3 月起担任全俄组建红军部队委员会主席的尼古拉·波特沃伊斯基在授予单清河"红旗勋章"时，曾给予其极高评价。波特沃伊斯基同时还说：

●苏俄领导人尼古拉·波特沃伊斯基

单清河同志是一位杰出的华人红军和国际主义者红军的组织者，同这些队伍一起光荣地参加了无数次战斗，为保卫俄罗斯苏维埃社会主义联邦共和国……进行了顽强战斗。根据我的直接指示，单清河同志在1918年1月至2月组织了两支由敖德萨的华工组成的特别突击队，并同他们一起进行了多次战斗，取得了对德国军队、顿河哥萨克白匪军的一系列胜利。单清河同志及其队伍的战斗准则是：战斗到最后一颗子弹，决不投降。这是一支使乌克兰和顿河的德国人以及哥萨克白卫军望而生畏的部队。

旅俄华工群体中走出的传奇

1903年，年仅16岁的单清河来到俄国，曾在远东的矿山和铁路建筑工地当过劳工。十月革命爆发后，他在乌克兰加入工人赤卫队，并成为布尔什维克党党员。1917年11月，苏维埃俄国宣布废除与其他资本主义国家为"瓜分中国"而签订的所有秘密条约，并放弃了沙俄政府享有的所有特许权。11月20日，苏俄人民委员会发表了题为《告

俄国与东方全体穆斯林和劳动人民书》，宣布放弃掠夺的外国领土和实现人民自决。此外，还废除了 1896 年《中俄密约》和 1901 年《辛丑条约》，1918 年 1 月还将《和平法令》翻译成中文。上述种种，得到包括单清河在内的华工们的认可。

1918 年初，单清河开始奉命组建华人红军队伍，先后在敖德萨、卢甘斯克、哈尔科夫、莫斯科、彼尔姆、彼得格勒等地组织华工参加红军。

据华工杨富沙后来回忆，他 1917 年 2 月和任昌金、尤树沙、刘才（俄文名瓦西里）、马喜福（俄文名米哈伊尔）、傅维飞（俄文名尼古拉）等人就加入了赤卫队。1917 年 12 月至 1918 年 1 月，他们与莫斯科、彼得格勒的华工支队共 75 人前往顿涅茨克地区，以打击白卫军将领阿列克谢·卡列金的部队。在那里，他们与当地赤卫队合并，一同接受原来是莫斯科探险家工厂工人单清河的指挥。

华工红军战士范申地说，1918 年 1 月他在尼基托夫卡加入中国支队，在索罗金矿山招募了 36 名华工的单清河是支队长。卡列金白卫军被打败后，他们中的一些人在卢甘斯克铁路或斯拉维亚诺塞布县的矿井工作。1918 年春天，"退伍"不久的华工战士再次加入卢甘斯克的第一内津中国支队。傅维飞也写道："我在卢甘斯克第二次自愿入伍，加入任昌金担任队长的第一内津中国支队。"

1918 年 2 月 28 日，列宁致电乌克兰最高指挥官安东诺夫－奥夫谢延科："请记住自己的乌克兰血统，指挥所有抵抗德、奥入侵乌克兰的苏维埃军队。"根据苏俄人民委员会颁布的命令，各级组织应当协助单清河在顿巴斯工厂和矿山招募中国志愿者的工作。当年 4 月 22 日，安东诺夫－奥夫谢延科命令顿巴斯工厂和矿山管理层"不得阻止华工加入红军"。随后，华工组成的战斗支队被编入乌克兰革命第三军。

旅俄华工、后来参加中国人民解放军的杜修田是1916年到的俄国，最初他与其他一些华工被派往罗斯托夫省留必穆县铺设铁路。1918年8月，单清河与刘老堂找到当时人在彼得格勒的杜修田，劝说杜修田加入红军。杜修田后来说："我非常高兴协助俄国阶级兄弟，保卫十月革命胜利果实，就和其他几个老乡一道报名参军，编在李钦河担任营长的中国第二工兵营。"两个月以后，工兵营与其他红军部队一起解放了雅罗斯拉夫尔。在那里，中国国际主义战士在十月革命胜利一周年纪念日那天举行了庆祝活动。

苏联历史学家尼基塔·波波夫认为，单清河在苏俄内战期间的优秀才能是招募华工战士。比如，他曾在彼得格勒招募了一支华工红军支队。1918年10月，该支队的一个连被抽调出去，前往内战南方前线作战。

与此同时，研究苏俄内战的苏联、俄罗斯史学界认为，单清河的最大功绩在于其杰出的领导和组织能力，这是他被授予"红旗勋章"的最主要原因。为更好协调苏维埃俄国侨民共产主义者工作，俄共（布）中央委员会1918年5月成立直属外国共产党组织中央局。随后不久，在该机构中成立了一个筹建红军国际部队的军事委员会。根据中国国际主义者建议，苏俄政府同意成立红军中国支队司令部，单清河被任命为总政委。在组织上，红军国际部队并不隶属于俄共（布）中央直属外国共产党组织中央局，但其与那些参与组建国际单位的联盟保持着十分密切的联系。

　　该机构成立后，积极向华工较多的地区派出全权代表，对顺利招募华工红军战士及其随后所进行的军事训练、政治教育均具有相当重大的意义。1918年下半年，旅俄华工踊跃参加红军，中国连、中国支队、中国营纷纷成立。1919年3月在莫斯科召开的共产国际第一次代表大会，极大促进了苏俄与世界各国劳动人民的联系，包括中国军团在内的国际部队如雨后春笋般成立。仅在1919年1月至8月，就成立了包括中国模范团在内的8支红军中国部队。

　　尼基塔·波波夫说，毫无疑问，作为苏俄红军中国支队总政委的单清河发挥了无法替代的重要作用。

　　不过，苏俄内战英雄亚基尔对单清河的评价有些偏颇。他在《内战回忆录》中说，单清河（从苏俄政府那里）拿到钱以后到一些工厂、伐木场或矿井里去找招募华工。一番鼓动，200多人同意参加红军，而单清河却拿走了所有的钱，没有给新招募者任何军饷……

　　受"图哈切夫斯基案件"牵连，亚基尔1937年被捕并在遭受酷刑后被处决。有关单清河招募华工国际主义战士过程中"涉嫌留用"经费内容，仅仅是亚基尔的一面之

●苏俄红军中国战士

词。从单清河 1941 年被捕时一贫如洗的家境看，其被误会的成分居多。无论是俄联邦国家档案馆调查案件卷（号码 Π–55093）还是莫斯科检察院的审判案卷，都没有留下单清河涉嫌贪污的任何证据……

权威书籍中认定的中国支队总政委

想要了解单清河的命运，读一读他被捕后的自述尤其有价值。尽管他不懂俄语，可谓"俄语文盲"，但其自述写得很流畅：

●单清河

我叫单清河（Шен Ченхо），从 1917 年底到 1923 年参加过内战，是红军中国支队的主要组织者。红军组建后，我被革命军事委员会（PBC）任命为中国支队的总政委。我忠诚地执行党和革命军事委员会交办的任务，负责招募的大约 10 万名中国籍战士在全俄各条战线上与白匪军战斗。

波澜壮阔的时代里，个人命运辗转沉浮，令人唏嘘。所幸，时空跨越到今天，历史终有公道，单清河的身份毫无疑问是清晰的。1987 年，苏联最具权威性的苏联百科全书出版社出版了《苏联内战与外国干涉》一书。在该书的 264 页关于中国国际主义者部分，有这样一段简明扼要的描述："1918 年 5 月，在莫斯科成立了俄罗斯苏维埃联邦社会主义共和国（PCФCP）中国支队司令部（政委——布尔什

维克者单清河）。"

按照苏联、俄罗斯的传统，拥有类似单清河的闪光履历的人，其名字完全可能被冠名给街道、广场、轮船，或者是集体农场、学校、国际友谊俱乐部等。然而，如今在俄罗斯互联网搜索引擎 Yandex（Яндекс）上，单清河名字下的链接只有一个，即俄罗斯社会组织所进行的"政治恐怖受害者名单"课题主要研究者、乌克兰历史学家卡尔彭科的著作《中国军团——参加乌克兰革命事件中的中国人（1917—1921）》。

当年审讯单清河过程中还有哪些细节，恐怕已经永远消失在历史的烟尘中了。人们无法获取克格勃人员的全部审讯记录，以及单清河究竟承认、否认过什么。感谢俄罗斯《星火》杂志，它在 2017 年第 19 期刊登部分解密审讯记录，有过如下提问和回答：

问："同你周围人的交谈中，你是否曾经说过 1919 至 1920 年你是按照什么人的指示组建针对白卫军的中国支队的？"

答："我不记得我在这个问题上说了些什么，和谁说过。"

审讯人员（提醒）说："有关红军中国支队，你说这是在托洛茨基倡议下成立的。你的确是这样说的吗？"

单清河是如何回答的，从史料中无从得知了。不过，卡尔彭科书中的材料证明，招募和依赖中国及其他国家国际主义者的建议的确是托洛茨基最早提出来的。

审讯中，单清河曾回忆自己在苏俄内战时期被派往乌拉尔、德涅斯特河沿岸及顿巴斯执行任务的一些情况，以下是他的"交代"：

> 1920 年 4 月 23 日，西南方面军第十二集团军加利西亚旅发动叛乱，加入了波兰人组成的白卫军。我们的反击是迅速的：采取果断措施打击叛乱并抵抗波兰人的进攻，直到牺牲最后一名士兵……根据革命军事委员会命令，当场清洗叛乱煽动者和领导人，解除士兵武装并押送至后方……

单清河在被拘押期间还"交代"，他在苏俄内战结束后被派往西伯利亚东南部的赤塔，"服完兵役后，我奉党的命令被派往远东地区开展工作"，出任联共（布）赤塔区委委员，负责中国和朝鲜政治移民工作，主要是将一些战士、游击队员派回祖国，为在那里发动革命做准备。

此后，单清河还一度从事过退伍军人事务工作。在当时，10 万"红色中国人"苏俄内战结束后哪儿也去不了。他在审讯中说，一些人用假证欺骗他的前战友。比如在 1930 年，顿河畔罗斯托夫军籍登记处就有人倒腾军籍证，出售给中国人……

幸运躲过苏联大清洗

完成上述工作，单清河被调回苏联首都莫斯科。在那里，他申请进入国际列宁学校。国际列宁学校存在于 1926 至 1938 年，是一所由共产国际在苏联首都莫斯科市开办的官方培训学校。学校建立之初，由共产国际领导人布哈林担任校长。在布哈林被联共（布）以一系列莫须有罪名整肃后，格奥尔基·季米特洛夫担任共产国际执行委员会总书记兼校长。作为国际共产主义运动圣地，国际列宁学校教授学术课程和地下政治活动技巧，为世界革命培养党的干部。

然而，单清河的这一申请没有得到批准。通常而言，此类机构不会告知申请人拒绝的理由。不过，单清河被拒并不意外。显而易见的原因有两点：一是他不懂俄语；二是被确诊为外伤性神经症，他的记忆力严重退化。然而，可能还有第三个原因，而这与 1936 年前后发生的一些事情有关。

还记得单清河在审讯中回忆说过，有人发放虚假中国籍退伍军人证书吗？ 1936 年，一些地区的布尔什维克开除了不少原红色游击队员，遭到逮捕、处决是这些人随之而来的命运。1937 年，数千名中国"红色退伍军人"遭到清算。例如，在哈尔科夫，乌克兰内务人民委员部号称揭露了"中国反革命间谍和恐怖组织"的整个阴谋，数十人被捕。1938 年 10 月 31 日，哈尔科夫内务人民委员局将其中大部分人判处死刑，罪名据说是"进行间谍活动""进行反革命活动"等。

中国"红色退伍军人"遭清算，离不开 20 世纪 30 年代苏联肃反运动这一大背景。肃反运动又称大清洗，或称"叶若夫时期"，是苏联领导人斯大林从 1934 年开始发动的一场政治镇压和迫害运动，1937 至 1938 年是最恐怖时期。苏联的党政军及科学文化界失去了一大批卓越人物。

单清河掌握许多鲜为人知的秘密，从 1939 年开始其主要工作任务是配合国家安全人员收集并整理革命活动"材料"。苏联国家安全机关不得不承认，在谈到自己在历史上的角色时，单清河的用词简练至极。来看一看他被保存在档案中的原话：

> 作为 1918 年加入布尔什维克的党员，我再说一遍，我忠诚地履行了自己的职责。我是个普通中国工人，俄语文盲，肯定是从事的工作把我累坏了，我现在是残疾人——社会保障人民委员会的养老金领取者，一名曾经的红色游击队员。

单清河被捕后，克格勃对他的资金流动"异常"很感兴趣。他们竟然发现了他名下的确有存款，多达 2.2 万卢布。

单清河对此的解释是，自己的一位亲戚、哈巴罗夫斯克农民涂延秋给他留下 8 000 卢布。调查者进一步追问，他妻子去世后留给他的 1.4 万卢布从何而来。在他们出示相关文件后，单清河承认那是妻子第一任丈夫留下的遗产，他死于 1930 年。

长达几个月的审讯中，单清河态度非常坚决。他对所有问题的回答都是否定的："我不知道""东西不是我的""我没有说"……

令人无法信服的有罪判决

1941 年 9 月 3 日，对单清河的"调查"终于完成，案卷被移交至检察官。依据《俄罗斯苏维埃联邦社会主义共和国刑法典》第 58 条第 10 款第一节关于"宣传或煽动罪"内容，检察官起草了起诉书。单清河被押往鄂木斯克市监狱，就是在这所监狱里，他后来被告知自己的罪行。考虑到他是俄语文盲，宣判人员采用向他宣读的方式，耗时 55 分钟。

判决书中的结论部分是这样写的：

● 苏联检察机关
"单清河案"
的起诉书

　　……本案查明,单清河敌视苏维埃政权,多年来对他身边的中国人有系统地进行反苏煽动,其目的在于抹黑苏维埃政权。他是反苏和反联共(布)分子,抨击联共(布)第十八大决议,散布诽谤苏联政府压制少数民族的言论……

　　判决书中,并没有涉及金钱、阴谋及其他秘密情报问题。

　　1942年1月31日,苏联内务人民委员部特别会议做出如下决定:从1941年6月24日起,单清河进入劳教所5年。很显然,单凭单清河提供"贫血、营养下降,体力劳动受限"等内容的医疗证明,无法解释为何对单清河的判决如此之"轻"。如果判决书中内容真的成立的话,足以被处以极刑。

　　1942年9月4日,单清河在位于西伯利亚的克麦罗沃州的劳改营中去世,死因不详。

　　"劳动劳改营总管理局"的俄文缩写是ГУЛАГ,即"古拉格"。它是苏联的国家政治保卫总局、内务人民委员部在1918至1960年间负责管理全国劳改营的分支部门,执行劳改、扣留等职能。古拉格里囚禁着各种类型的罪犯，人数以百万计。"古拉格"这个词，总是让人联想到苏联著名作家亚历山大·索尔仁尼琴的《古拉格群岛》一书。其实，俄罗斯并没有一个叫古拉格群岛的地方，而是作者将苏联比作遍布岛屿的大海，这些岛屿则是关押犯人的集中营，他把这些岛屿称为古拉格群岛。

莫斯科有一所古拉格国家历史博物馆，那里深刻展现了索尔仁尼琴笔下的那段历史。馆内珍藏有许多关于集中营的资料与物证，包括清洗决策的文件、囚犯的私人物品，还有营房的还原版等。写作此文期间，我特意去了这家博物馆。在那里，我对单清河的不幸有了更深的体会。

令人稍感欣慰的是，单清河的故事并没有止步于古拉格。

1995 年，单清河得到平反。1941 年 6 月 22 日至今，依据《俄罗斯苏维埃联邦社会主义共和国刑法典》第 58 条而被逮捕、判刑者当中，只有不到 1/10 的人被平反，单清河就属于其中的少数。

在追踪单清河案件中，我在《莫斯科真理报》上发现了"塔玛拉·帕夫拉夫娜·单清河"这样一个名字。在《莫斯科真理报》刊登的"苏联政治恐怖受难者"（第 41462 号）中，她出生于 1923 年，住在高尔基大街 9 号 86 号公寓（9 号疑是 19 号楼的误写）。根据推算，单清河被捕当年她只有 18 岁，应当是单清河的女儿。几个月里，我费了好大的劲儿，希望从"塔玛拉"这里打开突破口。但很遗憾，一切都无功而返。

在俄联邦历史学家德米特里·米纳耶夫《站在红军一边的中国指挥官》一文中，我读到一长串中国人的名字和简历，单清河是其中之一，将其内容翻译出来附于文后。

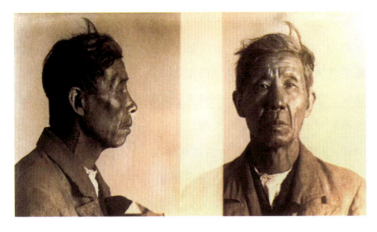

●单清河（进入
劳改营时的档
案照）

单清河（Шен Ченхо，Шан Тинхо）

1887 年出生于中国曲阜。

在革命和内战期间：

1917 年（年底）加入赤卫队；

1917 年（年底）至 1918 年，赤卫队中国支队司令；

1918 年 5 月至 1923 年，俄罗斯苏维埃联邦社会主义共和国中国支队筹建总部政委；

1941 年 6 月 24 日被国家安全人民委员会逮捕；

1942 年 1 月 31 日由苏联国家安全人民委员会特别会议根据《俄罗斯苏维埃联邦社会主义共和国刑法典》第 58 条第 10 款第 1 节定罪，并被判处 5 年劳改；

1942 年 9 月 4 日死于集中营；

1995 年 6 月 19 日由莫斯科检察官办公室平反。

谨以此文，让更多的人能知晓并铭记这位来自中国山东的国际主义战士。或许，通过此文，能有更多中俄史学家进一步挖掘、厘清单清河的战斗史和命运归宿，让他从迷雾中走出……

第十三章

列宁的卫兵李富清

　　我在莫斯科的住所位于市中心，公寓楼的对面是著名的乌克兰饭店。我没想到的是，这座每天隔窗而望的饭店，竟然也和自己找寻的旅俄华工往事颇有渊源。将之联系在一起的，是曾经给列宁当过卫兵的李富清。

　　乌克兰饭店位于市中心美丽的莫斯科河河畔，是一幢198米高的尖顶米白色建筑。在著名的"七姐妹"建筑中，其高度位列第二。苏联时期，气势恢宏、富丽堂皇的乌克兰饭店是外交部迎宾馆。1957年11月，刚开业不到半年的乌克兰饭店迎来了中国代表团，他们是前来参加十月革命胜利40周年盛典活动的。代表团中有一批参加过苏俄国内战争的中国同志，李富清是其中之一。

　　在数万名为保卫苏维埃政权而战的旅俄华工中，李富清算是在中国国内拥有很高知名度的人。

两位苏联作家发现的中国同志

　　根据苏联资料，李富清的故事能被挖掘出来，离不开苏联作家诺沃格鲁茨基和杜纳耶夫斯基的努力。

　　两位作家从1956年夏天开始找寻战斗在弗拉季高加索的中国营及其指挥员包其三的足迹。寻访伊始，一位退休后住在罗斯托夫州港口城市塔干罗格的老战士王树山谈到了李富清，说他加入红军后不久被调到彼得格勒，在斯莫尔尼宫做警卫工作，能经常见到列宁。

　　两位作家对此非常感兴趣。不久以后，他们向中苏友好协会去信介绍自己的找寻工作，并请求协会帮助寻找参加俄国革命的中国同志。他们在信中附上了一份名单，相信名单上的人已经返回中国。李富清的名字就在这份名单上。

很快，他们收到了中苏友好协会的回信。协会副秘书长戈宝权写道："你们信里提到的参加过俄国革命的中国同志的名字，对于我们来说，具有非常重大的意义。根据这些名字，我们一定可以搜集到一些真实的史料。我们已经给有关机关发出了信件，请求他们协助寻找这些同志……把参加过伟大的十月社会主义革命和国内战争的中国战士介绍给读者，是一个光荣的任务。希望我们大家共同努力。"

事实上，这项工作难度很大。名单上的那些中国姓名都是用俄文拼写。两位作家无法用汉语或者确保准确的俄语拼写，因为中国战士的姓名，有的是从旧文件和证明书上抄来的，有的是听人讲述时记录的。根据两位作家后来回忆，名单上开列的那些老战士，在中国只找到了李富清和刘泽荣。

●格尔采利·诺沃格鲁茨基（左）、亚历山大·杜纳耶夫斯基（右）

1957 年 11 月，李富清入住乌克兰饭店后，按照中苏友协的要求，与两位作家取得了联系。两位作家后来这样描述在乌克兰饭店第 26 层一个房间里见到的李富清："服装整洁，身材消瘦，头发剪得很短，六十来岁的年纪……我们无需翻译，来自中国的客人俄语说得很不错。"

●李富清

从莫斯科返回祖国后，李富清做了多场生动的"访苏见闻"报告。一位普通的中国战士，为什么能成为列宁信任的警卫？他又经历了怎样跌宕起伏的人生呢？

到工厂做工变成了为沙俄军队挖战壕

1898 年，李富清出生在沈阳的一个贫苦之家。父亲是木匠，早年间和家人从山东老家闯关东来到沈阳谋生。穷人的孩子早当家，李富清从 6 岁开始就到铁路边或工厂的煤渣堆去捡煤核。此后，他先后给人看过猪、放过牛，在饭馆做过学徒，用劳动赚来的微薄收入帮助父亲养家。

1915 年，李富清和表哥一起来到抚顺煤矿打工。1916 年 4 月，煤矿工人中流传着俄国人在沈阳招工的消息，不少人报名后领到了 200 卢布。那时，对穷人而言，200 卢布是一笔巨大财富。一心为家分忧的李富清决定去俄国闯一闯。李富清怕招工的嫌弃自己年纪小，报名时给自己加了一岁。在征得父母同意后，18 岁的他怀揣着希望，与自己的两个表哥及同行的 3 000 多名华工一起，在沈阳坐上了去俄罗斯的闷罐列车。

其实，就在上车前，李富清这批旅俄华工就已经开始了被骗的行程。有知情人不小心说漏了嘴，告诉李富清等人说，被招募到沙俄务工的薪水不是 200 卢布，而是 500 卢布。可当他们与工头交涉时，却遭到严厉呵斥，称"其余 300 卢布是用于登记和旅行费用"。而此时反悔已不可能，因为在拿到 200 卢布以后，华工们已经失去了自由。

经过 20 多天的颠簸、无数次转车后，这列西行列车将他们送达"目的地"——俄国西部的战争前线。随行翻译、实际上的包工头命令道："我们到了！下车！"华工们一看，简直不敢相信自己的眼睛——哪里有什么工厂，在这个人迹罕至的地方，只有几座木屋，到处都是无边无际的森林。

这里根本不是合同上所说的工厂。包工头继续欺骗说，需要先伐木，修建一条到达工厂的道路。

"人在屋檐下，不得不低头。"这批华工开始为一个根本不存在的工厂伐木、修路，许多人因为没有营房而不得不睡在帐篷里，甚至完全睡在露天，而食物只有黑面包和土豆。

5 天后，西边突然出现了沙俄军队，他们命令中国人挖战壕。华工们纷纷质疑："为什么？"显然，这是又一次被骗。当时，第一次世界大战席卷欧洲，俄国在西部与奥、德激烈交战。原来，招工不过是一场骗局。实际上，李富清和众多中国同伴是被送到战争前线为俄军挖战壕。

李富清后来回忆，他们被迫给俄军当苦力，受尽折磨和奴役。沙俄军队十分凶狠，华工稍有怠慢，立刻会遭到皮鞭、枪托毒打。很多人想跑回家，但一则俄军看管很严，

●第一次世界大
战中，在战壕
里的沙俄士兵

二则人生地不熟，语言不通，口袋里一分钱都没有，回家
只能是梦想。

激烈战事下，他们所在的地区被德军占领，华工和俄
军一起被德军俘获。德国人将华工关进俘虏营，强迫他们
修建道路、监狱。在那里，李富清目睹了无数同胞被折磨
而死。1917 年春天，幸存下来的华工和俄军战俘被释放，
获得了自由。

揭竿而起参加十月革命

此时的俄国，对德战争还在继续，革命浪潮风起云涌。
混乱局势下，俄国政府根本无暇顾及这些招来的华工。而
李富清他们身无分文，回国无望，工作也没有着落，在乌
克兰地区流浪。就在这时，一位名叫伊万诺夫的布尔什维
克给他们指明了方向，那就是组织起来与白卫军战斗。李
富清和其他 200 多名华工参加了伊万诺夫的游击队，在乌
克兰和白俄罗斯各地战斗。他们用从前线夺来的几支步枪，

包围了一个小村庄的哨所，缴获了 30 多支旧步枪。不久后，他们袭击了沙俄军队的一个连，又获得了大约 100 支步枪。

战斗中，华工与俄罗斯游击队员结下了深厚的友谊。俄罗斯游击队员非常关心和照顾中国战友，队伍里搞到白面粉时，会首先想着送给中国战友；而中国人也同样向俄国战友奉献了爱，帮助俄国同志烤面包、缝衣服。逐渐地，李富清了解到这支最早活跃在乌克兰、白俄罗斯土地上的游击队是由布尔什维克领导的。

在一次战斗中，伊万诺夫英勇牺牲，华工吴二虎随后被推举为支队长。这支队伍迅速壮大，到 1917 年十月革命爆发前夕，游击队中的中国战士已有五六百人之多。他们打了不少胜仗，也付出了惨重的代价。

旅俄华工参加十月革命、以国际主义战士身份保卫苏维埃政权，让白卫军恨之入骨。白卫军将被俘红军中的中国官兵一律送交军事法庭，之后这些红军战士要么被战马拖着游街示众，要么被乱刀砍死……

李富清后来回忆说，1918 年在斯坦尼姆里戈夫克，他所在的红军部队同哥萨克白卫军进行过一场殊死搏斗。当时，由于原白俄军官指挥的队伍叛变，红军被包围，支队长吴二虎及李富清的两位表哥陈智荣、吴志华等 200 多名中国官兵牺牲。3 天后，红军增援部队抵达，向哥萨克发起反攻。

被包围的红军官兵牺牲的惨状让人目不忍睹：

　　白匪军的暴行令人发指……路边、田野、树林和村子里，随处可见牺牲的战友们的遗体。道路两旁的树上和木桩上，吊着遗体，有的被割掉耳朵，有的被

●内战前线的苏
俄红军

挖出眼睛，有的舌头被割去……不少尸体旁边写着：
这就是当红军的下场！布尔什维克完蛋了！

愤怒和悲伤的情绪笼罩在中国红军官兵的心头。
他们一边行军，一边掩埋中国战友的遗体——一共有
200多具……

此时，李富清泪流满面，他没能在那些遗体中找到与
他一起来俄的两个表兄弟。他想到以后回国时，可怎么向
他们的父母交代啊？！他依然清晰记得，他们是如何一起
离开故乡，一起坐在闷罐火车里一路摇晃到俄国，一起在
皮鞭下伐木、挖战壕……

列宁的警卫小组组长

有些人可能以为，1917年十月革命以后，苏俄人民就
在列宁的领导下沐浴在幸福之中。然而，事情远非这么简单。

十月革命刚结束，列宁按照承诺召开了立宪会议。然而，在立宪会议选举出的总共 703 名代表中，布尔什维克仅有 168 人，社会革命党获得了最大的胜利。这个结果不是列宁愿意看到的，于是在 1918 年 1 月 5 日，列宁下令解散立宪会议。此时，苏俄国内局势非常混乱，既有沙皇旧贵族的势力在伺机报复，也有被推翻的临时政府的成员蠢蠢欲动，更有立宪会议之后遭到排斥的社会革命党、孟什维克等党派成员开始进行破坏活动。

1918 年的俄国，可谓内忧外患。列宁在这一年里接连两次遇刺，足以证明局势之凶险。1918 年 1 月 14 日，列宁遭遇第一次暗杀，当时他刚完成在彼得格勒的一场演讲，与瑞士共产党员弗里茨·普拉廷坐在车后。突然有人朝汽车开枪，普拉廷赶紧将列宁的头按倒。另一次暗杀发生在 1918 年 8 月 30 日，列宁到莫斯科郊外的米赫尔松工厂向工人发表演讲。会后，列宁被右翼的社会革命党女刺客芬妮·卡普兰近距离射中 3 枪，伤势严重。

1918 年冬，李富清和其他 200 多名战士（其中有 70

●苏联油画：《1918 年 8 月 30 日，卡普兰刺杀列宁》

多个中国人）被荣幸地调到彼得格勒担任列宁的卫兵。

刚开始时，绝大多数中国士兵并不知道自己保卫的是什么人，只知道是重要人物。一位名叫宋书堂的中国警卫后来回忆说："有一次，我们在娱乐室下棋。一个人走进来，默默地站在一边看，我们都没有注意到他的存在。另一位中国警卫赵朴轩进来，看见他后立刻敬礼。之后我们才知道，那就是我们在保卫着的列宁同志。"

李富清表现出色，被任命为由4人组成的警卫小组组长。他的工作职责是，领导其他3名警卫在列宁工作的大楼入口处站岗。列宁每次进出办公楼，都会同中国警卫擦肩而过。对于李富清而言，那段岁月里的一些瞬间，成为他永恒的记忆。

一天，天气异常寒冷，斯莫尔尼宫外宛如冰雪世界，树枝上挂满晶莹剔透的冰凌、雪花。4名中国警卫坚守在自己的岗位上，粗糙的军大衣衣领冻得硬邦邦的，上面凝结着一层白霜，那是他们鼻孔中呼出的气体被风吹后留在衣领上的"作品"。

这时，李富清和战士们远远看见列宁朝着办公大楼快步走来。他身穿灰色领子的黑外套，头戴一顶黑色的毛皮帽子，似乎一边走一边考虑问题。见到领袖，李富清立刻响亮地喊了声："敬礼！"列宁沉默了片刻，说："这么冷，你们还站在风雪里。快！快！到里面走廊去，那边墙上有烟囱，比较暖和些！"4名警卫员都不肯进去，后来列宁一再命令，他们才移到走廊里。

还有一次，列宁从办公室出来，看见正在站岗的李富清与几名中国警卫，就和他们亲切地聊了起来。

列宁问："生活习惯吗？吃得习惯吗？住得怎么样？"

● 1917 年 10 月
斯莫尔尼宫大
门口

　　李富清回答说："生活得很好，食物也很不错。"另一位战友王才表示，相比以前，这里的生活很让人满意。

　　听了大家的回答，列宁说："是的，与过去相比，生活是变得好了一点。但这远远不够，一旦我们驱逐了所有的白卫军和干涉分子，建立起一个繁荣的国家，日子会更好！"列宁还希望他们更努力学习俄语，了解俄国正在发生的事情。

　　最后，列宁问他们如何用中文说"你好""吃饭""喝茶"……还从口袋里掏出笔记本和铅笔，记下了中文发音。

　　从那以后，列宁见到中国战士，总会用中文说："你好，你好。"后来，列宁给他们找来了一位俄语老师。

　　此后不久，部队为每个警卫员配了一双靴子。李富清和王才觉得领到的靴子太大，希望管理员能给他们换合适的，但遭到拒绝。于是，李富清提议两人一起找列宁解决问题。在列宁办公室外，工作人员不让他们进去，说列宁正在写东西。由于两人的坚持，工作人员只好打电话请示。

●苏联油画:《列宁在斯莫尔尼宫》

最终,两人的申请获得了批准。

当他们小心翼翼地按下列宁办公室的电铃后,里面传来了列宁的声音:"请进。"

他们脱帽推门进去,看见列宁端坐在房间右边的一张办公桌后写东西,见他们来了,很随和地示意两人坐下。得知来意后,列宁说:"行,行。"之后,拿起一张纸条交给他们,并表示如果有事情,还可以来找他。

有了列宁的批条,两人最终在管理员的陪同下,在仓库中挑到了合脚的靴子。

考虑到中国人的饮食习惯,部队多次为中国警卫单独准备大米作为主食。

守卫克里姆林宫

李富清和他的中国战友们在斯莫尔尼宫担任警卫的时间不长。1918年3月，红色苏维埃政权决定迁都莫斯科，他们随警卫部队一同来到莫斯科克里姆林宫。

将首都从彼得格勒迁到莫斯科，是新生苏维埃政权根据当时严峻的形势做出的决定。为使初建的苏维埃国家退出帝国主义战争，保障国家的安全和独立，1918年3月3日，以列宁为首的俄共（布）党和政府同意在《布列斯特－立托夫斯克和约》上签字，向德国及其盟国妥协。

该条约规定，俄国放弃对波兰、立陶宛、库尔兰（拉脱维亚一部分）、利夫兰（拉脱维亚）和爱斯特兰（爱沙尼亚）的管辖与主权。此外，依据条约俄国承认乌克兰、芬兰独立，立即从芬兰、乌克兰和奥兰群岛撤军，保证同乌克兰立即签订和约，并承认乌克兰同德、奥、保、土之间的和约。这意味着，芬兰和爱沙尼亚都成为邻国。

彼得格勒距离与芬兰的边境只有100多公里，距离与爱沙尼亚的边境也只有200多公里。一旦敌人进入这两个国家，以此作为基地发动突袭，彼得格勒瞬间就可能沦陷，苏维埃政府机关甚至会面临被一网打尽的境地。退一步而言，即便敌人不进攻，让首都处于如此不安全的地方，也是相当危险的。

李富清回忆，到莫斯科克里姆林宫以后，他们与列宁这位亲切、和蔼、慈祥的伟大领袖见面的机会少了很多。克里姆林宫曾是历代沙皇的宫殿、莫斯科最古老的建筑群，宫墙环绕着4座宫殿、4座大教堂及19座塔楼。而斯莫尔尼宫其实是一所建于1806至1808年的贵族女子学校，规模远不及克里姆林宫。由此不难想象，李富清他们不能和以前一样经常看见列宁了。加之，列宁在 1918 年 8 月底第二次遇刺后，很多时间并不在克里姆林宫。

1918 年 9 月 25 日傍晚，位于莫斯科东南 40 多公里的戈尔基庄园来了一位"不寻常的客人"，他就是遇刺后需要疗伤的列宁。列宁很喜欢这座有森林、河流、池塘的庄园，此后经常来这里住上一段时间。1923 年 5 月列宁病情极度恶化后，一直安顿于此，直到 1924 年病逝。

列宁逝世时，李富清正在莫斯科军事学校学习，曾作为学生代表为伟大领袖守灵。

2021 年 10 月秋意正浓时，我曾特意去这个庄园探访。踏在铺满金黄枝叶的小径上，能感受到列宁缘何深爱这片远离喧嚣的宁静之地。列宁最后离开这里的路，也就是人们抬着他的灵柩走过的路，至今仍保持着原状。那是一条用石子和沙土铺成的小路，在小路尽头旁的石头上，镌刻着一行字："1924 年 1 月 23 日，列宁的灵柩由此路送走。"

1919 年 10 月，邓尼金率领的白卫军在南方战线猖狂进攻，红军步步后退。苏维埃共和国先是丢失了乌克兰、奥廖尔，接着图拉、莫斯科也处于极端危险之中。此时，列宁将自己的卫兵调到南方前线，李富清便是其中一员。

离开克里姆林宫之前，列宁召集卫队全体队员讲话。他告诉大家："你们到了前线，千万不要因为给我当过卫士而骄傲自大，那是非常错误的。"他还鼓励大家英勇杀敌，保卫苏维埃共和国，把白匪军消灭干净。

重回战场后，李富清被派遣到苏俄将领布琼尼率领的红军第一骑兵军第六师第三十三团，担任侦察班副班长。10 月，他所在的第三十三团在沃罗涅日郊区与邓尼金部队激战。月底，红军解放了沃洛涅日，邓尼金残余部队南逃。

11 月，第一骑兵军将邓尼金的阵地撕开。次年 1 月，红军

解放了顿河畔的罗斯托夫。两个月后，邓尼金乘船从黑海

逃遁。

●朝向红场的莫
斯科克里姆林
宫宫墙

在黑海沿岸，李富清看到了这样一幅画面：

●列宁逝世前养伤的戈尔基庄园里，抬着列宁遗体的雕塑

　　数十艘帝国主义列强的战舰在离港口不远处停泊，其与海岸之间的整片海域上，挤满了白卫军、地主、资本家及其家眷逃亡的摆渡船只。红军炮火朝着帝国主义干预军的船只开火，8 艘被击沉，其余的赶紧驶向远处的公海。此时，那些没办法追上战舰的逃亡者，只好返回岸上，向红军投降。

　　1920 年 3 月底，李富清与战友们乘坐红军舰只，一直追敌到苏俄与土耳其的边境。4 月，波兰白卫军不宣而战，发动对苏俄的进攻，5 月初占领基辅。李富清又加入对波兰白卫军的战斗中，他多次出色完成侦察任务，并跟随部队一直打到距离华沙 70 公里的地方。不久后，李富清参加了

● 白卫军残余从
克里米亚撤离
（1920年11月
14日至16日）

粉碎弗兰格尔匪军的战斗，在著名的彼列科普地峡战役中，他出色完成了炸毁敌人地堡的任务，为克里米亚半岛的最后解放做出了贡献。后来，李富清随部队肃清了乌克兰山区的马赫诺残匪，实现了乌克兰的彻底解放。

李富清浴血奋战，先后4次负伤。

51岁参加中国人民解放军

苏俄战争结束后，李富清于1922年春来到骑六师部队文化学校学习，其间光荣入团。1923年五一国际劳动节后，他进入莫斯科军事学校深造。

1926年，李富清从莫斯科军事学校毕业，被分配到乌克兰顿巴斯矿区当翻译。第二年，29岁的他和一位当地姑娘结婚，有了自己的小家。此后几年里，两个男孩相继出生。

1932年，占领中国东北的日本成立伪满洲国。这时，李富清离开东北已有16年，由于挂念老家亲人，他决定回国探亲。

他来到赤塔后，才得知边境被封锁。在赤塔逗留一段时间，他随退入苏联的东北义勇军辗转进入新疆，准备绕道回东北。谁知命运多舛，到新疆后，军阀既不准他出星星峡回内地，也不允许他返回苏联。盼望着有朝一日回老家和亲人团圆的他苦闷极了，最后决定在新疆待着，后来在乌鲁木齐开了一家小饭馆，当了一名厨师，聊以度日。不承想，这一干就是十多年。这期间，他孤苦伶仃，与东北老家和苏联小家都失去了联系。

新疆解放后，李富清以 51 岁年龄、厨师身份参加了解放军，被分配到新疆军区工程处呼图壁县休养所。由于一手好厨艺，李富清当上了炊事班班长。李富清一直默默无闻在基层工作，直到 1957 年。

那一年，他在苏俄的经历和事迹被挖掘出来，《新疆日报》以整版篇幅予以报道，轰动了新疆。他身边的人对此惊讶不已。这个在他们眼里普普通通，懂俄语、性子急、爱喝酒的老头，竟然有如此辉煌的过往。

同年 11 月，59 岁的李富清被选入中国劳动人民代表团，随同毛主席率领的中国党政代表团赴苏联参加十月革命 40 周年庆典活动。

在此期间，李富清见到了毛主席、周总理、邓小平、彭德怀等党和国家领导人。

赴苏前，11 月 3 日，周恩来总理在北京中南海接见了代表团全体人员，当刘宁一团长向周总理介绍李富清曾当过列宁的卫士时，周总理立即高兴地同李富清握手，并亲切地询问李富清的身体和工作情况。周总理对李富清说："你当过列宁的卫士，还负过 4 次伤，得过奖，不要骄傲啊。"李富清连连点头。

●20世纪20年代的顿巴斯煤矿场景

　　当李富清再次踏上离开了20余年、曾让他不惜抛头颅洒热血的异国大地，心潮澎湃，激动不已。在苏联近一个月的时间里，中国劳动人民代表团受到了苏联人民和政府的热烈欢迎。尤其是李富清作为当年列宁的卫士，并为十月革命浴血奋战的事迹被苏联各大媒体报道后，其所到之处更是鲜花云集，掌声一片。访苏期间，他曾委托苏联战友寻找失散的妻子和两个儿子，可惜直到1972年他在新疆逝世，也没有得到任何消息。

　　李富清的故事就此画上了句号。虽然孑然一身，但相比很多人而言，他是幸运的。

　　2017年，十月革命胜利100周年，中俄主流媒体有消息称，两国将合作拍摄电视系列片《列宁和他的中国卫士》。据中方导演胡明钢介绍，电视剧根据真实历史事件拍摄，主角原型就是李富清。

　　如果能够顺利拍摄并播出，更多的人能借此了解旅俄华工参加十月革命、保卫新生苏维埃政权的那段红色岁月。

●以李富清等人
为原型的电影
《风从东方来》
剧照

　　如今，在坐落于美丽的黑龙江畔的黑河旅俄华侨纪念
馆里，不仅有李富清和列宁在一起的蜡像，还陈列着一份
珍贵文物，那是列宁为李富清开的证明信，列宁的亲笔签
名清晰可见。

第十四章
旅俄华工中的共产党组织
助力中国军团

旅俄华工是近代中国无产阶级的一部分，他们积极参加了推翻沙皇专制制度、在俄国实践社会主义革命的斗争。经过轰轰烈烈的革命洗礼和战争锤炼，很多人政治觉悟不断提高，意志坚定地加入俄国共产党（布尔什维克），刘绍周、任辅臣、包其三、孙富元、孙继五等是其中的优秀代表。不仅如此，华人共产党组织相继在俄国地方、红军部队中出现，一个旅俄华人共产党组织的中央机构——俄共（布）华人中央委员会（又称华员局）也随之成立。

俄共（布）重视建立华人党组织

华人共产党组织在苏俄的出现，并非偶然。

俄共（布）从苏维埃政权建立伊始就注重对包括华工在内的各国无产阶级进行宣传和鼓动，这使得华人共产党员不断涌现，进而催生了华人共产党组织。

100多年前，与旅俄华工共同参加保卫苏维埃政权战斗的，还有来自匈牙利、捷克斯洛伐克、意大利、塞尔维亚、波兰等数十个国家的工人和无产者。根据列宁指示，俄共（布）中央早在1918年3月就成立了几个外国共产党小组。同年5月，这些小组联合为统一的组织——俄共（布）中央委员会直属外国共产党组织中央局，由匈牙利共产党人库恩·贝拉领导。根据斗争形势需要，该局在苏俄曾举办各国宣传员培训班，培养组建各国布尔什维克党组织的骨干力量。

●库恩·贝拉（1886-1939），匈牙利和国际劳工运动领袖

十月革命使旅俄华工的社会地位发生了巨大变化。一些华工很快就对社会主义革命思想有了深刻认识，他们积极加入俄共（布），投入到保卫革命胜利果实的斗争中。其中，有些人当选为地方苏维埃成员，例如彼得格勒苏维埃代表中就有刘绍周、徐才。俄共（布）正是依靠这些涌现出来的先进代表，努力把苏俄革命的深远意义传播到广大华工中去。

为了让旅俄华工掌握革命真理，苏俄一些重要文件被译成中文在华工中广泛散发。1919 年 1 月，苏俄政府出版了 1 万份中文版《苏维埃俄国宪法》。同年 3 月，俄共（布）新党纲草案中文版也面世。苏俄文献记载，至少在 1918 年 10 月初到 1919 年 11 月底，曾存在过一份名为《华工》的中文报纸，其发行量很大，影响力很广。该报的宗旨是在旅居苏俄的华人中宣传共产主义思想。1918 年 10 月 17 日出版的《消息报》曾这样介绍该份报纸："由北方省华工苏维埃执行委员会主办，波利万诺夫担任编辑的周报《华工》第一期已于前几天出版了。"遗憾的是，迄今为止，这份报纸一直未被发现。

1918 年 12 月，列宁进一步指示俄共（布）中央委员会外国共产党组织中央局成立中国分部，专门负责华工工作。除俄共（布）中央之外，其地方组织也开始组建负责华人政治工作的机构，特别是西伯利亚和远东地区。尼基塔·波波夫在《俄国内战前线的中国志愿者（1918—1922）》一书中，

曾这样描述：

> 俄共（布）西伯利亚委员会于 1919 年 11 月成立中朝组，在当地中国人和朝鲜人中开展大量工作，他们在很短的时间内举办政治讲座 70 次，召开会议 64 次，举行群众大会 5 次。

列宁曾于 1919 年 3 月 18 日在俄共（布）第八次代表大会的总结报告中指出："我们在留居俄国的外国人中间进行了宣传和鼓动，组织了许多外国人团体"，他们是"俄国共产党活动中最重要的一页"。正是通过这些安排和努力，共产主义思想在华工中得到普遍传播，也使得他们当中越来越多的人加入俄共（布）。

所有红军中国部队都成立党支部

苏俄红军从诞生那一天起，就非常注重政治教育，国际部队也是如此，这为红军中的华人党组织成立创造了条件。

苏俄红军的政治工作开展得十分活跃。在红军中国部队中，加入俄共（布）的华人共产党干部积极配合各级组织，在中国红军战士中举行各种报告会、座谈会，安排读报、文化学习等活动。找寻任辅臣在乌拉尔山区的战斗生活足迹时，俄中友协维尔德洛夫斯克州分会副主席维涅尔曾告诉我，红鹰团团长任辅臣本人不仅是阿拉帕耶夫斯克市苏维埃委员，而且他常在战斗间隙时组织中国战士学习、交流，非常善于鼓舞斗志。

红军在进行政治教育时，中文报纸和宣传品效果显著。当时，苏俄政府曾为部队中的国际主义战士出版过中文、匈牙利文、波兰文、捷克文报纸，以便更有的放矢地进行宣传。在 1919 年 2 月 28 日出版的《真理报》刊发了一则题为《前线报纸发行情况》的简讯，里面列举出某军军委会政治部于 1919 年 1 月在前线及其附近地区发行报纸的名称和数量，其中写到中文报纸 2 700 份。

20 世纪 50 年代，苏联作家诺沃格鲁茨基和杜纳耶夫斯基曾在外交部档案馆发现了奇迹般留存下来的一份第 27 期《旅俄华工大同报》。灰色报纸上标注的出版日期是 1920 年 4 月 1 日。报纸版面刊登了苏俄、中国的一些情况，以及苏俄红军部队解放伊尔库茨克的简讯、外交人民委员契切林写给孙中山的信等。

当时，由于参加红军的华工大多数是文盲且俄语水平不高，对他们进行政治教育存在很多障碍，尤其是在前线战场条件下。但是，依靠红军政治部门和共产党人的首创精神、顽强毅力，自 1919 年秋天起，每个中国营、中国连都开始设立扫盲班，开展俄语学习小组和文化教育小组活动。

● 苏联油画:《战前动员》

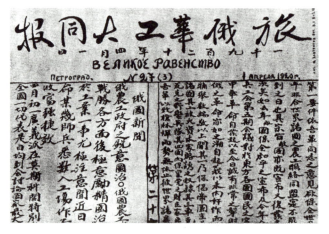

● 1920 年 4 月 1 日出版的《旅俄华工大同报》

正是长期艰苦战斗中的不断学习和熏陶，让苏俄红军中国战士接受了革命的洗礼，更多的人加入俄共（布），华人共产党支部也日益增加。苏联档案资料显示，到 1919 年秋，红军中国部队中的共产党组织已具规模。例如，1919 年 11 月 30 日《消息报》在刊发此前一天莫斯科的红军中国战士集会消息时称："部队负责人在报告中透露，在所有（中国人）红军部队中都有了共产党支部，在一个连里就已经有几十个华人共产党员。"

与共产国际关系密切的俄共（布）华员局

作为广大华工自己的革命组织，旅俄华工联合会以扎实的工作为地方华人共产党组织的成立奠定了坚实基础。

十月革命爆发后，刘绍周 1917 年创建的中华旅俄联合会联合其他一些华工组织，逐渐发展成为政治上活跃且很有社会影响的工人团体，会员达到 6 万人。联合会坚决拥护布尔什维克党、赞同列宁的社会主义革命理论和实践、维护华工的合法权益，是团结、组织和教育旅俄华工的革命组织。

在华人较多的萨马拉、萨拉托夫、叶卡捷琳堡、上乌金斯克（现乌兰乌德）等地，旅俄华工联合会设有分会，在分会下都建有共产主义小组。很快，它们就都成为俄共（布）地方党组织的组成部分。苏联历史学家维克多·乌斯季诺夫在 1961 年发表的《苏俄的中国共产主义组织（1918—1920 年）》一文中指出：

> 这些华人共产主义小组声称，俄国布尔什维克的事业就是自己的事业。西伯利亚大铁路斯柳江卡车站的华工召开大会，通过成立党小组的决定，"我们选出一些同志，他们和俄共（布）地方组织保持联系，引导我们加入一个共同的共产主义工人大家庭"。而上乌金斯克的华工在一次大会上强调，"我们认为俄国工人和农民同志们的利益是我们的共同事业……为了提高工作效率，我们成立共产主义小组，这个小组和俄共（布）上乌金斯克市委紧密结合在一起，以便共同进行党和文化教育工作"。

● 位于萨马拉市沃兹涅先斯基（今天的拉津街）108 号的旅俄华工联合会萨马拉分会旧址

在地方和红军中华人共产党组织不断出现的背景下，建立统一的中央机构来直接联络和指导这些组织的活动被提上日程。1920 年 6 月，旅俄华工联合会第三次全体代表大会在莫斯科工会大厦的圆柱大厅召开，与会代表一致同意成立一个华人共产党组织的中央机构。6 月 25 日，俄国共产党（布尔什维克）华员局正式成立。

7 月 1 日，俄共（布）中央组织局批准俄共（布）华员局为旅俄华人共产党组织唯一的中央机构，办公地点设在莫斯科。它属于俄共（布）内的一个机构，在党中央的领导下工作。该机构与库恩·贝拉领导的直属外国共产党组织中央局保持密切工作联系，但并无隶属关系。

根据俄共（布）华员局决定，华人共产党组织全俄代表会议为最高权力机关，每年至少举行一次；主席团是执行机构，负责主持日常工作，就政治、思想、组织等方面的原则问题同俄共（布）中央委员会保持密切联系；华员局由 5 名委员和 2 名候补委员组成，他们都是经历过严峻斗争考验的同志。有文献记载，单清河和孙富元是执委或候补执委。

俄共（布）华员局的最初负责人是刘绍周。由于在火车事故中受伤，刘绍周 1920 年 11 月随北洋政府派往苏俄的考察团回国。接替他的是安恩学。关于安恩学的生平，所知不多，只能勾画大致轮廓。他早年在中国东北铁路工作，1904 年 8 月在哈尔滨被当时的帝俄当局以"给日本从事间谍活动"为由逮捕，并发配到俄国彼尔姆做苦力。他曾参加俄国 1905 年革命，十月革命爆发后在西伯利亚的秋明组织起一支华工支队。1918 年，他带领这支华工队伍加入红军，本人也加入了俄共（布）。

在莫斯科，俄共（布）华员局进行了大量细致工作。例如，派出50名共产党员到彼得格勒、叶卡捷琳堡、车里雅宾斯克、伊尔库茨克等华人居住较多的地区，加强各地党组织工作；多次召开会议讨论诸如国际无产阶级团结、中国人民革命的民族解放运动、俄国工人阶级状况、如何加强旅俄华人的宣传和群众工作等问题。

俄共（布）华员局在成立初期就与共产国际建立了密切联系，派出刘绍周、安恩学参加共产国际第二次代表大会。两位代表担任了民族殖民地问题委员会委员。1920年7月28日，刘绍周还做了会议发言。

共产国际成立于1919年3月，宗旨是把所有奉行布尔什维克原则的革命政党联合起来并协调其行动。一个由选举产生的执行委员会（简称执委会）指导着共产国际的工作。执委会及其下属机构的成员既有苏俄共产党人，也有其他国家共产党人。共产国际组建后，成为世界革命的司令部，是世界共产主义运动的意识形态中心和组织中心。为了点燃世界革命火种，共产国际向各国派遣了众多拥有特殊使

● 苏联油画：《共产国际第二次代表大会会场》（伊萨克·布洛茨基绘，藏于俄罗斯国家历史博物馆）

命者。成立之初，共产国际就把目光投向中国。前面已经
提及，旅俄华工联合会的刘绍周和张永奎曾作为中国工人
代表，于 1919 年 3 月列席其第一次代表大会。

华人党组织工作中心转至远东和西伯利亚

1920 年秋天，经俄共（布）中央批准，俄共（布）华
员局从莫斯科迁到赤塔，以便在华人最多的西伯利亚和远
东加强党的工作。

当时，西伯利亚和远东地区的华人党支部普遍建立起
来，党的活动达到了相当的规模。苏联档案记载，1920 年
六七月间，布拉戈维申斯克的华人党支部几乎每天派人到
附近一个名为阿斯特拉罕诺夫卡的小村，为在此驻防的第
一阿穆尔革命团中国连的战士们阅读时事新闻、消息简报
等。该中国连战士在一次全体会议上表示，要为苏维埃政
权"流尽最后一滴血……感谢华人党支部同志的报告和启
迪，从这些报告中，我们懂得了什么是共产主义"。

俄共（布）华员局十分活跃：为培养宣传干部，曾开
设党务讲习所和宣传员培训班；为进行革命宣传，他们广
泛深入基层，组织群众大会、集会，讲解国际形势、中国
革命、华工任务等问题；组织出版中文报纸、宣传品，将
列宁的一些著作和其他革命书籍译成中文，在华工中大量
散发。据统计，仅阿穆尔省，1920 年 5 月初到 11 月初就
散发了各种宣言和传单约 2 万份、《共产主义明星报》约 5
万份、中文小册子 5 000 份。

俄国共产党华员局并非仅仅局限于在旅居俄国的华工
中开展工作，它还设法与中国国内革命组织取得联系。苏
联史料记载，1920 年俄共（布）华员局就派遣过近 10 位

华人共产党员回国与革命组织进行联系，其中一位还直接
与孙中山进行了联系。在《联共（布）、共产国际与中国
国民革命运动（1920—1925）》文件集中，收录有这位名
叫刘谦的俄共（布）党员 1920 年 10 月 5 日的一份报告，
其中汇报了自己与孙中山会谈的结果。

　　1920 年 12 月 6 日，俄国共产党华员局开会讨论在
中国成立共产党组织的必要性和联络上海、天津青年组织
事宜，并"批准刘（费奥德罗夫）同志立即到中国出差 3
个月"。1920 年底或 1921 年初，刘谦再次动身前往中国。
然而，他在通过中苏（俄）边境时被杀，遇害原因已无从
得知。而他的遇害，使得俄共（布）华员局在这方面的计
划夭折。

　　1921 年下半年起，俄共（布）华员局逐渐停止了工作。
中共中央党史和文献研究院研究员张军锋在《中国早期"共
产党"组织》一文中曾这样描述：

　　　　很明显，俄共成立俄国共产党华员局的目的，就
　　是想把这个组织作为中国共产党的雏形，使它不断扩

●20 世纪 20 年
代的布拉戈维
申斯克

大和正规，然后移至中国……

　　……随着维经斯基在中国建立的远东书记处和上海革命局卓有成效的工作，共产国际认识到，当时在中国政治生活中最有影响的人物是陈独秀和他周围的知识分子群体，于是逐渐改变了依靠俄国共产党华员局在中国建立共产党组织的计划……以它为基础建立"中国共产党"组织的设想，也因此成为中国共产主义大潮奋起之前的一朵逐渐被人遗忘的浪花。

　　如今，了解俄国共产党华员局来龙去脉的人少之又少。然而，作为旅俄华工与苏俄革命事业紧密联系的必然产物，它对在华工中传播马列主义发挥了重要作用。这个领导过俄共（布）华人党员的中央领导机构，曾有过一段激情燃烧的岁月。

　　百余年前，旅俄华工中的共产党组织曾经影响了许许多多人。在这些党组织的号召下，华工们思想觉悟得到提高。更为重要的是，一些人后来回国后继续在祖国同胞中传播革命思想，广泛播撒革命的种子。

第十五章

文学作品中的
苏俄中国军团

作为一名"60后"，我记忆中的童年时代是很快乐的，尽管那个年代没有手机和电脑游戏，看电视、电影的机会也不多。课间、放学后，小伙伴们总相约着打卡片、滚铁环、转陀螺等。而我最爱的，莫过于跑到书摊去看各种小人书，《水浒传》《小兵张嘎》《铁道游击队》……那些栩栩如生的画面、言简意赅的情节，都曾让我痴迷。回想起来，自己对十月革命、苏俄战争等的最初认识，就源自小人书《夏伯阳》和《钢铁是怎样炼成的》。在儿时的我看来，英勇的夏伯阳、顽强的保尔·柯察金都是顶天立地的英雄。

此次，在找寻旅俄华工参与保卫苏维埃政权的资料过程中，我发现中国国际主义战士的形象、故事出现在一些反映苏俄内战的文学作品中，其中就包括米哈伊尔·肖洛霍夫的《静静的顿河》和尼古拉·奥斯特洛夫斯基的《钢铁是怎样炼成的》。如此知名作品中有关于苏俄红军中国战士的描写，这毫无疑问从一个侧面说明，他们没有被苏联人民忘记。

这两部作品，我在30多年前读大学时曾阅看过全文，但对书中有关于中国人的片段，丝毫没有印象。那时读书，不问篇幅，多厚的书都敢抱起来就啃。读《钢铁是怎样炼成的》是因为从小就崇拜保尔·柯察金，被他的坚忍不拔感动。而读《静静的顿河》则是冲着诺贝尔奖的响亮名头去的。不过，那时读书，重点是看故事，故事好看就看慢点，不好看就"快进"。所以，诸多细节被遗漏，是很自然的事。

●连环画《夏伯阳》

《静静的顿河》：中国战士"并不是为了发财"

前不久，我开始重读《静静的顿河》。重读或听或看，交叉进行。此时，人在俄罗斯，也曾到访过顿河地区。一读一听之间，别有一番滋味，深深感受到《静静的顿河》之大美。

1905 年出生在顿河维申斯克镇的肖洛霍夫只受过 4 年教育，靠自学成才。他在家乡度过了一生中绝大部分时间，顿河哥萨克地区多姿多彩的生活成为他取之不尽的创作素材。苏俄战争时期，顿河地区的斗争十分激烈和残酷。年少的肖洛霍夫不仅是战争的目击者，而且直接参与了红色政权组建时的一些工作，如担任办事员和扫盲教师，参加武装征粮队等。

顿河，也是苏俄内战时中国国际主义者英勇战斗的地区之一。直至今天，该地区莫罗佐夫斯克市还巍然矗立着

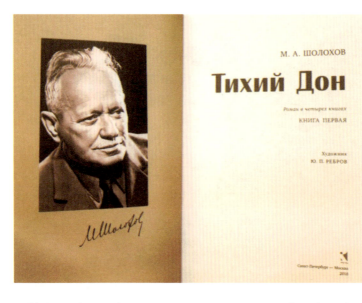

●米哈伊尔·肖
洛霍夫和他的
《静静的顿河》
一书

一块方尖型纪念碑，以纪念 1919 年 7 月在莫洛佐夫斯卡娅车站地区牺牲的第二九二杰尔宾特国际团中国红军战士。根据当地地方志博物馆记载，当年中国战士们作战勇敢，但由于红军与白卫军实力悬殊，最终 429 名红军牺牲，其中 200 名左右是中国人。

因此，不难想象，肖洛霍夫对顿河红军中的中国国际主义战士是有所了解的。于是，他的笔下有了这样的片段：

……草原上，离村子约有一俄里的光景，一队人马正顺着大道蜿蜒走来；乱哄哄的人声、马嘶声。车轮子的轰隆声随风飘到村子里来。

"这是当然的啦，不是哥萨克。可别是德国人呀？！"……不是，是俄国人……瞧，他们打的是红旗！……啊哈，原来是这么回事……他稍稍举了举头上毛茸茸的皮帽子，说道："看见了他们打的是什么旗子了吧？……是布尔什维克。"

"我们吗？我们是第二社会主义军的战士。"

……那个戴库班式皮帽子的战士和另外两个士兵——一个中国人，一个俄国人——跟着主人走进了屋子……

第二社会主义军蒂拉斯波尔支队在跟乌克兰反革命武装和越过乌克兰的德国人多次战斗中受到了重创，且战且走，冲到顿河地区来……

在《静静的顿河》中，主人公格里高利·麦列霍夫一度成为白卫军师长，却反对英国人干涉，参谋长科佩洛夫与他争论起来。

……"明白啦！原来你反对外国人干涉，是吗？但是，依我之见，当被人掐住喉咙的时候——谁来救命都应该高兴。"

●电影《静静的顿河》剧照（一）

●电影《静静的
顿河》剧照
（二）

"哼，那你就高兴吧，如果我说了算的话，我连一只脚也不准他（指英国人）踏在我们的土地上！"

"你看到红军里面有中国人吗？"

"有，这又怎么啦？"

"这不是一个样吗？要知道，这也是外援呀。"

"你这是胡说！中国人是自愿参加红军的。"

当天两人的争论并没有结果。后来，苦闷的麦列霍夫想脱离部队，他的思想回到跟科佩洛夫的那次争论上，而且发现了差异所在：

中国人都是赤手空拳地参加红军，他们参加红军领一份可怜的士兵薪饷，却出生入死地去作战。这点微不足道的薪饷有什么意义呢……可见他们并不是为了发财，而是为了别的什么东西……可是协约国却派来军官，送来坦克车和大炮，甚至还送来许多骡子呢！

将来他们要为这些东西索取一大笔款子。差别就在这里！

然而，两人再也没有机会争论，科佩洛夫很快就被流弹打死。

《钢铁是怎样炼成的》中的国际主义战士

《钢铁是怎样炼成的》是尼古拉·奥斯特洛夫斯基的自传体小说。奥斯特洛夫斯基的一生是短暂的，却极其充实。他 14 岁在乌克兰参加了和白卫军的战斗，给红军侦察敌情，运送弹药。16 岁时他成为一名正式红军战士，先在著名的格里高利·科多夫斯基师里当兵，后转到布琼尼第一骑兵军作战。1920 年秋，重伤迫使他离开部队。伤病初愈后，他全力以赴投身到经济建设中。然而，1925 年重病无情袭来，慢慢导致他全身瘫痪、双目失明。

●尼古拉·奥斯特洛夫斯基著《钢铁是怎样炼成的》一书封面

他在书中这样描述了中国战士在解放乌克兰时的参战情况：

　　彼得留拉的败兵正沿着大路向西南车站逃窜，一辆装甲车在后面掩护他们，而通往城里的公路上，一个人也没有。这时，突然有个红军战士跳上公路，他卧倒在地，顺着公路朝前打了一枪，紧接着出现了第二个、第三个……谢廖沙（即主人公保尔·柯察金的好友）看见他们弯着腰，边追赶，边打枪，有个晒得黝黑、两眼通红的中国人跑在最前面，他只穿一件衬衣，端着一挺轻机枪，身上缠着子弹带，还挂着手榴弹，根本不找掩蔽物，一个劲猛冲猛打。这是打进城里的第一支红军队伍，谢廖沙高兴极了，他奔到公路上，使劲地喊了起来："同志们万岁！"

　　谢廖沙出现得太突然了，那个中国人差点把他撞倒。中国人正要向谢廖沙猛扑过来，但看到他是欢迎自己的意思，便停住了，转而询问："小伙子，彼得留拉的狗崽子跑到哪里去了？"

●电影《钢铁是怎样炼成的》海报

苏联著名文艺理论家、文学史家列昂尼德·季莫费耶夫评价《钢铁是怎样炼成的》一书的艺术特色时，曾提及奥斯特洛夫斯基笔下出现中国战士的创作特点：

> 他在创作中，在作品结构上所竭力追求的是表现整个一代人。他采用集中同类型的写作原则，正是受这种思想支配的。正因为如此，他才有可能揭示那些典型人物的典型特点。比如说，在书中他描绘了 20 多个红军指战员的形象。对他们的描写极其简洁，有时一笔带过。多数只出现在一个情节。正由于采用给许多同类型人物简要地作评述的办法，奥斯特洛夫斯基才能在小说中表现出内战时期整个红军的鲜明特点和优良品质……他通过对中国战士和波兰人安德克·克洛波托夫斯基的描写，勾画出了红军中国际主义战士的形象。

《风从东方来》：中俄兄弟般团结有重要意义

苏联时期，除了上述两部著名作品之外，还有一些文学作品涉及参加苏俄内战的中国国际主义战士。例如，1924 年萨拉布尔出版的《无产阶级诗歌集》中，有一首诗歌涵盖了任辅臣、包其三等几乎所有重要的中国国际主义者的光荣名字。而白卫军头目图尔库尔在《战火中的志愿军》一书中也曾这样写道：

> 红军向西撤退，我们紧随其后，骑兵发起闪电般的冲击。可是我们的骑兵突然受到压制，红军里的中

国人排好队形，以跪姿向骑兵射击，我们损失了近四分之一的兵员，指挥官米哈伊洛夫斯基大尉也腹部中枪。

有意思的是，一些苏联时期的影视片中也呈现了中国国际主义战士参与保卫第一个红色政权的那段历史。

为献礼中华人民共和国成立 10 周年，一部中苏两国首次合拍的宽银幕电影《风从东方来》1959 年在中国热映。

> 大雪纷飞中，列宁与在克里姆林宫站岗的中国哨兵王德民、俄国哨兵马特维耶夫简短交谈，并要他们两人下岗后找他。在办公室里，列宁从怀里掏出一件象牙微雕，让王德民辨认上面的汉字。"这米粒大的字写的是什么？"仔细看后，王德民告诉列宁，上面写的是"中国的庄稼汉和俄国的庄稼汉是兄弟"。列宁随后说："我完全同意你说的话，亲爱的王德民同志！特别是把上下文联系起来看，中国和俄国兄弟般的团结，对全人类命运都有着重要的意义。这是中国国际团任辅臣的战友们从中国寄来的……"

1966 年，苏联上映过一部家喻户晓的电影《神出鬼没的复仇者》，讲述 4 位少年在内战时期的冒险故事，其中一位吉卜赛男孩为了给父亲报仇雪恨而打入白卫军内部。至今，不少俄罗斯人还记得诗人罗伯特·罗日德斯特文斯基为影片创作的歌曲：

> 铅雨在跳动，它们
> 预示着我们会遇到麻烦。

我们肩负着

战争和期盼。

内战正酣

从黑暗到黑暗。

田野有许多路，

而真理只有唯一。

……

　　《神出鬼没的复仇者》改编自帕维尔·布利亚辛的原著《红小鬼》。很少有人知道，在布利亚辛笔下，男孩并非吉卜赛人，而是位勇敢的中国少年。他在十月革命胜利后参加苏俄红军，是当年饱受压迫的数万华工聚集在红色旗帜下英勇奋战的那段真实历史的缩影。当作品被搬上大荧幕时，正值中苏关系交恶，导演想了个折中办法，将男孩换成吉卜赛人。

●根据《红小鬼》改编的苏联电影《神出鬼没的复仇者》海报

于百余年前那些参加保卫苏维埃政权的中国国际主义战士来说，如果能看到自己的勇敢、流血、牺牲被人们铭记，而且在书里、荧幕上得以体现，应该是欣慰的。也要感谢肖洛霍夫、奥斯特洛夫斯基、布利亚辛等人，是他们当年诚恳、质朴、自然地将苏俄战争中有关中国战士的点滴穿插进自己娓娓道来的故事中，才得以让这些中国战士被更多的人知晓，因为艺术的传播力总是强而有力的。

于我而言，机缘巧合下重读一部史诗般的作品，也很难得。多年后重读，故事依然感人，而从诸多细节中能充分感受到肖洛霍夫对世界和人的宽阔理解。想象着自己有一天能坐在顿河边，看高天流云、水流翻滚和那漫无尽头的原野……

第十六章

归宿——穿过百年历史迷雾

在以列宁为首的布尔什维克党领导下，苏俄红军于1922年10月击败了本国领土上最后一股反动派军队。内战结束后，国家转入和平建设时期。为适应经济建设需要，苏俄红军大批复员。

1920年秋，苏俄红军总兵力高达550万人。1924至1925年，米哈伊尔·伏龙芝领导特别委员会组织实施军事改革。通过改革，苏联采用了正规军与民兵相结合的武装力量体制，保留并建立了一支50余万人的精干红军。随着大规模裁军，绝大多数红军官兵转业到地方，成为社会主义建设大军的一员。

参加苏俄红军作战的中国国际主义战士中，为数不少的人与英雄团长任辅臣一样，壮烈牺牲在异国战场，他们中绝大多数人甚至连姓名都没有留下，如流星坠入茫茫宇宙一样，无声无息离开了人世。我曾试图搞清楚究竟有多少华人战士牺牲，但很快就明白这是不可能的。

那么，那些幸运生存下来的人，命运究竟如何呢？其实，从包其三、孙富元、孙继五、李富清等人的故事中，已经可窥见一二。为了让脉络清晰，我尝试着对他们后来的人生旅途和去向进行大致分类梳理。

脱下军装，踏上祖国土地

随着大规模裁军，退伍的中国战士踏上了回国旅途。他们有的直接回国，有的在苏联工作一段时间后离开。可

● 20 世纪 20 年
代的莫斯科

以说，这是绝大多数人的归宿。

　　1959 年苏联军事出版社出版的《血脉相连的友谊——伟大的十月社会主义革命和苏俄内战的参与者》一书中，一批回到中国的老战士讲述了旅俄、参战和复员回国经历。参加保卫乌克兰战斗的陈立德这样描述复员后的生活：

　　　　1922 年，我病重，不得不复员。复员后，指挥部发给我一张免费的旅行车票。我先到了赤塔，然后在符拉迪沃斯托克工作了 10 多年。1936 年，当许多华人回国时，我来到上海，靠修鞋维持生计。解放后，我开始在中苏友好协会上海分会工作。

　　1958 年 11 月，苏籍华裔历史学家刘永安曾在中国会见了几位苏俄内战参加者，东北退休工人张之林是其中之一。张之林出生在离北京不远的一户贫农家庭，1916 年在沈阳应募到俄罗斯做工。1918 年，他辗转来到莫斯科，在这里报名参加红军。起初他担任政府机关的保卫工作，后来被编入坦波夫一三七团第六连（中国连）。他参加过很多地区的战斗，还一度在包其三部队当过狙击手。他曾有一个经典说法，"打仗已经成了脾气"。内战结束后，他和很多同志一起回到祖国，起初在沈阳建筑部门工作，后来在哈尔滨渡轮上当轮机工，新中国成立后在交通部门工作，直到1957年退休。

在这部书稿交付出版社之际，任公伟先生给我发来这样一条消息：中国共产党的优秀党员、久经考验的忠诚的共产主义战士，我军优秀的医务工作者，空军原司令部门诊部主治军医，中央军委原委员、开国上将、空军首任司令员刘亚楼同志夫人翟云英同志于2021年12月9日逝世，享年93岁。

翟云英的名字我并不陌生，任公伟先生曾和我谈过她，她那传奇的人生给我留下了深刻的印象。她的父亲是苏俄红军中国红鹰团的战士，是回到祖国的苏俄红军中国战士之一，她还是大名鼎鼎的刘亚楼将军的夫人。

思索之后，我决定将翟云英的故事写进我的书中。我将自己的这一想法与任公伟先生沟通后，他十分热情，当即向我推荐了他的学生、在创作上颇有成就而且写过翟云英长篇报道的胡山先生。当我将来意告诉胡山先生后，他二话没说，马上将有关资料发给了我。

翟云英是中苏混血儿，有着二分之一的俄罗斯血统。父亲翟凤歧原籍天津咸水沽，贫苦家庭出身，年轻时流落到东北，1911年去俄国谋生，先后在符拉迪沃斯托克、赤塔、伊尔库茨克、叶卡捷琳堡一带做工。十月革命爆发后，翟凤歧在乌拉尔加入苏俄红军，成为任辅臣中国团一营一连战士，参加保卫列宁领导的苏维埃红色政权的战斗。在维亚特卡、阿克塔伊河畔等多次战斗中，翟凤歧表现得十分英勇。在维亚火车站惨烈的战斗中，红鹰团除副团长荆一清等 62 人突围外，包括团长任辅臣在内的其余战士全部壮烈牺牲。战斗中，翟凤歧身负重伤，被迫离开火线，后转入红军医院治疗。出院后，他的身体已经不允许他重返前线，不得已转入地方，被安置在伊万诺沃纺织厂。在那里，他结识了善良的女工安娜，1925 年他们结为夫妻，在苏联育有一儿一女，女儿就是翟云英。

1929 年，老家传来一个口信，翟凤歧的母亲因思念他这个流落国外、生死未卜的儿子，竟哭瞎了眼睛。与母亲分别 18 年的翟凤歧心急如焚，当即携带妻子儿女回到久别的中国大连，此时翟云英才 1 岁。九一八事变后，翟凤歧在工友中宣传进步思想，从事抗日活动。有汉奸指认他身上有枪伤，日本宪兵队逮捕了他。翟凤歧誓死不屈，被打成重伤，含恨而死。家庭支柱倒塌，翟云英的妈妈安娜被迫卖掉了仅有的几件首饰，买了一个小电磨，靠给街坊邻居加工粮食维持生活，带着孩子们艰难度日。

1945 年日本投降后，翟云英受党组织的影响，开始积极为党工作。1947 年，翟云英的生活迎来了重大改变，她由中共大连市委书记韩光和大连县委书记王西萍介绍、东北局批准，与时任东北民主联军参谋长的刘亚楼结为夫妻。从此二人相伴相爱，共同度过了 18 年的美好时光。这一年，翟云英也光荣地加入了中国共产党。

婚后，无论是解放战争还是空军建设时期，翟云英深知刘亚楼的工作任务繁重，就承担了所有家事。她既惦念、心疼丈夫，又非常支持丈夫的工作，从不打扰他。1948 年春，辽沈战役前夕，身怀六甲的翟云英突然病倒，为避免丈夫牵挂，她始终不让人把病情告诉在前线的刘亚楼。当刘亚楼被罗荣桓的夫人林月琴紧急召回时，翟云英已奄奄一息。刘亚楼心急如焚，后终于找到一位德籍医生，把翟云英从死神那里拉了回来，并生下一个大胖小子。

新中国成立后，上海华东医科大学招生，部队准备选送翟云英等人去深造，可翟云英顾虑刘亚楼身边无人照料。刘亚楼知道后，笑着说："云英啊！听我的话，有本事才能吃饭。我这个空军司令可是靠不住的呀，哪天我去见马克思了，你就得靠自己的本事吃饭了。"于是翟云英去了华东医科大学，结业后在空军总医院当了一名内科医生。不想刘亚楼的一句玩笑话在十几年后竟变成了残酷的现实。

在空军司令员的位置上超负荷工作15年后，刘亚楼积劳成疾，倒在了病床上。知悉刘亚楼病情后，中央最高领导人立即指示"一定要全力以赴治好刘亚楼同志"。刚住进医院，刘亚楼的病情就急剧恶化，卫生部调集全国著名专家聚集上海，为他量身定制医疗方案。周恩来总理到上海视察工作的时候，专门抽出时间来医院看望刘亚楼。看到短短几个月，刘亚楼就瘦脱了相，周总理的眼角湿润了。周总理离开的时候，刘亚楼坚持亲自送出来。从医院出来后，周总理哽咽着说："我以后不去医院看望刘亚楼了，他病成这样还坚持送我，太伤身体了，我不忍心。"

在弥留之际，刘亚楼向翟云英敞开了情怀，宽慰着爱妻，并交代了三件事，他说："我们这个家庭里，有三件事还没有做好。第一，把孩子抚养大，让他们成为自食其力的劳动者；第二，好好赡养我的老父亲，为他养老送终，代我尽些孝道；第三，务必帮你的母亲找到在苏联失散的亲人。

我几次访问苏联时她老人家都要我请苏联方面查找她的亲人，可我不能在国事活动中处理家事，我对不起她老人家，你一定要代表我向她老人家道歉，请她谅解……"1965年5月7日，一代名将刘亚楼的心脏停止了跳动，年仅54岁。

痛失爱人的翟云英没有辜负至亲的嘱托，在后来的岁月中完成了刘亚楼的遗愿：教导子女陆续长大成才；按月给刘亚楼的父亲寄钱，直到1978年老人去世，亲自去给老人下葬。

翟云英与母亲安娜的寻亲路，是曲曲折折、坎坎坷坷的。1949年底，安娜得知刘亚楼率团赴苏谈判，便请刘亚楼打听哥哥的下落。在苏期间，刘亚楼考虑出访的工作性质，和妻子翟云英再三商量，决定以国事为重，不向苏方提出寻亲要求。后来，刘亚楼又多次去莫斯科，但都没有办家庭私事。再后来，中苏交恶，寻亲的路被堵。

刘亚楼去世不久，中国陷入十年特殊时期，翟云英也受到冲击，有人说她是十月革命后从苏联跑到中国的白俄后裔，于是她被发配到农场养猪、种菜。

中国改革开放后，中苏关系也逐渐好转，1988年翟云英投书苏联红十字会，请求帮助。数月后，一封来自莫斯科的信飞到了翟云英的手中，写信人叫柯利克·弗拉基米尔·米哈伊洛维奇，称自己有个姑姑嫁给了中国人，已经50多年没有音信了。翟云英既惊又喜，她马上去信问："当初我母亲来中国时，曾和舅舅他们照了相，不知你有没有这张合影？"很快，照片和回信一起寄来了，翟云英拿给安娜，安娜一眼就认出这张照片，顿时泪如泉涌。1989年初翟云英的表哥柯利克一家从苏联来到北京，经过了半个世纪的等待，安娜终于见到了失散的亲人。也是这一年，

翟云英兄妹三家九口人替安娜实现了魂牵梦萦的故乡之行。1990年儿孙满堂的安娜以94岁高龄含笑告别人世。

翟云英走了，她是已知的十月革命中国红鹰团将士第二代后人中最后一位离世的。愿她一路走好！

留在苏联，参加当地建设

包其三中国部队老战士李振东，是几万名浴血保卫苏维埃政权的中国国际主义者中的一位。

李振东出生于中国东北农村，第一次世界大战时随着包工头招募的劳工队来到俄国。他下过矿、干过伐木工，1917年在彼得格勒受到革命浪潮的席卷。内战结束后，他选择留于弗拉季高加索附近一个叫纳尔奇克的小城。

之所以选择留在北高加索，完全是由于李振东在伐木期间结识的工友——巴蒂尔贝克。在伐木场，做工的不仅有中国人，还有俄罗斯人、卡累利阿人和高加索人。其中，李振东同一位身材高大、肩膀宽阔、性格开朗的北奥塞梯人巴蒂尔贝克关系非常好。十月革命后，回国无望的李振东意外在彼得格勒街头碰到了老友。得知李振东无处可去，巴蒂尔贝克热情邀请他与自己一起回北高加索："我们那里离大海很近，你可以走海路回中国……"到了北奥塞梯，李振东不仅陶醉于弗拉季高加索周围的群山美景，高加索人的热情好客更让他感动。不久后，李振东加入了包其三的队伍。

1919年夏，李振东在阿马维尔附近负伤。当他伤愈出院时，没有人知道老部队在哪里战斗，随后他被派往其他部队到乌克兰作战。内战结束后，李振东从红军第七乌克兰骑兵师退役，不久后去了顿巴斯矿山。至于战后没有回

● 20世纪50年代，苏联作家格尔采利·诺沃格鲁茨基和亚历山大·杜纳耶夫斯基与苏俄红军中国老战士李振东等人座谈

国的原因，李振东说主要是担心国内亲人因为他曾在苏俄红军服役而受牵连。1929年，他加入联共（布）。后来他搬到了高加索，在纳尔奇克的一家机器制造厂工作直至退休。

不知是什么原因，李振东的乌克兰朋友们都叫他伊万·李。战后，苏联政府给他的证件是伊万·伊万诺维奇·莫森科，李振东对此并不介意，如果苏联人记起来更容易些，也没有什么不好。

20世纪50年代，苏联作家诺沃格鲁茨基和杜纳耶夫斯基"沿着包其三的足迹"，找到了这位成为普通人的退休老人。而随着《中国战士同志》《沿着包其三的足迹》两本书的问世，李振东及其战友在苏联和中国变得有名了。

继续服役，搭建友谊桥梁

还记得包其三部队里的季寿山吗？他属于这类人的代表。当然，这类情况并不是很多。

　　季寿山是山东省平度人，1924年2月加入联共（布）。他1916年5月到摩尔曼斯克修铁路，十月革命爆发后参加赤卫队，1918年3月加入红军。一路追随包其三，季寿山在弗拉季高加索、格罗兹尼、顿河畔罗斯托夫等地经历无数次战斗。苏联国内大规模的反革命叛乱基本被平息后，季寿山先后被派到北高加索革命委员会、民警局等地工作，承担肃清小股土匪的任务。1929年7月，他第二次应征入伍，在红军中担任翻译。1930年，他被派往哈巴罗夫斯克共产主义大学学习，毕业后在符拉迪沃斯托克铁路局、船舶管理局任政治指导员。1944年7月，他第三次应征入伍，被调任哈巴罗夫斯克海军红旗舰队司令部侦察处做翻译。1945年，他随苏联红军一起，参加了消灭日本关东军、解放中国东北的战役。此后，季寿山一直在苏联海军和远东边防军服役。苏俄内战、伟大卫国战争和战后建设时期，他多次立功受奖。

　　1954年11月，季寿山被批准回祖国参加社会主义建设，曾在国务院出国工人管理局、国家科委计量局等单位工作。他曾激动地回忆说，回到了亲爱的祖国，这是一个光辉灿烂、前途无限的国家，一个充满着生机活力、快步迈向社会主义社会的国家，"我要用我晚年的经历，在这伟大的激流里扬起一星浪花"。

　　季寿山的经历，得到中苏两国政府和人民的肯定，成为架设中苏两国友谊的桥梁。1957年，他曾随毛主席赴莫斯科参加庆祝十月革命40周年纪念活动。1960年，《中国青年报》曾派专人将他在苏俄内战和伟大卫国战争中的战斗经历整理成《高加索的烽火》一书。苏联《真理报》称赞他是一位出色的国际主义战士；《苏联妇女》曾刊登《季

● 《高加索的烽火》一书封面

寿山也曾叫她妈妈》的长篇文章，用大量真实感人的事例，报道他的英雄事迹和他与苏联人民结下的深厚友谊。

1982 年 9 月 1 日，86 岁的季寿山在北京逝世。《人民日报》、新华社刊登和刊发了这位中国共产党优秀党员、国际主义战士逝世的消息，对他为共产主义事业奋斗的一生给予高度评价。

在《中国军团》一书中，乌克兰历史学家卡尔彭科对苏俄内战后留下来的红色中国人做过一段归纳性描述：

> 红军中的中国人不想复员。有些继续在军队服役，有些去警察部门工作。但大部分前红军士兵都返回了他们的工厂。到 1925 年，有 3 000 名中国人再次在顿巴斯矿区工作……很多人娶了当地姑娘，成家立业。中国人在警察和生产部门工作得都很好。

秘密回国，执行革命任务

乌克兰历史学家卡尔彭科表示，20 世纪 20 至 30 年代，不少参加苏俄内战的红军中国战士被派遣回到中国，任务包括帮助创建中国红军、与国际帝国主义进行斗争等。俄罗斯资料显示，有些文化程度高的战士被选送到诸如国际列宁学校等机构接受秘密训练，之后身负秘密任务、踏上回国征程。

国际列宁学校培养各国共产党干部。中国共产党早期革命家、曾担任中共驻共产国际代表的蔡和森，曾在这所学校里学习过。那时，校址在城里，学校规模也不大，20世纪30年代后学校搬迁到列宁山一栋4层大楼里，学生人数也随之增加了很多。这所学校的知名校友中，不仅包括董必武、王若飞、陈潭秋、陈云等中国共产党人，还有胡志明、铁托等外国共产党领导人。

卡尔卡耶夫告诉我，这些回到中国执行任务的"红色中国人"有很多秘密，时隔百年后的今天想要解开它们已

● 《彼尔姆的中国人：历史与文化》一书中，20世纪20年代中国国际支队的红军（左上）和红军中国战士穆新山的身份证（右下）

● 描绘华工20世纪20至30年代在莫斯科从事洗衣业活动的速写

非常困难。由于斗争形势复杂，当年他们回国时大都使用化名，身份、履历等也经过伪装。加之20世纪30年代时苏联的许多档案文件遭到破坏，"几乎没有可能破解他们身上的种种谜团"。他的话，让我想起了包其三。

虽然档案显示这位传奇战将的"人生终点"在莫斯科第23医院，但果真如此吗？牺牲在中国东北的杨卓是不是他呢？如今，这已不得而知！

一些以中共党员在共产国际受训后回国执行秘密任务为主题的影视剧，通过艺术形式将那些可歌可泣、默默无闻奉献的人及那一段峥嵘岁月呈现给大众。2021年国内上映的电影《悬崖之上》，讲述的就是20世纪30年代4名曾在苏联接受特训的共产党特工组成任务小队回国执行代号为"乌特拉"任务的秘密行动。

在寻找这些华工战士命运归宿的过程中，我也粗略知晓了20世纪20至30年代旅居苏联的中国人的情况。

中国老兵在莫斯科的"聚"与"散"

1926年，苏联进行了第一次全国人口普查。数据显示，当时大约10万名受访者宣称他们拥有中国国籍，或者说中

文是他们的主要语言，其中 3/4 分布在远东地区，居住在符
拉迪沃斯托克的华人占 22%。莫斯科大约有 8 000 名华人，
大部分籍贯为山东省。除了少数任职于共产国际、政府机
关和军队外，华人大都在洗衣房、面包店、丝棉制品印染
坊和制皮店工作，还有的开贸易公司，也有人在街头卖货。

●20世纪20年代
莫斯科的市场

　　苏俄内战中幸存下来的一些红军中国士兵，20 世纪 20
年代初复员后来到莫斯科谋生，甚至还形成了华人社区。
经过简单培训，这些从前扛枪打仗的男人有了洗衣工、面
包师等新职业，成为靠双手赚钱养家糊口的劳动者，其中
不少人在当地娶妻生子。

　　在苏籍华裔历史学家、作家刘永安编著的《血脉相连
的友谊——伟大的十月社会主义革命和苏俄内战的参与者》
一书中，我发现了一位曾经在莫斯科洗衣店工作过的前红
军战士。他叫王洪元，一位 1917 年十月革命后不久曾在彼
得格勒街头集会上亲耳听过列宁讲话的华工。他 1918 年 2
月参加红军后辗转多地战斗，1920 年 6 月被调到赤塔的契

卡工作。次年11月，他离开契卡来到莫斯科。王洪元曾在莫斯科的洗衣店和贸易公司工作多年，1937年5月回国。

历史学家玛莉娅·巴哈列娃考证认为，当时莫斯科形成了一个较为庞大的华人社区，大致位于如今鲍曼地铁站附近。当时，那附近有一条恩格斯街，"中国复兴协会"在这里设有办公室，附近开了家中国酒店，里面还有中餐馆。华人什么苦都能吃，生存能力极强。华人最著名的生意是开洗衣店，几乎遍及莫斯科大小角落，多达400家左右。一方面是思乡之情使然，不少洗衣店以"北京""上海""南京"等中国城市名称命名；另一方面，由于洗衣店里面的伙计几乎都是退伍兵，所以还有以"中国劳动者""国民无产者""张利兴"等命名的洗染行等。与此同时，街头甚至还出现了卖服装及玩具、纸扇、香料、拨浪鼓等小百货的华人妇女。中文报纸和中国戏院也出现了。

戈利钦的《幸存者札记》中写道："莫斯科来了很多中国人，他们不仅在集市上出售水果，还在全市各处开了多家洗衣店和杂货摊，包括中国城附近的伊万·费奥多罗夫碑下。他们站在那里，面前是一堆自制的纽扣、梳子、皮表带和其他小东西。"

●20世纪30年代苏联给中国人发放的居住证

莫斯科的华人社区存在时间并不长，到20世纪20年代末，莫斯科华人急剧减少。这主要是两个原因导致的：一是苏联政府结束新经济政策，不仅提高对中小企业的征税力度，还逐渐取缔小商小贩，华人难以维持生计；二是1929

年中东铁路冲突爆发。卡尔卡耶夫说："当时，莫斯科至少有数百名中国人被关进监狱，这些人在冲突结束后被释放。但政府对华人小商贩、小手工业者采取各种限制，很多华人不得不离开。"

卡尔卡耶夫告诉我，直到20世纪30年代中期，中苏边界管控相对宽松，苏联境内的华人从莫斯科、符拉迪沃斯托克等地扩散到其他城市，例如新西伯利亚、巴尔瑙尔等，还有些华人到矿区、林区工作，"华人工作都很辛苦，他们非常勤奋、努力"。

第十七章
率领中国军团的
加伦将军

对中国近代史稍加了解的人，几乎都知道有位加伦将军。20 世纪 20 年代，他受苏联政府委派两次来中国，成为孙中山及国民革命军的军事顾问团团长，广州中国革命政府首席军事顾问。他推动兴办黄埔军校，对中国军队进行现代化建设，指导国民革命军多次取得胜利。他还和中国共产党人一起筹谋南昌起义，为中国人民的革命事业做过很多有益工作。

在加伦将军的祖国，他的真实姓名是瓦西里·康斯坦丁诺维奇·布柳赫尔，是苏俄内战时期成长起来的一颗将星。他是荣膺"红旗勋章""红星勋章"的第一人，1935 年苏联首批五大元帅之一，号称"远东军魂"，是苏联远东方面长期防御日本侵略的最高将领。

与任辅臣在乌拉尔共同战斗

在追寻旅俄华工保卫苏维埃政权这段历史时，这位神话般的英雄在乌拉尔地区的成名之战让人瞩目。

1918 年 8 月初，位于南乌拉尔奥伦堡地区的红军遭到叛变的捷克军团及哥萨克白卫军的合围。为保存红军有生力量，避免被拥有优势兵力的敌军消灭，布柳赫尔将当时奥伦堡地区的 20 多支红军支队整合在一起。他力排众议，坚持向西北的昆古尔方向进发，与那里的红军主力会合。接下来的一个多月，他率部翻过南乌拉尔的崇山峻岭、穿越茂密深林、蹚过泥泞沼泽，与武器装备远胜于己的敌人

● 苏俄内战名将
瓦西里·康斯
坦丁诺维奇·布
柳赫尔元帅

苦战 20 多次。1 500 多公里的长途奔袭中，他的部队不仅
歼敌 7 个团，而且沿路不断壮大，最终拥有 6 个步兵团、3
个骑兵团，人数上万。9 月中旬，完成了与东方战线主力会师。
由于此次军事行动中的杰出表现，9 月 28 日他成为首位"红
旗勋章"获得者。

在乌拉尔地区实地寻访任辅臣率领的红鹰团战斗足迹
时，我在斯维尔德洛夫斯克州首府叶卡捷琳堡市中心一条
以他的名字命名的主要街道上走了走，乌拉尔地区不少城
市都有这样的街道。而让我感兴趣的是，当地一些从事内
战史研究的人士说，在乌拉尔战场，布柳赫尔和中国国际
主义战士有不少交集。

在那场让布柳赫尔立威扬名的奔袭作战中，中国战士
立下了功劳。他整合的那 20 多支分队里就有中国人。

1957 年 9 月 27 日《真理报》曾这样描述布柳赫尔队
伍里的一名中国战士：

　　李洪强的家乡在黄河沿岸……他来到乌拉尔，干了很多苦力活……他挣了些钱，1918年准备回家时，回国的路却被切断。俄国工人对他说，白匪帮助有钱人，红军是穷人的队伍。李洪强是穷人，他不喜欢富人，于是便参加了红军，当上一名志愿战士。在布柳赫尔领导下，他参加了许多次战役，直到同东方战线的红军会师。

　　国内有资料说，当时有一支张福荣领导的队伍，约有1 800人，都是西伯利亚铁路中断后被困在南乌拉尔的北洋政府参战人员和劳工。他们原本想步行穿过哈萨克斯坦草原后沿着一条古道进入新疆。红军和白卫军都想争取到这支队伍。最后，是布柳赫尔派去的人说服他们参加了红军。遗憾的是，我至今仍然没有找到支撑这种说法的原始俄文资料，乌拉尔之行也没有在这方面有突破。当地人只是知道布柳赫尔的队伍中有中国华工，但人数、指挥者姓名等

●沿铁路线作战的苏俄红军部队

●苏联油画:《行军中的布柳赫尔》

具体信息不详。

布柳赫尔与任辅臣虽未曾谋面,但同属第三军,1918年秋共同在中乌拉尔杀敌。

1918年9月20日,乌拉尔混编师所属各部队完成改编。布柳赫尔部队被编为乌拉尔第四师(11月11日改为第三十师),他随后被任命为师长。任辅臣中国团组建时属于乌拉尔混编师,在9月改编中成为第二十九师二二五团。

1918年11月开始,东方战线局势恶化。高尔察克在鄂木斯克自立为全俄"最高执政官"后,企图打通彼尔姆、维亚特卡到科特拉斯一线,以便与北方的英国干涉军会合,从北、东两个方向扑向莫斯科。到11月底,白卫军集结5万多人,而红军不到3.5万人,且分布在420多公里的漫长战线上。11月中下旬形势最为危险时,任辅臣被任命为整个左翼战场总指挥,带领红鹰团来到最重要的维亚车站附近作战。当时,布柳赫尔的部队驻守地大概在彼尔姆的瑟尔瓦河一带。两支队伍距离100多公里,"任辅臣与第三军其他师级领导间保持着电文往来"。

红鹰团在维亚火车站遭到重创后,幸存者和其他中国战士重新组建中国营,来到彼尔姆附近作战。布柳赫尔

●雷宾斯克国立历史建筑与艺术博物馆

1919 年 1 月 30 日被任命为第三军副军长。这时，他是在中乌拉尔地区战斗的中国部队的直接领导。

布柳赫尔在苏俄内战中的成就并不仅在乌拉尔。他后来积极参加了南线、远东战场的主要战役。在南方前线，他的名字与卡霍夫卡、佩雷科普的胜利联系在一起。1920 年春天，当远东局势危难时，他被派往"远东共和国"，担任革命军事委员会主席，组建起一支几乎全新的远东人民军，在沃洛恰耶夫卡附近向远东白卫军发起致命打击。1922 年 6 月，布柳赫尔被调回莫斯科，出任第一步兵军军长，然后被任命为列宁格勒防御部队司令，直到 1924 年 10 月前往中国。

俄历史学者：加伦前往中国"与华工红军有关"

在乌拉尔了解到布柳赫尔曾与中国战士共同战斗的故事后，不禁好奇，他后来被派往中国，会不会与这段经历有某种联系呢？

为了进一步探访布柳赫尔，尤其是他两度赴华的情况，我去了一趟布柳赫尔的家乡——雅罗斯拉夫尔州小城雷宾斯克，并采访了雷宾斯克国立历史建筑与艺术博物馆研究员叶莲娜·别拉耶娃。多年来，她一直从事布柳赫尔的相关研究。

60 多岁的别拉耶娃个头不高，在博物馆工作了整整 40 年。她善谈，却很谦虚，一再强调自己不是历史学家，只是因为工作需要用大量精力研究布柳赫尔，她曾于 10 年前主办过布柳赫

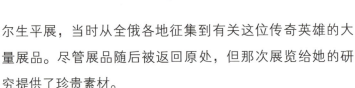

尔生平展，当时从全俄各地征集到有关这位传奇英雄的大量展品。尽管展品随后被返回原处，但那次展览给她的研究提供了珍贵素材。

1889 年 11 月 19 日，布柳赫尔出生在雷宾斯克以北大约 20 公里的巴尔辛卡村一个农民家庭。"49 年后的 11 月 9 日，他被秘密处决，罪名是'打入苏联内部的日本间谍'，1956 年平反。如今，他出生的那个村庄的人民为了纪念他，竖立起一座雕像。"

对于我感兴趣的布柳赫尔两度去中国担任首席军事顾问的经历，别拉耶娃比较熟悉。她特意给我看了一段布柳赫尔在南昌的讲话摘录：

> 我们苏联人民感到自豪的是，我们荣幸地向他们传授革命经验，为履行我们的国际职责而付出力量和知识，帮助伟大的中国人民摆脱军国主义和帝国主义的统治。为了完成这一伟大使命，我们准备把我们的鲜血洒到最后一滴。

别拉耶娃认为："这段话足以表明，布柳赫尔 1924 至 1927 年去中国执行的是一项负责任的军事和外交任务，这是布柳赫尔人生的辉煌篇章之一，使他成为国际知名和公认的杰出军事指挥官。"

1924 年 1 月 26 日孙中山与苏联驻华代表越飞签署合作协议，5 月帕维尔·巴甫洛夫率领第一批苏联军事顾问抵达广州。随后，苏联军事顾问小组规模不断扩大，军事教官和军队政治工作者人数逐渐增加，"这些人都是优秀的军事和政治人才，他们在中国的活动是一种国际援助"。

●在中国担任军事顾问时期的瓦西里·布柳赫尔

在巴甫洛夫的建议下，广州政府成立了以孙中山为首的国防委员会，巴甫洛夫担任国防委员会军事顾问。1924年7月18日，巴甫洛夫在前往前线视察中牺牲。10月，苏联政府任命布柳赫尔为中国首席军事顾问。别拉耶娃说："他抵达中国时已经是著名的战斗指挥官和杰出的军事政治人物，军事能力在内战期间得到了充分体现。"

对于我所关心的问题，即布柳赫尔被派往中国是否与他在内战时期和中国战士有交集存在某种关联，别拉耶娃表示，根据她所掌握的材料，布柳赫尔去中国是应孙中山的要求。"至于为何选中他，我没有更细节的信息。之所以选派他，一定是认为他各方面条件合适。我判断，这应与他同中国战士有过并肩作战的经历有关。"

孙中山称布柳赫尔为"加伦将军"

别拉耶娃知道，中国人把布柳赫尔称为"加伦将军"。她兴致勃勃地向我讲起了加伦这个名字的由来。布柳赫尔是 1924 年秋天在符拉迪沃斯托克为自己选择这个化名的，当时他要办护照。像所有前往中国的苏联工作人员一样，他必须用化名。根据同他一起在参谋部门工作过的同事马尔科·卡扎宁回忆，布柳赫尔当时说："就写加伦吧，我妻子叫加伦娜。""那名字和父称呢？""我孩子的名字是卓娅和弗谢沃洛德，我的名字和父称就写卓伊·弗谢沃洛德维奇吧。"于是他的名字就成了卓伊·弗谢沃洛德维奇·加伦。而在给莫斯科写的秘密报告中，他使用的是另一个名字乌拉尔斯基。

"你知道谁是第一个称他为将军的中国人吗？是孙中山。"别拉耶娃娓娓道来。1924 年 10 月下旬，布柳赫尔乘坐苏联军舰"沃罗夫斯基"号抵达广州港。他与孙中山在军舰上进行了数小时谈话，双方明确了作为军事顾问的优先事项。"两人谈话即将结束时，孙中山表示：'期待着您的帮助，我相信您，将军！'"

● 瓦西里·布柳赫尔与粤军总司令许崇智参观兵工厂

布柳赫尔立刻投入了工作。他在黄埔军校召集所有在校工作的苏联顾问开会。当时学校的高级军事顾问亚历山大·切列帕诺夫回忆："在来到中国之前，我们没人见过他，只听说他在工作中要求很高，喜欢严格的秩序……与顾问的第一次谈话，他出人意料地问我们，一名学生大约需要多少经费。在现场，没人回答得出来。他告诉我们，学校要扩大学生规模，必须明确资金需求，否则提供的建议将不完整。从那次会议开始，他全面关注黄埔军校的工作，包括课程整体设计、教学过程改进以及教学方法等。"在他的帮助下，步枪、机关枪、大炮等苏联武器也陆续运抵中国。

别拉耶娃特别告诉我，布柳赫尔对中国国民革命军士兵的战斗素质赞不绝口，"尽管大多数士兵文化水平不高，但他们很快掌握了所要求的技能和知识，并意识到拥有现代武器的重要性……他们总是大胆、无所畏惧地投入战斗"。

布柳赫尔在参加第一次世界大战期间曾身负重伤，身体一直较弱。1925年7月，由于病情恶化，医生们坚持要他回国治病。1926年春天，苏联决定为国民革命军北伐做准备，急需一位权威的军事和政治人物担任首席军事顾问。因此，布柳赫尔于5月再次来到中国。

他参与制定了"先湖广，后江浙"的北伐总战略，把主攻方向放在军阀吴佩孚身上。虽然是首席军事顾问，但他总是出现在战斗第一线。当叶挺独立团在汀泗桥、贺胜桥与吴佩孚部苦战之际，他乘坐铁甲列车，冒着炮火亲临前线指挥，鼓舞部队斗志。短短数月，正如他的预计，北伐军连下长沙、武汉、南昌等重镇，饮马长江。加伦将军在北伐军中树立了很高的威信。

●瓦西里·布柳
赫尔（右二）
与孙中山（右
三）在黄埔军
校阅兵式上

布柳赫尔、任辅臣的后人们续写友谊

1927 年蒋介石发动四一二反革命政变后，苏联决定撤回顾问团，布柳赫尔最后一批离开。回国前，他和周恩来等人共同策划南昌起义，并参加了准备会议。

别拉耶娃说，返回祖国后，他本打算与其他军事顾问共同出版一本关于中国的图书，甚至开始了一些准备。然而，由于很快出任乌克兰军区副司令，这一计划被搁置下来。

1929 年 7 月中东铁路事件后，苏联革命军事委员会决定将远东所有武装力量统一编入远东特别集团军，布柳赫尔被任命为该集团军司令。1938 年夏，在中国东北、朝鲜与苏联交界地区，发生了苏日大规模军事冲突"张鼓峰事件"，任远东方面军司令的布柳赫尔指挥苏联远东军粉碎了日本关东军的武装挑衅。

与别拉耶娃交流快结束时，她告诉我："曾有传言说布柳赫尔是德国人，1992 年 4 月一个名叫冯·加伦的德国人甚至来到莫斯科求证。他当然没有成功，因为布柳赫尔是地道的俄罗斯人，祖上几代都生活在巴尔辛卡村，当地有历史档案可以证明。之所以有传言，主要是因为他的名字属于德语姓氏，这种姓氏在俄罗斯很少见。"

我也提供了几个细节给别拉耶娃，希望能对她以后的研究有帮助：

广州越秀区的东山，有一个名为"春园"的民国时期建筑群。1924年抵达广州后，布柳赫尔一直租住在春园26号楼的二层。叶剑英元帅在1957年赴苏联参加十月革命胜利40周年庆典期间，曾写下诗篇《在伯力》，怀念这位在国民革命军东征、北伐中立下汗马功劳的苏联友人。"不见加伦三十年，东征北伐费支援。我来伯力多怀旧，欲到红河认爪痕。"全面抗战开始后，中方曾经向苏联提出希望加伦将军再次前来，传来的却是他去世的消息。

● 瓦西里·布柳赫尔（加伦）在中国期间的居住证

从博物馆出来，我来到街对面的小城中心广场驻足片刻。几乎空无一人的广场宁静、祥和，耳边响起别拉耶娃的话："我们很幸运，战火从来没有降临到雷宾斯克；我们也很欣慰，小城出了位能征善战的元帅。"能在死后依然被中国人不断怀念，加伦将军有灵，会很欣慰。

从雷宾斯克回来后不久，听中国红鹰团团长任辅臣的孙子任公伟讲述了父母和他同布柳赫尔的儿子瓦西里的交往：

1988年7月我陪同父母访问叶卡捷琳堡时，一家三口拜访了当时作为苏中友好协会斯维尔德洛夫斯克州分会会长的瓦西里·布柳赫尔的家。

他的父亲、我的爷爷都曾在乌拉尔战斗过。那次见面印象十分深刻。瓦西里是一位工程师，长得魁梧、热情、和蔼，见面后和我们一一拥抱。家里早已备好了饮料、茶和咖啡。父亲俄语很好，他们直接用俄语交流。后来，他特意来到我们住的酒店回访，还一起接受当地电视台的采访。

1990年春夏之交，小布柳赫尔和苏联援华飞行队长格里高利·库里申科的女儿、外孙女一起访问中国，他们来到父母位于东城区顶银胡同8号的家做客。大家一起在院子里葡萄架下聊天、看相册，喝茶、咖啡。如今，小布柳赫尔和我父亲都离开了人世，祖辈、父辈凝结的友谊传承到我手中，我将努力延续……

第十八章

中乌拉尔"石头先生"的人民外交

2021 年 8 月底、9 月初，因为撰写百余年前旅俄华工参加十月革命和保卫新生苏维埃政权作品的需要，我曾专程驾车从莫斯科前往乌拉尔地区采访。不到 10 天，往返近 6 000 公里，走访了喀山、叶卡捷琳堡、阿拉帕耶夫斯克、彼尔姆、雷宾斯克等地，与十几位了解那段历史的俄罗斯人进行了细致交流。在这些人中，来自俄罗斯彼尔姆边疆区首府彼尔姆的米哈伊尔·卡缅斯基赫先生让我印象深刻，我很感动于他为传承中俄两国友谊默默付出的一切。

有着石头般执拗性格的卡缅斯基赫

之所以选择用"石头先生"来称呼他，是由于他自我介绍说，其姓氏"卡缅斯基赫"这个词的词义是一种产自乌拉尔地区的石头，而且俄罗斯人的姓名实在有点长，用"石头先生"来表述简洁很多。他出生、成长于彼尔姆附近的一个小村落，"村里大多数人都是这个姓，估计有着共同的先祖"。他从上大学起离开老家，来到彼尔姆求学。和很多年轻人一样，毕业后留在彼尔姆这个北极圈内唯一一个人口数量达百万级的俄罗斯大城市工作。2021 年，37 岁的他已在这座他深爱的城市中安家立业。"石头先生"多年从事历史研究，目前是俄罗斯科学院乌拉尔分院研究人员，同时在彼尔姆国立大学教课，还兼任俄中友协彼尔姆边疆区分会主席、彼尔姆孔子课堂外方校长等多个职务。

我与"石头先生"原本素不相识。从莫斯科出发之前，中国驻喀山总领馆的边晓强领事得知我们此行的目的后，热情地将其情况和联系方式推荐给了我，并告知他不仅是位严谨的学者，出版过有关乌拉尔中部地区旅俄华人历史的图书，还是彼尔姆地区积极推广中华文化的友好使者。仔细思量，他的研究与这次采访主题契合度高，而且彼尔姆附近也是苏俄内战时期中国国际主义战士战斗过的地方，所以哪怕行程多加一天、辛苦一点，也是值得的。不曾料及的是，彼尔姆短短几个小时的相处中，"石头先生"很是让人惊讶。

　　见面之前，我们一直用电话交流，无论是传过来的低沉声调，还是他直截了当的表达方式，都让人觉得他过于

●伏尔加河最大支流卡马河通过彼尔姆市，图中语意是"幸福就在此地"

严肃，甚至有些固执。第一次交谈，他便说自己汉语水平不高，如果不能用俄语交谈，就没有见面的必要性。确认语言沟通不存在障碍后，他又推荐到彼尔姆后应该住在城中心的乌拉尔饭店。而我考虑当天下午2点多才能抵达彼尔姆，次日一早又要赶路，所以最后选择了一个位置上更便于进出城的酒店。为此，他真是发扬了石头般的韧劲再三劝说，甚至在酒店已预订完成，我们就要抵达的头一天晚上，他仍然在电话中建议取消预订。其实，我心里颇有些担心，与这么严肃、执着的人见面，交流能否顺利。

9月初的一个周末，早晨从叶卡捷琳堡驾车出发，6个小时后，下午2点多我如期赶到彼尔姆。按照"石头先生"给的地址，来到他所住小区门外。几分钟后，他出现了，一身普通的黑色外套，中等个儿、有点清瘦，汉语水平比他自我描述的程度高很多。接下来几个小时的接触里，原来的担心一扫而空，我看到了一位年轻历史学工作者的执着，也感受到他的坦诚和热情。

简短寒暄后，"石头先生"坚持由他开车："你们一路太辛苦，这里就由我来做你们的向导和司机。"感动于其诚意，我接受了提议。"有效时间只有几个小时，所以边走边说吧。先去看两个中国烈士纪念碑。比较近的一个大概20分钟，可能不属于你这次来的主题，但我觉得值得拜谒。另外一个，就是百余年前牺牲的中国烈士纪念碑，来回需要两个小时。"他说。

中苏伟大友谊时期在俄留存的唯一纪念碑

在附近花店买了两束康乃馨，我便和"石头先生"一起前往中苏友好纪念碑。一路上，他介绍说这是俄罗斯境内唯一一个体现 20 世纪中期苏中友好的纪念碑。"从 1955 年到 1970 年，陆续有 1 000 多名中国工人来到彼尔姆工作。他们在这里修建道路、工厂，城里的和平大街就是中国工人参加建设的。他们修建的宿舍楼至今还有人居住。"

果然，第一个目的地不远。他停好车后，带着我熟练地在居民小楼间穿行，不一会儿便来到一个公共墓地。墓地前伫立一块俄中双语的牌子，简要介绍了中苏友好纪念碑的情况。进入墓地，我发现里面不小，但杂草较多，似乎不常被打理。"刚才看到的介绍是这些年新做的。纪念

● 20 世纪 50 年代中国工人修建的居民楼

●和平大街的楼
　号。这条大街
　流淌过中国工
　人的汗水

●伟大友谊时期
　在苏联唯一保
　留下来的中国
　人的墓碑

碑的位置在墓地深处，我每次来好像都不是走的同一条路。"绕过数条曲曲折折小路，终于来到由 13 座坟头组成的中国烈士纪念碑前。"坟头虽为 13 座，但实际遇难人数超过 13 人，部分坟墓里可能安葬多人。这些中国工人大多因触电、落水、爆破作业发生事故等遇难。"

由于年久失修，纪念碑碑身已有裂纹，刻字也有磨损，需要仔细辨认。碑文上用中、俄文字写着"为加强中苏人民国际友谊，帮助苏联共产主义建设光荣牺牲的同志们永垂不朽！中华人民共和国全体赴苏工人赠，1963 年 7 月 15 日"。"石头先生"说，每年秋季开学前，他会询问自己的学生是否愿意一同来这里祭拜，清除倾倒的树木和杂草。

"我总是先告诉他们，几十年以前，一群年轻的中国人远离故乡来到彼尔姆，与我们的祖辈一起参加建设。每年都会有不少学生自愿加入。"离开墓地时，我紧随其后。看着"石头先生"瘦削的背影，我不禁思考一个问题，是什么样的动力让他坚持这么做？

去第二个纪念碑途中，"石头先生"的一番话让我明白了缘由："由于众所周知的原因，绝大多数中国工人回国。当时，大约有 50 名工人已和当地姑娘结婚。按照规定，只有那些有孩子的人才可留下来。事实上，留下来的人日子也很艰难。电视、报纸上到处是批评中国的言论，苏联政府甚至还要求他们写信批评中国。不过，没有一个人这样做。现在两国关系友好，但知道中国人曾为我们的城市贡献过力量，甚至长眠于此的人不多。让更多的人通过这里了解那段友谊，是我的使命。我还认识一位山东来的中国工人，今年已经 87 岁高龄，爱抽烟。每年我都去探望他。"

2022 年 4 月，传来了这位被俄国人称作"莱沙叔叔"、

中文名叫张连登的老人逝世的消息。这是最后一个生活在彼尔姆而且见证了中苏关系的人。中方驻俄机构向其家属表示了慰问。

"石头先生"还讲述了叶卡捷琳堡和彼尔姆作为乌拉尔地区的两个重要城市百余年来的"恩怨情仇"。"现在两座城市分属不同的行政区，都是首府。相比之下，叶卡捷琳堡发展得更好，是乌拉尔中部地区的中心。然而，1917年革命前，两座城市同属于一个省。那时，彼尔姆是省会，人们更注重追求精神生活。而建有不少厂矿的叶卡捷琳堡工人多，革命热情高昂。高尔察克白卫军攻打叶卡捷琳堡时，遭到工人组成的赤卫队的顽强抵抗，他们誓死保卫新生红色政权。彼尔姆则不同，面对白卫军的进攻，城市没有力量抵抗。大概就是这个原因，苏俄内战结束后，苏维埃政

● 20世纪60年代初援苏的中国工人

权把州首府搬到了叶卡捷琳堡，政策上自然有更多倾斜。如今，叶卡捷琳堡是乌拉尔地区最大的城市，是熙熙攘攘的中心。对于乌拉尔地区的人而言，叶卡捷琳堡的吸引力更大，发展机会更多。"

"石头先生"一边讲，一边将车子开得飞快。好几次我忍不住提醒他注意车速，免得吃罚单。大约一个小时后，车子驶入特罗伊察镇。小镇景色十分幽美，家家户户门前栽有一两棵被誉为"俄罗斯之树"的花楸树。在俄罗斯，花楸整年点缀着森林、乡村和城市。春天开白花，秋天结红果，果子到冬日更加艳丽，宛如颗颗红宝石缀满枝头。有趣的是，随着《山楂树之恋》的上演，很多中国人喜欢哼唱苏联歌曲《山楂树》，但人们并不知道它的真正名称其实应该是《乌拉尔花楸树》，当年纯属翻译错误。时值 9 月初，特罗伊察镇的花楸树已红果累累，煞是好看。

魂断瑟尔瓦河畔的中国战士

镇子不小，"石头先生"说他上次来还是三四年前，得先打听一下。然而，问了好几个路人，均不知中国烈士纪念碑的具体地点。搞清楚大致位置后，车子开过去却发现一扇锁着的大铁门挡住去路。透过铁门，能看见里面一栋栋新建的别墅。"这个小镇属于富人区，这几年房地产开发很火热。纪念碑肯定还在，应该在这个方向，离河边不远。""石头先生"一边安慰我们，一边不疾不徐地将车倒回去，打算再找人询问如何绕过小区。

功夫不负有心人，最后找到了一条小路。将车停放在路边后，我们穿过小路，来到瑟尔瓦河边。果然，远远地就看见了静静伫立的白色纪念碑。我与"石头先生"一起，

● "石头先生"
在苏俄红军中
国战士墓碑前

在纪念碑前献上鲜花，向长眠于此已经百余年的中国战士鞠躬致敬。微风吹拂下，他轻声讲述了红鹰团在 1918 年 11 月底发生在维亚火车站战役后的故事，我们也得以了解任辅臣团长牺牲后，突围出来的 62 名战士继续战斗，他们被改编成一个连。12 月，中国连向彼尔姆方向转移，沿路又有华工加入。在距离彼尔姆市 20 多公里的特罗伊察镇，他们同白卫军遭遇，再次展开短兵相接的战斗，最后全部牺牲。"中国人曾经在中乌拉尔地区流血牺牲，这需要被我们一代代人永远铭记。"

回彼尔姆的路上，"石头先生"说自己在城中心的一家餐厅安排了晚餐。见我一再婉拒，态度坚决的他又表现出自己的认真劲头："一则感谢你捎来了喀山总领馆赠送给彼尔姆孔子课堂的教学设备；二则你从莫斯科远道而来，而且专程从叶卡捷琳堡北上彼尔姆，按照中国的说法，属于'稀客'；三则还有很多要交流的话题。"盛情难却，我接受了他的邀请。

傍晚再见时，猛然发觉车上多了一位小"石头先生"，那是他5岁的小儿子萨沙，正在车后座上酣睡。"她妈妈今天正好去外地旅游，晚上到家。下午我陪你们时，他一直在外婆家玩，估计玩累了。""石头先生"有些无奈地说。

在晚饭前，认真的"石头先生"还特意安排了必选活动——在彼尔姆老城区徜徉。他叫醒熟睡的儿子，一边走一边特别自豪地对我说：

> 彼尔姆很有特点，一个多世纪前，列宁的父母在这座城市相识。"政治犯"们在这里被关进古拉格集中营，或流放西伯利亚。这里还是《日瓦戈医生》的作者帕斯捷尔纳克工作和生活过的地方，赋予他创作灵感。小说男主人公日瓦戈，为逃避饥荒而前往的尤里亚金镇的原型地点就是彼尔姆。你还记得小说中日瓦戈和拉拉在尤里亚金重逢的那个阅览室吗？那栋楼现在属于俄罗斯科学院乌拉尔分院。

从他绘声绘色的描述中，能感受到他对彼尔姆城的热爱，他非常希望有更多的人了解这座城市。

"石头先生"告诉我，他正在更加努力学习中文。由于出任彼尔姆孔子课堂外方校长，他有机会多次到中国出访、学习，目前在青岛的一所大学在职攻读博士学位。"在到访过的中国城市中，最喜欢青岛。那里的空气、环境时

●苏俄红军中国
战士牺牲的瑟
尔瓦河畔

常让我想起彼尔姆。我热爱中国，希望能为两个国家友谊的传承做一些工作。"

回到莫斯科后，"石头先生"如约将其出版的《中乌拉尔地区华人历史》一书电子版发了过来。花了几天时间，陆续读完后，我特意给他写了一封回信："阅读此书，我得以了解华人在整个中部乌拉尔地区的生活、战斗历史，感谢你所做的一切！"

无疑，"石头先生"是无数默默耕耘、持之以恒地为促进中俄两国人民密切交流贡献力量的俄罗斯友好人士中的一位。"国之交在于民相亲，民相亲在于心相通。"民间友好的力量将在像他这样的友好人士润物无声的基础性工作中厚积薄发，跨越国界、时空……

第十九章

中国总领事续写
彼尔姆故事

就旅俄华工参与保卫十月革命成果的战斗情况，我还于 2021 年夏天专程前往俄联邦鞑靼斯坦共和国首府喀山，采访中国驻喀山总领事吴颖钦。喀山总领馆所辖领区的彼尔姆边疆区，100 多年前是苏俄红军与高尔察克白卫军及英美帝国主义干涉军战斗最激烈的地区之一。

采访中，吴颖钦娓娓道来——

1918 年初，苏维埃俄国建立不到半年，外国干涉和国内反革命势力遥相呼应，从各个方向进行进攻，苏维埃俄国处于危亡之际。为抗击侵略，保卫十月革命成果，苏维埃政府颁布法令成立工农红军并且组织国际主义部队，在这样的背景下一批批旅俄华工组织起来加入苏俄红军。

伏尔加河中上游一带是苏俄国内战争时期的东方战线。在东方战线，苏维埃政权面临两大强敌：一个是 1918 年 5 月发动叛乱的捷克斯洛伐克军团，由沙俄在第一次世界大战期间俘虏的捷克、斯洛伐克军人组成，他们攻陷萨马拉并建立立宪会议委员会。另一个是前沙俄海军上将高尔察克领导的白卫军。他们企图占领位于伏尔加河沿岸的彼尔姆、喀山、萨马拉等城市，与在苏俄北部登陆的英国干涉军会师，完成对莫斯科的包围。同时，占领这些城市后，白卫军还可沿伏尔加河顺流而下，同伏尔加河下游、北高加索、库

●彼尔姆叶沃洛镇纪念碑

班及顿河地区的克拉斯诺夫哥萨克军队、邓尼金的白卫军会合。因此，这些地区的得失直接关系到苏维埃政权的存亡。1918 年 7 月，列宁说："危机局势已经到了顶点。"俄共（布）中央做出决议指出："当前决定革命命运的关键就在伏尔加和乌拉尔。"东方战线成为苏俄内战中战斗最艰苦最残酷的一条战线，而最激烈的战斗发生在彼尔姆。

　　在东方战线局势恶化、苏维埃政权面临严重威胁之时，彼尔姆、基洛夫和叶卡捷琳堡等地的旅俄华工挺身而出，拿起武器踊跃参加红军。旅俄华工在采石场、伐木场、煤矿和乌拉尔矿区工作，在乌拉尔矿区有的矿山华工人数达到四五千人。这些华工劳动和生活环境极端恶劣，出国前资本家和招工者许诺的工资待遇不能兑现，饱受剥削压迫，又不能返回祖国，无处申诉，过着暗无天日的生活。他们欢迎十月革命，接受布尔什维克的主张。旅俄华工在不同地点多批次加入苏俄红军，如 1918 年 5 月 50 名中国工人组成的国际支队被派往萨马拉，在抗击捷克斯洛伐克军团的战斗中牺牲；在第三军第二十九师第二二五团（中国红鹰团）、卡梅什洛夫团和乌拉尔国际支队有很多中国战士，在我们熟知的苏俄内战英雄瓦西里·恰巴耶夫的军队里，也有不少中国战士的身影。1918 年 9 月 21 日第三军司令部给军事人民委员部打电报要求每天寄发报纸等中文宣传品 7 000 份，原因是"中国战士特别喜爱这样的刊物"，可见东线中国战士人数众多。

到 1918 年末，在该地区已组织起由中国人组成的 2 个团和 4 个营。中国战士作战勇敢，受到苏俄红军的尊重，第二十九师的《战壕真理报》曾以《中国人——英雄》为题报道某次战斗，写道："所有见过中国人的同志都称赞他们的顽强、坚忍不拔和革命毅力。"

第一个团是郭来宾任团长的苏俄红军第三军第二十师后备团，据当时在铁路工作的华工刘福回忆，他 1918 年 7 月到达彼尔姆参加该团，该团全部由来自乌拉尔煤矿、石棉矿和铁路上的华工组成。另一个就是由任辅臣组建的著名的红鹰团。当时彼尔姆省华工甚多，主要在采石场、伐木场和煤矿工作，彼尔姆省的华工事务主持人任辅臣在华工中威望高，同布尔什维克组织联系密切。经他向布尔什维克组织提议，1918 年初成立了由华工组成的武装。该支武装引起列宁的注意，被编为红军第三军步兵二十九师第二二五团，任命任辅臣为团长。因作战勇敢，该团获得"红鹰团"称号。

1918 年底，高尔察克带领白卫军发动进攻，东方战线急剧恶化。11 月 30 日，红鹰团在零下 35 摄氏度的严寒天气下坚守维亚火车站，包括任辅臣在内的中国团官兵大部壮烈牺牲，仅有 62 人生还。这些突围出来的战士拖不垮、打不烂，拿起武器继续战斗。他们被改编成一个连，在撤退途中又有华工加入，在距离彼尔姆市 20 多公里的特罗伊察镇同白卫军遭遇，坚持战斗三天三夜，子弹打光后同敌人进行肉搏，直至全员牺牲。为纪念他们，苏联政府于 1955 年在特罗伊察战役遗址——瑟尔瓦河畔建立了综合纪念设施。后由于土地私有化和该镇基础设施改造，纪念碑于 2000 年被拆除。在彼尔姆边疆区政府和当地居民努力下，2012 年纪念碑得到修复。目前纪念碑占地 5 平方米多，高 2 米，碑文为俄文，内容为：1918 年 12 月 25 日至 27 日在特罗伊察镇瑟尔瓦河畔被白匪枪杀的中国志愿者纪念碑。250 名中国志愿者和 4 名当地居民永垂不朽。

另一处纪念碑在彼尔姆边疆区的叶沃洛镇。伏尔加河沿岸的第一个中国支队在 1918 年 3 月组建，人数在 300 人左右。7 月 28 日深夜，他们被派到沃特金斯克参加平定社会革命党人发动的叛乱，占领卡马河岸，并打通当时东方战线苏俄红军第二军和第三军的联系。中国支队辗转在现彼尔姆边疆区的村镇战斗，在巴布基村的战斗中牺牲 140 人。最激烈的战斗发生在距离彼尔姆市中心 20 公里的叶沃洛镇，在这里中国支队同俄国水兵及游击队并肩作战，做出巨大牺牲，他们和当时的苏俄红军、水手被埋葬在叶洛沃镇友谊公墓。20 世纪 60 年代为纪念十月革命胜利 50 周年而设立了纪念碑，高 2 米，上用俄文书写：此处埋葬着 1918 年为保卫苏维埃牺牲的红军战士和来自拉脱维亚、匈牙利、中国的国际主义战士。

这两处纪念碑和它们所还原的历史具有几重意义——

纪念碑让我们更好地铭记和理解厚重的历史。我们以多种形式开展党史学习教育，从历史中汲取前进的智慧和力量，旨在弘扬光荣传统、赓续红色血脉，永远把伟大建党精神继承下去、发扬光大。无论在俄罗斯还是在中国国内，了解旅俄华工这段战斗历史的并不多。两处纪念碑让人们明白在十月革命为中国送来马克思列宁主义、我们以俄为师之前，就有先辈参加苏俄红军。这段历史让我们更深入了解那个年代的背景，更清楚苏联革命和中国革命的历史，那是一个苦难深重、战乱频仍的时代，也是一个充满理想、信仰坚定的时代，中国共产党就在这样的国际大环境下成立。大部分中国战士生平不为人所知，在历史卷帙中未留下半行墨迹，但他们曾怀着对美好生活的向往英勇战斗，将鲜血洒在异国他乡的茫茫雪原之上，以自己的生命塑造了百年前的这段历史。这些战士深埋地下100多年，要是他们知道100多年后，自己为之献出生命的事业在中国取得成功，祖国在中国共产党的领导下发生了翻天覆地的变化，人民生活水平得到极大提高，定会倍感欣慰。

纪念碑已成为中苏中俄友好的象征。两座纪念碑在苏联时期设立，特罗伊察镇的纪念碑在2012年修复，这段历史成为中俄人民共同的历史记忆。彼尔姆俄中友好协会等友好团体和个人每年自发清扫纪念碑，时常组织纪念活动。2019年，俄中友好协会彼尔姆分会主席卡缅斯基赫在纪念碑旁组织活动庆祝中俄建交70周年。卡缅斯基赫所在的彼尔姆国立大学等高校，对乌拉尔地区的中国人进行专题研究，著书立说，发掘记录中国人在彼尔姆的历史，同中国高校举办学术论坛。在彼尔姆二中还活跃着孔子课堂，有200多名中小学生学习汉语和中国文化，建有博物馆和牡丹亭。
2020 年新冠肺炎疫情暴发期间，就在牡丹亭前，卡缅
斯基赫还组织捐赠活动，向彼尔姆边疆区友好省州中
国江西省寄送医疗物资，后疫情在俄蔓延，江西省也
投桃报李。毫无疑问，我们看到 100 多年前的这段历史
影响到今天，成为中俄民心相通、增进地方交往的人文
纽带。

●祭扫队伍在纪
　念碑前合影

　　纪念碑还给予当地中国人团结的精神力量。疫情
前，每年清明节我都派馆员并组织当地华侨、华人及
留学生祭扫墓碑并献花圈。清明节的时候，从公路末
端走到纪念碑要 20 到 30 分钟，积雪没过膝盖，那时
气温已升高，积雪又很软，鞋子都会湿透。在祭扫队
伍中，有 20 来岁在彼尔姆高校学习的中国留学生，有
手捧鲜花的市场个体经营者。特别值得一提的是，还
有一位 80 多岁的中国老人，他是 20 世纪 50 年代中苏
友好时期来到苏联的工人，后娶妻生子，留在当地。
但 60 年来，他一直拿着中国护照。当问起老人为何来
苏联时，他难掩自豪之情地答道："毛主席派我来帮

助苏联建设共产主义！"所以，纪念碑已成为海外中国人进行爱国主义教育、团结一心的标志。

中国驻喀山总领馆是 2018 年夏天正式开馆，刚好在这些战士牺牲 100 年后。沧海桑田，在对百年前这段历史的探访中，我们更加深刻感受到自己肩负的历史使命，在波澜壮阔的新时代中国特色大国外交实践中谋新篇、布新局，推进两国地方合作，为深化中俄全面务实合作筑牢地方基础，服务外交大局。

两处纪念碑由彼尔姆边疆区纪念碑保护中心负责管理，我们将支持彼尔姆俄中友好协会等民间组织，研究十月革命前后中国人在俄乌拉尔地区工作、战斗、生活的历史，加强人文交流，促进民心相通，不断推动包括彼尔姆在内的伏尔加河沿岸联邦区对华地方合作在多层次、多领域走深、走实、走远。

●清明节扫墓走在队伍最前面 80 多岁的老人

第二十章

赓续红色印记
——散落在全俄各地的纪念碑

　　当年，为纪念那些为捍卫十月革命胜利果实和保卫新生苏维埃政权而浴血奋战，直至献出生命的中国国际主义战士，苏俄/苏联政府曾在他们牺牲之所修建起一座座纪念碑。时光穿越百年，由于修建年代久远、位置偏僻、缺乏修缮等原因，广袤的俄罗斯大地上的纪念碑有的或许已倒塌，有的可能还未被发现，隐身在各个角落、茫茫密林之中。

　　此次找寻，我是从莫斯科红场的中国烈士纪念碑开始的。当这项工作历经半年多的查询、奔波和交流，即将进入尾声之时，一一梳理那些散落在俄罗斯各地的纪念碑，成为必不可少的环节。这也算是一种仪式，为找寻庄严而隆重地按下暂停键。

　　迄今为止，整个俄罗斯联邦境内共发现了 9 座纪念牺牲于苏俄内战时期的中国国际主义战士纪念碑。百余年来，它们静静伫立在原地，守护着留在异国的英雄魂灵。在中国驻俄罗斯大使馆网站上，我查阅到这些纪念碑的名称：

　　　　莫斯科红场中国烈士纪念碑；

　　　　罗斯托夫州莫罗佐夫斯克市中国志愿者纪念碑；

　　　　斯维尔德洛夫斯克州下图里耶市郊维亚火车站中国烈士纪念碑；

　　　　斯维尔德洛夫斯克州上图里耶市中国烈士纪念碑；

　　　　彼尔姆边疆区特罗伊察镇中国志愿者纪念碑；

　　　　彼尔姆边疆区叶洛沃村中国烈士纪念碑；

北奥塞梯共和国首府弗拉季高加索市中国国际主义战士纪念碑；

沃罗涅日州新霍皮奥尔斯克市中国志愿者纪念碑；

沃罗涅日州新霍皮奥尔斯克区阿尔费罗夫克村的中国无名烈士纪念碑。

上述这些纪念碑，有的修建于苏俄内战时期或内战结束不久，如莫斯科红场、上图里耶市的纪念碑；有的修建于 20 世纪中期中苏两国友好之时，如莫罗佐夫斯克市、特罗伊察镇的纪念碑。每一座纪念碑背后，都有悲壮的故事。我拜谒了几个，而对那些不曾亲身前往的，也一直惦记于心，尤以莫罗佐夫斯克市的纪念碑为最。这座纪念碑修建于 1958 年，矗立在市中心的一个高台之上，通体灰白，呈

●介绍苏俄红军中国军团的《星火》杂志 2017 年第 19 期封面

●莫罗佐夫斯克市的纪念碑碑文

方尖型，顶端缀有一颗红星。纪念碑下方，由麦穗、红色缎带围成的环状造型中间有两块铭牌，上面用中文、俄文分别刻着："敬礼！这里安葬的是在保卫苏维埃政权的战斗中于1919年7月在莫洛佐夫斯卡娅车站地区牺牲的第292杰尔宾特国际团中国红军游击队队员。第292红军中国营"。由于当地政府从财政预算中拨出专款定期修缮，纪念碑得以完好如初。最难得的是，该市地方志博物馆不仅保留了关于中国烈士牺牲情况的详细描述，而且还陈列有一张泛黄的历史照片，那上面展现的是苏联军人列队拜谒的场景。

这些纪念碑今天能为世人所知，离不开中俄两国的共同努力。

赓续红色血脉，中方一直在努力

为了寻找散落的纪念碑，中国驻俄罗斯的使领馆做了大量工作。在多方共同努力下，陆续有了新发现，使馆网站上"在俄中国烈士纪念设施情况"的内容也不断增多。

2013年4月14日至17日，驻俄使馆领事参赞邓山林及两名外交官在沃罗涅日州新霍皮奥尔斯克市苏维埃大街上找到一处中国烈士纪念碑。纪念碑呈长方形，高约 1.5 米，长约 3.5 米。上面用俄文刻着"18 位中国志愿战士和区革命战士奇日马科夫、波波夫、利特维诺夫、尼古拉延科、卡尔波夫、阿尼修科、安东诺沃伊、沙布宁、亚布洛奇金、佩利涅夫永垂不朽"。其间，他们还专程到访该市博物馆。在博物馆工作人员帮助下，该纪念碑的历史得以呈现。

2019 年 6 月，中国驻叶卡捷琳堡总领馆在斯维尔德洛夫斯克州上图里耶市图拉河与阿克泰河交界处的右岸，又发现了一座中国烈士纪念碑。它建于 1919 年，砖石结构，高约 4 米，四周设有金属和石制围栏。经考证，该碑是为了纪念在与高尔察克白卫军战斗中牺牲的苏俄和中国红军官兵。纪念碑铭牌现保存于当地地方志博物馆内，碑文用俄文书写："为保卫苏维埃政权而牺牲的国际主义战士永垂不朽！1919 年"。

与此同时，近年来，每逢清明时节，中国驻俄罗斯使领馆会组织各种形式的祭扫活动，告慰先烈、昭示后人，

●艰难的祭扫之路

促进中俄民众牢记两国之间用鲜血凝结而成的友谊。2013年清明节，罗斯托夫州莫罗佐夫斯克市的中国志愿者纪念碑前，一场祭扫活动隆重举行。我的同行张晓东参加了那场活动。他当时说，这是中国驻俄使馆首次组织馆员和驻俄媒体代表前往，近百名俄罗斯民众参加仪式。按照习俗，大家人手一束红玫瑰，拾级而上，将玫瑰敬献到花圈两侧。

2019年是中俄建交70周年。这一年的4月21日，中国驻俄使馆在红场墓园举行祭扫活动。组织该活动的刘明彻参赞认为，这既是为了缅怀在革命战争中牺牲的革命烈士，也希望借此促进中俄友谊纵深发展。他还表示，维护境外的中国烈士纪念设施是一项非常重要的工作。除莫斯科外，中国驻哈巴罗夫斯克、叶卡捷琳堡和喀山总领馆也都对各自领区的纪念设施进行祭扫。

参加过祭扫活动的中俄人士对此都给予高度肯定。

维克多·马利科夫是莫罗佐夫斯克市中国志愿者纪念碑祭扫活动的见证者之一，2013年时他担任莫罗佐夫斯克区副区长。马利科夫表示，自己还是中学生时，就从教材中了解到中国人帮助红军打白卫军的那段历史。在他看来，要铭记历史，缅怀过去，尤其对于苏维埃初创时期国内战争期间的众多历史性事件不能忘记。在与白卫军的战斗中，中国兄弟们给予苏维埃政权巨大帮助。参加2015年祭扫仪式的俄文化专家克洛博夫认为："哥萨克土地上发生过很多重要的历史事件，侨居这片土地的普通中国民众自愿保卫新生的苏维埃政权，勇敢战斗乃至献出生命，令人敬佩，莫罗佐夫斯克人民会永远铭记这段历史。"一些中国留学生纷纷表示，祭扫活动对于中俄青年珍视历史、增进友谊有很大作用。

挖掘历史印迹，俄方仍然在继续

俄罗斯《独立报》2020 年 8 月刊发一篇报道，称在伏尔加格勒州乌留平斯基区的别斯帕洛夫村发现中国红军战士合葬墓。该州历史与文化古迹保护研究中心负责人、历史学博士亚历山大·克莱特曼说，研究人员发现烈士合葬墓里埋葬的不仅包括 1919 年被白卫军枪杀的第六莫斯科赤卫团俄国红军战士，还有 50 到 100 名莫斯科特别联合旅的中国红军战士。"内战期间，中国军团与苏俄红军的其他国际部队一起，为布尔什维克的胜利做出了重要贡献。"为评估合葬墓的现状、核实所埋人员的信息，伏尔加格勒州地区档案馆、图书馆和博物馆目前正在开展联合研究。

文中所称旅俄华工加入的莫斯科特别联合旅的中国战士，应当隶属于 1918 年 9 月编入该旅第二十一莫斯科团的中国营。1918 年 9 月至 1919 年初，该旅在南方前线作战。1919 年 3 月 11 日至 6 月 8 日，他们与加入白卫军的哥萨克战斗，其中中国红军士兵损失最大。最初，牺牲的中国战士被单独埋葬，但随后遗骸被转至第六莫斯科赤卫团的烈士合葬墓中。合葬墓已被确定为文化遗产设施，处于俄罗斯国家保护之下。这项工作也得到了中国驻俄罗斯大使馆的特别关注。

在苏俄内战的重要战场——乌拉尔地区，不少人一直在默默工作，力争将百余年前的历史在当代呈现、还原。下图里耶市地方志博物馆研究员列昂尼德·谢米亚奇科夫就是其中的代表。了解谢米亚奇科夫的工作后，我想起俄中友协彼尔姆分会主席卡缅斯基赫说的一句话："乌拉尔人很实诚，多半都是埋头苦干的人。"

●维亚火车站战
场遗物

　　谢米亚奇科夫出生于 1953 年。1990 年，他创建了当地第一支搜索小组"地平线"。他曾是一所学校的历史老师，前些年依据内战军事史料，带着搜索小组队员们在附近地区搜索、挖掘，发现了不少奇迹般地留存下来的炮弹、手榴弹、头盔、子弹壳和带刺铁丝网等，并在学校搞过军事历史展览。进入博物馆工作后，他更是潜心研究当地在内战时期的历史，成为颇有名气的军事历史学家。

　　谢米亚奇科夫说，苏俄内战有时也被称为"铁路战争"，尤其在乌拉尔和西伯利亚人口稀少的地区，这个定义格外合适。在那里，铁路是唯一的高速运输线。叛变的捷克斯洛伐克军团就是以梯队形式分散在西伯利亚大铁路沿线。"谁控制了铁路，谁就控制了国家。"当时，穿过维亚站的是一条窄轨铁路，列车从这里出发，能抵达一个叫老利亚的地方（今位于诺沃利亚林斯基市），那里有伐木场，还能到达矿区。谢米亚奇科夫经过研究后认为，当年红军曾沿着下图里耶和维亚火车站之间的一条狭窄土丘建有一道防线。

　　勘探、挖掘工作一直在进行，但这位军事历史学家认为，可能不会有太多收获，毕竟已经过去了 100 多年。这里经历了数次大规模建设，包括铺设天然气管道、输电线路等。他们现在的勘探工作基于这样一种假设："当年，白卫军是从位于下图里耶西北部的上图里耶方向偷袭过来，然后迂回冲进车站。我们假设在上图里耶方向有战壕，而且被保存下来。但这个方向上，我们没有重大发现，没有找到用过的弹壳。我们还勘查战斗发生地的车站附近，窄轨铁路附近也是目标。"

据他介绍，关于 1918 年 11 月底维亚火车站的血腥之战，目前找到的唯一信息来自一个惨遭白卫军折磨的女人的记忆。她丈夫是游击队员，她和孩子被赶出了家。无家可归的她到了下图里耶市附近，11 月 28 日看见了中国人的尸体、步枪、枪管罩筒。"当然，这是她的记忆。中国人应该是被埋葬在某个地方，但不知道具体在哪里。"

在搜索过程中，"地平线"发现了带有 1895 年"别洛塞尔斯基 – 别洛泽尔斯基王子工厂"印章的窄轨铁路部件，这是铁路道岔杆平衡梁的一部分，还有许多弹壳。此外，还有美国、英国在 1916 至 1917 年提供的装备。其中，当地人发现的一支步枪很有趣。

2020 年秋天，在距离维亚火车站不远的地方，有人发现了一个奇怪的物件，上面覆盖着一层厚厚的锈迹，类似枪管，旁边还有被时间侵蚀掉的枪管罩筒。这位对历史有些兴趣的发现者将这些"废金属"送到下图里耶地方志博物馆。谢米亚奇科夫和其他专家们除掉一层锈迹后，确定这个枪管属于美国温彻斯特步枪，附近发现的枪管罩筒则是用于俄国莫辛 – 纳甘步枪的装备。

美国温彻斯特步枪及柯尔特左轮手枪是美国牛仔的典型特征之一。谢米亚奇科夫说，在狂野的美国西部片中，牛仔们手中拿的常常就是这两种枪。影片中，牛仔们耍枪的动作炫酷，但其实在堑壕战中全然不是如此。在战斗条件下，温彻斯特步枪被证明是极不可靠、低效的武器，甚至连美军都不用，不过猎人们喜欢用它。那么，究竟是什么原因，让这把美国"复制"步枪出现在乌拉尔针叶林里的火车站附近呢？

对于参加第一次世界大战的俄罗斯而言，1915 年是最不幸的一年。由于俄国内工业不能满足前线不断增长的需求，俄军经历了严重的武器危机，甚至连步枪、炮弹、枪管罩筒等最基本的装备都不够。俄国政府疯狂地在任何可能的地方下订单，包括美国。1915 至 1917 年，俄罗斯订购了 30 万支温彻斯特步枪，并随后对其枪管罩筒按照俄罗斯的标准进行了改装，从而成为"俄罗斯版温彻斯特"。枪支的主要配装地是俄北部和远东地区。该种枪支在位于芬兰、波罗的海国家（尤其是配发给拉脱维亚步枪手）和波罗的海舰队的部队列装。

下图里耶市地方志博物馆的专家认为，由于当时在维亚火车站的那辆"圣彼得堡无情"号红军装甲列车上有 100 至 120 名红军战士是波罗的海舰队水兵，俄版温彻斯特步枪很可能就是随他们来到维亚的。

不过，在张雅莹著《任辅臣传》中有这样一种说法：

由于第一次世界大战激战正酣，俄国临时政府延续沙皇积极参战的国策，大量生产和进口各式武器，不同渠道来源的枪支在市面上泛滥。任辅臣精挑细选，组织购买了被中国人称为"水连珠"的 M1891 莫辛－纳甘三线式步枪，这是当时俄国军队的主要装备，细分不同型号。此外，因为用便宜价买到了子弹，还相应配备了少量温彻斯特 M1895 式步枪和早期日制三八式步枪。

第二种说法，就应当可以证明这支俄版温彻斯特步枪来自曾在维亚战场与白卫军激战的任辅臣中国红鹰团。

100 多年后，在乌拉尔维亚火车站附近发现一把生锈的、带有俄式枪管罩筒的美国枪，为这一地区内战期间血腥战斗的悲惨画面增添了新的色彩。

用好红色资源，还原百年前场景

2021 年入秋，我从乌拉尔地区朋友那里得到下面这个消息：现今，斯维尔德洛夫斯克州下图里耶市正在以"了解内战事件、体验乌拉尔历史与文化、欣赏自然之美"为主

● 按规划将被辟为博物馆的维亚火车站候车室

题发展特色旅游，维亚火车站是项目之一。为了让维亚之旅更具吸引力，该市计划在维亚火车站建一个博物馆，届时铁路附近将放置列车车厢，并举办专门展览，重现1918年11月下旬发生在维亚的战斗场景。筹备工作由维亚所属下图里耶市的地方志博物馆负责。

地方志博物馆馆长伊琳娜·马特维耶娃表示，与各方正在积极洽谈，但这并非易事，不仅需要漫长的过程，而且费用高昂。"当然，可以利用手头已有资源先做一个展览，我们有一座纪念碑，有电影、文件、手工艺品，一个时长一小时的节目已开发完成。""我们不仅关注中国游客，也关注俄罗斯国内游客，相信中国工人在俄罗斯的出现史，任辅臣团长的故事，中国红鹰团的历史、作战路径和最后一战，对很多人都会有启示。"

如果计划能顺利实施，维亚火车站及其旁边那块为纪念任辅臣和中国红鹰团牺牲战士而建的纪念碑将不仅仅是俄中两国友谊的象征，也能成为吸引游客的重要红色参观地。

在叶卡捷琳堡时，俄中友好协会斯维尔德洛夫斯克州分会的两位副主席维涅尔和什梅廖夫，也曾介绍他们正致力于开发乌拉尔的红色旅游线路。他们认为，中国国际主义战士参与保卫苏维埃政权的这段经历，需要让更多俄罗斯人知晓，"记住那些为我们而战的人"。他们说，这个主题很合适，一方面它象征着两国之间的长期友谊，另一方面也完全不存在政治分歧。

维涅尔告诉我，他们根据历史文献资料重现红鹰团的战斗之路，沿着其生活、战斗印迹制定了乌拉尔红色旅游线路。维亚火车站纪念碑是其中重要参观目的地之一。"任

● 斯维尔德洛夫斯克州友人定做的旅游产品——其中包括任辅臣红鹰团明信片等

辅臣同志于 1918 年牺牲，为纪念他和牺牲的中国战士，纪念碑在他们的长眠之所修建起来。70 年后的 1988 年，纪念碑重建，而且侧面还添加了一块碑文，内容是授予任辅臣红旗勋章的苏联最高苏维埃主席团令。任辅臣的儿子、孙子都曾来此祭奠。保存完整的纪念碑，既展示两国人民的团结互助精神，也时刻提醒俄罗斯人，不要忘记中国人民对自己国家发展做出的贡献。"

两人目前还在联络中俄各界热心人士，积极推动在乌拉尔建立任辅臣文化教育民间外交中心。同时，中方也有热心人士致力于在中国建立以两次获得"苏联英雄"称号的瓦西里·崔可夫的名字命名的民间外交中心。2019 年 8 月，任辅臣红色文化教育基地奠基仪式在其出生地辽宁铁岭启动，维涅尔和什梅廖夫发去贺信。在贺信中，他们写道：

"英雄已经远去，但他们的英名永存！他们的功绩将教育我们年轻的一代！我们两国的民间外交中心是支撑两座具有象征意义的红色桥梁的支柱。俄罗斯和中国，联系着过去、现在和未来。"

2021年底，什梅廖夫专门给我打来电话，他们正在积极推动将任辅臣位于阿拉帕耶夫斯克的故居购置下来，在不久的将来辟成任辅臣博物馆。

美国著名诗人、共产主义者约翰·里德在《震撼世界的十天》中写道：

●位于莫斯科克里姆林宫墙外、亚历山大花园中的无名烈士墓

> 你们在殊死的斗争中牺牲，
> 你们对人民无限忠诚。
> 为了人民的荣誉和自由生存，
> 你们把一切都贡献，甚至生命。

●无名烈士墓前的换岗仪式

总有一天人民定会觉醒，

伟大、自由而强盛。

永别了，弟兄们，你们已光荣牺牲，

走完了英勇崇高的路程。

那些散落在俄罗斯大地的纪念碑，正带着岁月的积淀，从历史深处走出。烈士有灵，应能感知后世的悼念与崇敬之情。

Имя твоё неизвестно, подвиг твой бессмертен（你的名字无人知晓，你的功绩永世长存），这是镌刻在莫斯科克里姆林宫墙外、亚历山大花园里的无名烈士墓花岗岩平台上的字句。谨以此句，向那些在百年前将热血和生命奉献给俄国伟大的十月社会主义革命、保卫苏维埃政权的中国国际主义战士致以崇高敬意！

附 录

一、1917 至 1922 年苏俄内战时期华工战斗过的部分红军部队名录

◎第一乌克兰国际苏维埃师

◎第一沃罗涅日步兵师

◎第一莫斯科工人师

◎第四比萨拉比亚步兵师

◎第一骑兵军第四骑兵师

◎第一骑兵军第六骑兵师

◎第一骑兵军第七红骑兵师

◎第七步兵师

◎第九步兵师

◎第十二步兵师

◎第十五因岑步兵师

◎第十六基克维泽步兵师

◎第二十四辛比尔斯克步兵师

◎第二十五恰巴耶夫步兵师

◎第一骑兵军第二十八步兵师

◎第二十九步兵师

◎第三十三步兵师

◎第四十二步兵师

◎第四十四步兵师

◎第四十五步兵师

◎第四十六步兵师

◎第五十二步兵师（原第一西方师）

◎第五十八步兵师

◎第十二军第一国际旅（由第一和第二国际团组成，
不含第三国际团）

◎第一国际步兵旅

◎独立国际骑兵旅

◎第四十二师第一旅

◎第五十八步兵师第一旅

◎第一乌克兰西弗斯特别旅

◎第二莫斯科国家重大基础设施保卫旅

◎第一骑兵军第七骑兵师第二旅

◎第三国家重大基础设施保卫步兵旅

◎全乌克兰契卡部队顿涅茨克师第十六独立旅

◎乌克兰苏维埃红军总部直辖第一国际特种作战旅

◎第一国际团（1919 年 5 月成立于基辅）

◎第二十四师第二一六国际步兵团

◎第一苏维埃共产主义团

◎第一波尔塔瓦国际团（后第二国际团）

◎第一骑兵军第七骑兵师第二旅第一团

◎第一莫斯科工人团

◎第一西部步兵师第一华沙团（即第五十二步兵师第
四六〇团）

◎第一卢甘斯克国际团（后第三国际团）

◎第一阿斯特拉罕共产主义国际团（后特别国际营）

◎第一突厥斯坦国际团

◎第一乌克兰特种旅第二国际团

◎第十六步兵师第二国际步兵团

◎第二沙里－博根斯基团

◎第二莫斯科共产主义国际团

◎第十四军克里米亚步兵师第二国际团

◎第三（五一九）国际团（路德维希·加夫罗团）

◎第三基辅国际团

◎第三敖德萨国际团

◎第四基辅苏维埃保卫团

◎第四第聂伯革命团

◎第三国际第四团

◎第三国际第四团（第四涅任团）

◎第九步兵师第八国际团

◎敖德萨第九国际团

◎伏罗希洛夫第五军第十四团

◎第一骑兵军第四骑兵师第十九团

◎第二十一莫斯科团

◎第一骑兵军第六师第三十三库班团

◎第四比萨拉比亚师第五十四骑兵团

◎第一骑兵军第二十八师第六十一骑兵团

◎第九步兵师第七十四步兵团

◎铁道部队第一〇八国际团

◎第十六步兵师第一三七坦波夫团

◎第二十五步兵师第二二二萨马拉国际步兵团

◎第四十五步兵师第三九七步兵团

◎第四十六步兵师第四〇七步兵团

◎第五十二步兵师第四六〇步兵团（原西方步兵师）

◎第五十二步兵师第四六一步兵团（原第二卢布林步兵团）

◎第三国际第五〇〇团

◎沃伦团

◎第二十九步兵师第二二五中国步兵团

◎卢布林步兵团（自 1918 年 8 月起为第一沃罗涅日步兵师第六步兵团）

◎第二莫斯科国家重大基础设施保卫旅国际营和中队

◎第二十九步兵师中国营

◎第一沃罗涅日步兵师中国独立营（1918 年 8 月 2 日起为奥斯特罗戈日步兵团，8 月 26 日起为第六步兵团）

◎第二十一莫斯科步兵团中国联合营

◎第四六〇步兵团中国营（原第一华沙营）

◎第四六一步兵团（原第二卢布林团）中国营

◎第十六步兵师中国营

◎铁道部队第一〇八国际团中国营

◎第十五因岑步兵师中国营

◎第二十四西伯利亚师中国营

◎第七十四步兵团中国营

◎第三九七步兵团中国营

◎敖德萨中国营（1919 年成立于敖德萨，后隶属第四十五步兵师）

◎第二十五步兵师第二二二团中国营

◎第一骑兵军第三十三团中国营

◎第一苏维埃共产主义团中国营

◎第四基辅苏维埃警卫团第三中国营

◎伊万诺夫游击支队中国营

◎第七步兵师中国营

◎第一莫斯科苏维埃团卢布林营

◎特别国际营

◎顿涅茨克共和国第一格罗兹尼社会主义营

◎第十三军第十二师第一营

◎第三国家重大基础设施保卫步兵旅第二十四国际营

◎全乌克兰契卡第一一六营

◎第一骑兵军第六骑兵师中国第三十三团中国中队

◎第一骑兵军第四骑兵师第一中队

◎第四比萨拉比亚师第五十四团第一中队

◎第四十二步兵师第一旅第三中队

◎五号装甲列车

◎斯大林第七十三号装甲列车

◎伏罗希洛夫"共产主义者"装甲列车

◎第五团（第十三军）第一营第一连

◎第十三军第五团第一营第一连

◎第十二步兵师第一营第三连

◎第十六步兵师第一三七坦波夫团第六中国连

◎第二莫斯科共产主义国际团第六连

◎第四基辅苏维埃警卫团第三中国营第七、八、九中国连

◎第二沙里－博根斯基团第八连（这个团只有两个中国连）

◎第九顿巴斯步兵师第十八连

◎伏罗希洛夫第五军第十四团中国连

◎马泰·扎尔卡国际营中国连

◎第四第聂伯革命团中国连

◎第四十六步兵师督战支队中国连

◎蒂拉斯波尔赤卫队中国支队

◎敖德萨赤卫队中国支队

◎敖德萨－别列佐夫斯基赤卫队中国支队

◎佩雷科普赤卫队中国支队

◎哈尔科夫赤卫队支队

◎第一涅任中国赤卫队支队

◎单清河中国支队

◎第一卢甘斯克工人团中国支队

◎全乌克兰契卡中国混合部队

◎第丨四军中国特别支队

◎第聂伯海军第一伞兵支队

◎第一彼得格勒共产主义支队

◎南方前线第一国际紧急封锁支队

◎第二莫斯科国际共产主义支队

◎第二彼得格勒国际支队

◎第三彼得格勒共产主义支队

◎赫尔松国际支队

◎切尔卡瑟国际支队

◎伊万诺夫游击队

附录一摘自〔乌〕尼古拉·卡尔彭科：《中国军团：参与乌克兰领土革命事件的中国人（1917—1921）》，卢甘斯克：阿尔玛－马斯杰尔出版社，2007 年。

二、苏俄红军中的国际部队

1959 年，中国与苏联合拍了第一部故事片，名字为《风从东方来》。影片的一幕，出现了俄国人马特维耶夫和中国人王德民在莫斯科街头参加星期六义务劳动的火热场景。

王德民问："这些外国人都是些什么人哪？"
马特维耶夫回答："共产国际代表大会的代表们。"
……

这时，一位自称来自捷克斯洛伐克的代表告诉王德民和马特维耶夫："我的腿不能够摔断，为了把这里发生的一切告诉给自己国家的人民，回到祖国，还要走很长很长的路呢！列宁曾说过，'共产主义星期六义务劳动'是社会主义新社会的种子，社会主义社会能使俄国彻底摆脱掉资本主义的枷锁和战争。俄国现在是一个没有资本主义压迫的国家，这里的人民已经向战争宣了战……"

随后，在影片中，中国战士王德民、俄国战士马特维耶夫同捷克斯洛伐克、法国、保加利亚、德国、英国、美国、罗马尼亚、芬兰、希腊、波兰代表们的手搭在了一起……

那么，苏俄在外国干涉和内战期间所涌现出来的一支支外国军团，究竟是怎么一回事儿呢？

在第一次世界大战中，俄罗斯帝国俘虏了大约 200 万的德意志帝国、奥匈帝国、奥斯曼帝国、保加利亚王国军人。1915 年开始，布尔什维克在战俘中做宣传鼓动工作。到 1917 年，布尔什维克已经在战俘中建立了党组织。

十月革命爆发后次年（1918 年）的头几个月，在布尔什维克党组织领导下，苏维埃俄国 89 座城市、400 个地点建立了以独立连、支队、营和团为编制的国际部队。中国国际部队官兵主要是来自沙皇政府招募、企业私募的劳工，加入红军前他们主要在乌拉尔、西伯利亚、顿巴斯、莫斯科、彼得格勒的工厂和矿山，彼得格勒—摩尔曼斯克铁路工地，以及远东中国人为主的聚居点。

根据苏军中央国家档案馆、苏共中央马克思列宁主义研究所所属中央档案馆及苏俄内战时期的期刊和其他来源，有 22 万至 25 万由前外国战俘和劳工组成的国际主义战士为苏维埃政权而战。1917 至 1920 年，苏俄红军中有 7 万至 8 万名匈牙利人、4 万至 5 万名中国人、3 万名南斯拉夫人、9 600 名捷克斯洛伐克人，以及罗马尼亚人、波兰人、塞尔维亚人、保加利亚人、德国人、芬兰人、朝鲜人等。在这里，统计的主要是在苏俄红军正规部队、契卡等内卫部队，而不包括在远东地区抗击白卫军和日本、美国干涉军的游击武装。

1918 至 1920 年，国际部队在内战的各个战场积极参加战斗。以下是红军国际主义部队最典型的战场、事件。

内战东线

第一军第二十四步兵师第二一六国际步兵团的战士，参加了上乌拉尔、斯特利塔马克和奥伦堡方向的战斗。1918 年 9 月成立后，该团在匈牙利共产党人尤利安·瓦尔加指挥下奔赴前线，参加了解放辛比尔斯克市（今俄罗斯乌里扬诺夫斯克市）的战斗。

1919 年 8 月 14 日，第一军第二十步兵师第一国际营在突厥斯坦前线的斯特利塔马克地区参战。

1918 年 8 月和 1919 年 3 月，隶属第四军（亚历山德罗沃 – 盖斯基）独立步兵旅、成立于 1918 年夏天的第一莫斯科国际营在东方前线作战。该营由匈牙利、德国、罗马尼亚的国际主义战士组成，营长是匈牙利国际主义者维涅曼。

1919 年 5 月至 6 月，由匈牙利人、捷克人、波兰人、德国人、奥地利人和中国人组成的第二十五恰巴耶夫步兵师第二二二萨马拉步兵国际团在乌法附近作战。

1919 至 1920 年，国际部队在突厥斯坦方向的阿什哈巴德和费尔干纳前线作战。

内战南线

第十六步兵师 1918 年 5 月在坦波夫成立，师长瓦西里·基克维泽。该师所属第二国际步兵团由捷克人、匈牙利人、中国人、意大利人等组成，于 1918 年 8 月至 1919 年 4 月在巴拉绍夫—波沃林斯基—线作战。1918 年 8 月，该团在打败察里津郊区的彼得·克拉斯诺夫军队战斗中发挥了重要作用。

1918 年 8 月至 1918 年 11 月，鲁道夫·西弗斯率领第一乌克兰特别旅第二国际团在巴拉绍夫—卡梅辛斯基一线参加察里津保卫战。

1920 年 10 月，为打击彼得·弗兰格尔武装，独立国际骑兵旅在 1920 年 10 月下旬成立，并被编入南方前线第四军。该旅人数为 1 800 人，其中包括 827 名国际战士。从 11 月 26 日开始，该旅在琼加尔半岛与弗兰格尔部队作战，在古里亚波尔清剿马赫诺武装。此外，还在别尔江斯克、诺盖斯克及上特萨河谷地区积极作战。

由于尼古拉·格里高利耶夫 1919 年春天发动进攻及反布尔什维克武装在文尼察、利廷、布拉茨拉夫、瓦普尼亚尔卡、盖辛、乌曼、利波韦茨等地发动叛乱，第一罗马尼亚—匈牙利波尔塔瓦国际团转隶第二乌克兰步兵师第一旅，在茨韦特科沃、博布林斯卡及切尔卡瑟市执行战斗任务。

另一个国际团于 1919 年 5 月在基辅成立，隶属第二乌克兰共产主义旅，由 1 500 人组成。1919 年 5 月 28 日至 29 日，该团在塔尔金指挥下被派往普罗斯库罗夫（今乌克兰赫梅利尼茨基）打击彼得留拉武装。9 月初，第二乌克兰共产主义旅并入切尔尼戈夫左岸集团军作战。该旅右翼由国际部队组成，其任务是沿德斯纳河推进。1919 年 10 月至 11 月，路德维希·加夫罗担任团长的第一国际旅第三团组织积极防御战，准备进攻基辅。自 1920 年 5 月以来，第二一六国际团作为西南方前线第十二军第二十四步兵师的一部分与波兰白卫军作战。

匈牙利部队

1918 年 2 月，由库恩·贝拉和埃尔诺·波尔领导的首批匈牙利国际主义者与德国占领军战斗。1918 年 7 月，当左派社会革命党人在莫斯科发动武装叛乱时，匈牙利费伦茨·扬奇克根据契卡领导人费利克斯·捷尔任斯基的命令率莫斯科国际营平叛。

1918 年 8 月，匈牙利国际主义者在莫斯科组建 3 支武装。第一支队有 314 人，加入第一莫斯科国际共产主义营派往东线，该支队由俄共（布）匈牙利小组成员拉约什·维涅尔曼指挥。1918 年 8 月上旬，在诺沃乌岑斯克地区打击哥萨克白卫军和叛乱的富农。不久，英勇顽强的维涅尔曼支队将哥萨克白卫军赶出亚历山德罗夫 – 盖伊镇及附近地区的一些村庄。第二支队有 160 人，以一个连为单位编入苏维埃团。从 1918 年 8 月底开始，在喀山地区与捷克斯洛伐克白卫军作战。第三支队成立于 1918 年 8 月，总人数 360 人，被派往叶卡捷琳堡地区。1918 年 7 月，曾作为莫斯科营的一个支队，在蒂博尔·萨缪尔利指挥下与左派社会革命党人争夺莫斯科邮政总局。

1918 年 10 月，蒙尼希创建并领导彼尔姆共产主义营。该营与托木斯克支队一道，在吕斯瓦—叶卡捷琳堡地区与捷克斯洛伐克白卫军作战。

在苏俄内战的各个战场，都有匈牙利战士在为保卫苏维埃政权而战斗。1919 至 1920 年，在突厥斯坦，为加强红军力量而组建一批国际部队，其中包括匈牙利部队。一个匈牙利警卫团守卫塔什干，一个国际营驻扎在撒马尔罕。1920 年 11 月，当反布尔什维克武装进攻老布哈拉时，第二独立共产主义营及时赶到支援。

中国部队

从俄国苏维埃政权诞生的第一天起，中国国际主义者就拿起武器捍卫伟大的十月社会主义革命成果。1917年底，孙富元领导的第一支中国部队在乌克兰南部与德国人作战。

1918年春，捷列克共和国人民代表苏维埃军事委员会在弗拉季高加索成立了一支中国支队。1918年夏，包其三指挥该支队在捷列克作战，并被派往前线最重要的地区。1918年8月，该支队已发展成为一个营。1918年8月的日子里，包其三的中国营在与拉扎尔·比切拉霍夫武装的战斗中展现了英勇顽强气概。1918年底，中国支队在格罗兹尼城"百日保卫战"和北高加索恢复苏维埃政权中，为格罗兹尼工人和其他地方的车臣穷人提供了巨大帮助。

1918年10月，莫斯科步兵旅第二十一步兵团中国联合营在新霍皮奥尔斯克市作战，英勇抗击白卫军科尔尼洛夫军官团的数百名骑兵及3个步兵团。

1918年，第三军第二十九步兵师的第二二五步兵团参加了东线对抗捷克斯洛伐克叛军和高尔察克白卫军的战斗，该团创建者和团长为任辅臣。同样在东线，还有第二二七弗拉基米尔国际团中国步兵连在战斗。

1919年6月在顿河，第三十三库班师第二九二杰尔宾特国际团中国营在维申斯卡娅地区、沃罗涅日南部利斯基镇附近作战，对抗古塞尔尼科夫的白卫军骑兵部队。

此外，其他由华工组成的中国部队、游击武装，在北高加索、乌克兰、远东等地与邓尼金白卫军和谢苗诺夫、卡尔梅科夫匪帮，以及英国、日本、美国等帝国主义所组成的干涉军英勇作战。

中国共产主义者认为，他们的使命是捍卫十月革命成果。因此，他们不仅战斗在内战前线，而且还参加契卡部队打击后方的反革命和投机分子。

波兰部队

保卫俄国十月革命胜利成果的波兰革命部队包括在莫斯科组建的华沙波兰革命团、第一波兰步兵团和第一波兰中队，在沃罗涅日组建的卢布林团，在鲍里索格列布斯克等地组建的骑兵中队等。

从 1917 年 11 月底起，波兰革命士兵在顿河与苏俄赤卫队并肩作战，打击科尔尼洛夫和邓尼金的白卫军。11 月 24 日，来自顿河地区、彼得格勒及哈尔科夫的 4 000 名波兰红军被派往托马罗夫卡车站及新切尔卡斯克附近的萨日诺耶、克拉彼弗诺耶等居民点。

1918 年 7 月，华沙团在莫斯科参加镇压反革命的战斗。在雅罗斯拉夫尔爆发叛乱时，波兰士兵与左翼社会革命党作战。1918 年 6 月中旬，仅华沙革命团就有 1 000 多名士兵，且含有骑兵和炮兵。

1918 年 8 月，苏俄红军西部波兰师开始组建，先由两个旅组成，然后扩编至 3 个旅。其中，华沙波兰革命团被编入第一旅。从 1918 年秋开始一直持续到 1919 年 2 月，波兰部队与克拉斯诺夫白卫军作战。1918 年 11 月，莫斯科苏维埃第一团卢布林营的波兰人在上伊科雷茨附近与克拉斯诺夫武装进行了激烈战斗。

波兰骑兵中队取得突出战绩，后被编入彼得·博列维奇团长指挥的波兰骑兵团。此后，这一隶属于第一军第二十四辛比尔斯克步兵钢铁师的波兰骑兵团，从伏尔加河

转战到乌拉尔，参加了辛比尔斯克、塞兹兰、萨马拉、布祖鲁克、奥伦堡等地战斗。

1918 年 11 月，除在南方前线作战的第一旅外，西方师的所有波兰部队都受西方方面军指挥，参加了在白俄罗斯的战斗。

1920 年 7 月底，红军波兰部队所在的第五十二步兵师在克里米亚卡霍夫斯基桥头堡参加了与弗兰格尔的战斗。

捷克斯洛伐克部队

1918 年 2 月，捷克斯洛伐克部队在基辅和敖德萨开始组建。在基辅，有一支人数多达 1 000 人的红军支队，由捷克人和斯洛伐克人组成，并在乌克兰打击德意志帝国侵略军和乌克兰海达马克反动武装。后来，该支队在察里津前线扩编成为基克维泽师国际团。

1918 年 5 月，第一奔萨捷克斯洛伐克革命团成立。在阿道夫·希佩克指挥下，该团在东线与捷克白卫军、在乌拉尔—奥伦堡前线与亚历山大·杜托夫哥萨克白卫军作战，还在奔萨省、坦波夫省镇压富农暴动。

在卡马河舰队中，有弗兰蒂塞克·卡普兰领导的捷克斯洛伐克国际团。1918 年 5 月，该团在雅罗斯拉夫·哈塞克积极参与下于萨马拉组建，1918 年 6 月移防至塞兹兰，1918 年 9 月驻扎在辛比尔斯克市附近。

瓦斯拉夫·米雷克支队有 600 至 800 名捷克斯洛伐克人，他们在符拉迪沃斯托克地区与卡尔梅科夫、谢苗诺夫匪帮作战。1920 年，一支由捷克人和斯洛伐克人组成的游击队，在捷克人约瑟夫·霍夫曼领导下在赤塔、哈巴罗夫斯克等地与日本干涉军作战。

南斯拉夫部队

1917 年 11 月底，以南斯拉夫人为主组建的第一个塞尔维亚苏维埃革命支队在叶卡捷琳诺斯拉夫成立。1917 年 12 月，该支队已经有 600 人、2 挺机枪。他们的首场战斗发生在 1918 年 1 月至 2 月的叶卡捷琳诺斯拉夫，敌人是附近德国占领军和乌克兰海达马克武装，而尤以下第聂伯罗彼得罗夫斯克的战斗最为激烈。1918 年 4 月，该支队撤至察里津。在这里，另一支来自萨拉托夫的塞尔维亚支队加入其中。

按照克利缅特·伏罗希洛夫的命令，该部队在切尔尼亚尔村整编成立了第一南斯拉夫共产主义团，随后参加了奥伦塔、波洛文斯基、切尔内亚尔及阿斯特拉罕附近的战斗。

到 1918 年 8 月，南斯拉夫红军在萨拉托夫已有两个营，在阿斯特拉罕有一个营。在萨马拉，塞尔维亚人埃米尔·乔普担任营长的第一南斯拉夫营隶属于国际警卫团。

在格罗奥尼萨伊火车站地区，南斯拉夫红军骑兵参加了由布琼尼指挥的骑兵第一军的战斗。

1919 年 5 月，在敖德萨成立了以下部队：直属第三乌克兰苏维埃红军总部的第一国际特别团中，有许多塞尔维亚人和马其顿人。特别是，塞尔维亚第七特种连在当月 15 日由第一白俄罗斯苏维埃步兵团转隶至该团。1920 年初，南斯拉夫部队驻扎在西伯利亚的下乌金斯克市附近，不久后几支部队整编成一个营，参加了追击白卫军的战斗。1917 年秋天，塞尔维亚人马克西姆·查纳克在基辅组建了一支与德国占领军作战的支队。

朝鲜部队

到 1921 年 2 月，在远东领土有以下部队与日军作战：在中朝边境地区有一个由 1 200 名战士组成的朝鲜独立步兵营；哈巴罗夫斯克附近的甘东游击支队有 500 人；在阿穆尔省乌斯别斯克地区的朝鲜游击武装"崔支队"有 60 名战士；在滨海省苏坎区"韩强支队"，人数多达 1 000 名；在滨海省的赛丰区，活跃着由 600 名农民组成的朝鲜游击支队。1921 年，仅波谢–昆楚日一个地区，隶属俄共（布）滨海省朝鲜区委员会的朝鲜党员就有 700 名。

为将朝鲜各游击支队统一起来，1921 年夏在滨海省阿努奇诺镇召开朝鲜游击队代表会议，决定组建朝鲜革命军事委员会。

远东地区是朝鲜部队的主要战场。尽管如此，在俄罗斯中部，例如苏俄红军第一东西伯利亚国际团中，除有捷克斯洛伐克、波兰、德国、南斯拉夫、匈牙利、中国部队外，还有一支朝鲜小队。

德国部队

在那些存在俄共（布）领导的德国共产党组织的城市里，成立了德国支队。他们有的在内战前线作战，有的参与镇压富农暴乱。

1918 年 11 月，超过 350 人的两个德国—匈牙利连在东线第四军防区内作战。1919 年 5 月，有一群德国"斯巴达克主义者"加入苏维埃钢铁团，在尼古拉耶夫附近与自封"赫尔松、扎波罗热和塔夫里亚盖塔曼[1]"的尼古拉·格里高利耶夫统领的叛军作战。

在突厥斯坦前线,第十一军第三十四步兵师的罗夫讷德国支队积极执行作战行动。1919年8月14日,泽尔曼担任队长、赞德为军事委员的罗夫纳支队直属突厥斯坦前线司令部。

在阿斯特拉罕铁路沿线,红军德国战士与乌拉尔哥萨克人作战。在德国国际主义者中,一批优秀领导人脱颖而出,例如察里津市外国工农联盟的梅尔切尔、第一国际步兵旅政治部主任舍内曼等。

保加利亚国际主义者

迄今为止,很少有关于保加利亚人参加苏俄内战的资料。众所周知,第一次世界大战期间,有600多名保加利亚士兵自愿加入沙俄帝国军队一边,主要是在罗马尼亚前线作战。此外,在俄罗斯中部城市有许多保加利亚工人。在克里米亚、比萨拉比亚和乌克兰也有保加利亚农民。1918年2月,保加利亚人自愿加入红军队伍的规模特别大。

保加利亚红军战士,人数最多的是奥廖尔国际营、察里津外国共产主义者营和第一莫斯科国际营。1918年8月,察里津营的大约400名保加利亚战士参加了与哥萨克白卫军克拉斯诺夫的战斗。

1918年秋,奥廖尔国际营、坦波夫国际支队和其他红军部队中的保加利亚战士与乌克兰反革命分子作战。此外,保加利亚人也在东线与高尔察克白卫军作战。

---

[1]盖塔曼:15至18世纪波兰、乌克兰及立陶宛大公国军队指挥官的头衔。

罗马尼亚部队

在第一次世界大战中，被沙俄帝国军队俘虏的各国战俘中，以罗马尼亚人为最多。1918年1月8日，米哈伊尔·布约尔和阿尔杰尔·扎里克组建了敖德萨罗马尼亚营。这一时期，斯托里奇还在驻扎在敖德萨港的罗马尼亚商船上成立了一个海军营。

罗马尼亚营战士参加了本德利（1918年2月）、敖德萨（1918年3月）的战斗。1918年3月协约国者占领敖德萨后，罗马尼亚营与红军部队一起撤退。经过补充志愿者，从1918年8月起，该营参加了察里津和阿斯特拉罕附近的战斗。保卫察里津期间，一支名为察列夫斯基支队的罗马尼亚部队表现特别突出。该支队成立于1918年6月，主要士兵是罗马尼亚人，还有一个土耳其人、塞尔维亚人组成的连。1918年7月中旬，他们参与镇压了切尔诺亚尔斯克县和萨雷普塔附近小镇的富农暴动，以及与哥萨克白卫军作战。

芬兰部队

1918年春，芬兰红军残部撤至苏俄。1918年3月16日，1500名芬兰红军乘坐军列抵达坎达拉克沙市，与伏尔加河地区、彼得格勒附近的其他红军部队一道保卫摩尔曼斯克铁路。第一因岑步兵师的芬兰支队参加了解放赛兹兰市的战斗。在卡累利阿，第一二七步兵旅第六芬兰步兵团超过1300名官兵。

1918年11月25日，根据芬兰共产党中央委员会的提议，组织了芬兰步兵培训班，埃诺·拉海亚被任命为政委。一年中，有605名学员参加。1919年4月，126名红色指挥官从该班毕业，并立即被派往奥洛涅茨前线。

法国、意大利、英国、美国、土耳其、
波斯、印度的国际部队和国际主义战士

　　来自法国、意大利、英国、美国、土耳其和波斯的国际部队数量不多，主要是支队、连和排。

　　从苏维埃政权成立第一天起，一支主要由讲英语的人组成的特殊部队——国际支队就在彼得格勒开始组建。1918年3月，这支已经改编为红军第一国际军团的部队转移驻防到莫斯科。阿尔杜尔·艾别恩戈尔茨被任命为军团指挥官，他后来成为俄共（布）法国小组的积极组织者之一。阿尔伯特·里斯·威廉姆斯、塞缪尔·阿古尔斯基在国际支队组建过程中做了大量工作，约翰·里德也积极参与。1918年8月，红军第一国际军团编入第四十一莫斯科团，被派往西线。

　　1918年8月，加入基克维泽师的意大利国际连参加了保卫察里津的战斗。

　　1919年春天，一个红军法国营在敖德萨附近作战。1919年5月，法国国际主义者兹纳缅斯基、德涅斯特洛夫斯基、沃兹涅森斯基步兵团，沃兹涅森斯基骑兵团及两列装甲列车、一个法国排整编在一起，打击格里高利耶夫匪帮。

　　在俄国南部的国际部队行列中，也有印度士兵。为补充外高加索的干涉军，1918年英国从伊朗调来印度士兵。其中有些人逃离英军部队，加入在北高加索山区战斗的尼古拉·吉卡洛支队。

　　在红军的几支国际部队中，还有波斯人、土耳其人、阿拉伯人等国际主义战士。1918至1919年，参加阿斯特

拉罕保卫战的国际营中就有一个土耳其连。

1920 年 4 月，一支波斯国际支队在突厥斯坦前线成立，连长是土耳其人阿嘉赫。1920 年 8 月，波斯国际支队扩编为独立的波斯步兵团。

此外，许许多多外国国际主义者在苏俄内战期间还积极参加地下工作和游击工作。

附录二摘自〔苏〕列夫·扎罗夫、维克多·乌斯季诺夫：《苏联外国军事干涉和内战时期为捍卫苏维埃政权而战斗的红军国际部队》，莫斯科：苏联国防部军事出版社，1960 年。

1. 中国青年出版社编辑：《红旗飘飘》第四辑，北京：中国青年出版社，1957 年。

2. 〔苏〕刘永安编著：《为苏俄而战的中国志愿军》，王宜光译，北京：解放军出版社，1987 年。

3. 李永昌：《旅俄华工与十月革命》，石家庄：河北教育出版社，1988 年。

4. 中共中央马克思恩格斯列宁斯大林著作编译局编：《弗·伊·列宁画传》，北京：人民美术出版社，1990 年。

5. 〔苏〕列宁：《列宁选集》第 3 卷，中共中央马克思恩格斯列宁斯大林著作编译局译，北京：人民出版社，1995 年。

6. 张建华：《俄国史》，北京：人民出版社，2004 年。

7. 关贵海、栾景河主编：《中俄关系的历史与现实》第二辑，北京：社会科学文献出版社，2009 年。

8. 杨刚：《家殇：奉俄外交与哈尔滨杨卓事件之谜》，北京：团结出版社，2010 年。

9. 〔俄〕亚历山大·潘佐夫：《毛泽东传》上，卿文辉、崔海智、周益跃译，北京：中国人民大学出版社，2015 年。

10. 宁艳红：《旅俄华侨史》，北京：人民出版社，2015 年。

11. 周晓沛、〔俄〕谢·冈察洛夫主编：《世代友好——纪念中俄建交 70 周年文集》，北京：五洲传播出版社，2019 年。

12. 张雅莹：《任辅臣传》，沈阳：辽宁人民出版社，2022 年。

13.〔苏〕弗拉基米尔·列宁：《中国的战争》，《星火》杂志创刊号。

14.〔苏〕尼古拉·伊柳霍夫、米哈伊尔·季托夫：《1918—1920 年滨海省游击运动》，列宁格勒：冲浪出版社，1928 年。

15.〔美〕约翰·里德：《震撼世界的十天》，莫斯科：政治出版社，1957 年。

16.〔苏〕约纳·亚基尔：《内战回忆录》，莫斯科：苏联国防部军事出版社，1957 年。

17.〔苏〕格尔采利·诺沃格鲁茨基、亚历山大·杜纳耶夫斯基：《中国战士同志》，莫斯科：苏联国防部军事出版社，1959 年。

18.〔苏〕刘永安编著：《血脉相连的友谊：参加伟大十月社会主义革命和苏俄内战中国同志回忆录集》，莫斯科：苏联国防部军事出版社，1959 年。

19.〔苏〕刘永安：《履行国际主义义务的人：苏联内战中的中国志愿者》，莫斯科：苏联国家政治出版社，1959 年。

20.〔苏〕尼基塔·波波夫：《他们与我们一道为苏维埃政权而战（文集）：俄国内战前线的中国志愿者（1918—1922）》，列宁格勒：列尼兹达特出版社，1959 年。

21.〔苏〕菲利普·戈利科夫：《红鹰（1918—1920 日记摘录）》，莫斯科：军事文献出版社，1959 年。

22.〔苏〕伊·巴比切夫：《在远东参加国内战争的中国朝鲜劳动者》，塔什干：乌兹别克斯坦苏维埃社会主义共和国国家出版社，1959 年。

23.〔美〕阿尔伯特·里斯·威廉斯:《俄国革命透视(1921年 ）》，莫斯科：苏联国家政治出版社，1960 年。

24.〔苏〕列夫·扎罗夫、维克多·乌斯季诺夫：《苏联外国军事干涉和内战时期为捍卫苏维埃政权而战斗的红军国际部队》，莫斯科：苏联国防部军事出版社，1960 年。

25.〔苏〕苏联科学院亚洲民族研究所：《为苏维埃政权而战的中国志愿者（1918—1922 ）》，莫斯科：东方文学出版社，1961 年。

26.〔苏〕格尔采利·诺沃格鲁茨基、亚历山大·杜纳耶夫斯基：《沿着包其三的足迹》，莫斯科：苏联国防部军事出版社，1962 年。

27.〔苏〕阿列克谢·阿布拉莫夫：《克里姆林宫墙》，莫斯科：苏联国家政治出版社，1981 年。

28.〔苏〕谢苗·赫罗莫夫主编：《苏联的内战和军事干预：百科全书》，莫斯科：苏联大百科全书出版社，1987 年。

29.〔俄〕安东·图尔库尔：《战火中的志愿军：内战场景（1918—1920 年）》，列宁格勒：英吉利兰出版社，1991 年。

30.〔乌〕尼古拉·卡尔彭科：《中国军团：参与乌克兰领土革命事件的中国人（1917—1921）》，卢甘斯克：阿尔玛－马斯杰尔出版社，2007 年。

31.〔俄〕米哈伊尔·卡缅斯基赫：《十九世纪末至二十世纪初中乌拉尔地区的中国人》，圣彼得堡：玛玛托

夫出版社，2011 年。

32.〔苏〕列夫·托洛茨基：《托洛茨基自传——我的生平》，上海：上海人民出版社，2014 年。

33.〔俄〕米哈伊尔·卡缅斯基赫：《彼尔姆的中国人：历史与文化》，圣彼得堡：玛玛托夫出版社，2018 年。

追寻仍在继续

不知不觉中，从事国际新闻报道工作已经 20 多年。这些年里，大部分时间常驻国外，寒来暑往，华发早生。走过的路越来越长，耳闻目睹的事越来越多，但觉得能真正激发内心创作冲动的东西越来越少。

2021 年 7 月初接国内电话，询我是否能就"旅俄华工与十月革命"主题采写文章在微信公众号"破圈了"上连载刊发。这一创意的缘起，是中国共产党历史展览馆里的一幅内容为"数万名旅俄华工参加了列宁创建的红军，投入保卫苏维埃政权的战斗"的照片。报社希望通过文章来回答旅俄华工为什么成为苏俄红军中的战士，他们从哪里来，他们的命运究竟如何等问题。

并没有过多的犹疑，我接下了这个任务。或许，这是内心深处的某处被击中了。阅读百余年前旅俄华工在异国他乡为创建和保卫苏维埃政权流血牺牲的林林总总的故事，真切地感受到人间苦难、人生无常、岁月无情和世事浩渺，历史沧桑感、沉重感不禁油然而生。这群人绝大多数没有留下姓名，音容笑貌模糊。由此，我萌生出要把这

些普通华工的身影从厚重的历史积尘中清洗出来的强烈愿望，希望更多人知道 100 多年前有这样一批英勇无畏的前行者。

我虽在俄留学、工作生活 10 余年，却对"旅俄华工与十月革命"这样一个冷门领域的认知相当有限。然而，多年的国际新闻从业经历，培养了我快速学习和深度挖掘的能力。顺着线索，我在很短时间内迅速捋清了这段历史的"粗脉络"。彼时，我希望走入耳熟能详的"十月革命一声炮响，给我们送来了马克思列宁主义"的背后，还原旅俄华工与俄国无产者并肩抗击苏俄内外敌人、保卫苏维埃政权这段历史。

接下来的时间里，我的采写是从以下几个维度展开的。一是联系并采访了一批了解、熟悉这段历史的人，获取一手直观资料。他们中，有的是中国人，有的是俄罗斯人；有的是当年的华工后代，有的是长年从事该领域研究的学者；有的是外交人员，有的是深耕中俄友谊的民间人士。二是走访莫斯科、圣彼得堡及一些州（边疆区、共和国）的博物馆、档案馆、图书馆，挖掘史实，为写作奠定坚实基础。三是充分利用现代资讯，掌握"旅俄华工与十月革命"这段历史研究的前沿，还原真实画面。四是重走历史事件发生地，力求鲜活、生动呈现百年前的历史面目。在俄罗斯新冠肺炎疫情十分严重的情况下，我驱车前往圣彼得堡、喀山、叶卡捷琳堡、彼尔姆、雅罗斯拉夫尔等地，力图挖掘鲜活资料。五是积累照片，努力让撰写的文章更有视觉冲击力。这些照片既有重要事件发生地的标志性建筑、纪念碑等"活化石"，也有博物馆、图书馆、档案馆的资料、展品，还包括俄（苏）发布的一些老照片、图表等。

真正落笔前，我花了不少心思琢磨究竟采用何种写作方式：如何能支撑起这百年历史的沉重，并举重若轻地把它托起呈现给大家？如何能巧妙地找到支点，把那百余年前的凝重历史羽化成一个个动人的故事？我不是学者，并非在做历史研究，我能做、想做的是以一种更贴近读者的、既轻松又严谨的方式，让读者在阅读中身临其境般地置身于百年前的场景，让那些深埋地下、用鲜血和生命书写历史的旅俄华工清晰地走到台前。欣慰的是，从文章在"破圈了"刊发后的反馈来看，这种有较强代入感的呈现方式得到了肯定和认同。

渴望青睐，几乎是所有写作人不好示人的"私心"。我没脱俗，也曾相当担心这种与当代生活"脱节"的历史题材不那么容易被人关注。忐忑中，于2021年10月19日在微信公众号刊发《苏俄红军的中国军团之谜》的首篇文章后，好评如潮。此后连载的文章，也相继被光明日报、新华号、人民号、澎湃新闻等公众号转载。连载进行中，多家出版社希望我将该系列文章整理、结集出版。在黑龙江人民出版社的帮助下，我笔下的故事、人物得以于油墨的清香中呈现，心头浮上的有感动，也有惶惑、欣喜。

尽管这一话题源于发生在百余年前的一段历史，但在整个寻访和写作过程中，我并没有单纯停留在故纸堆里，而是深入俄罗斯民众，借此了解他们对历史、现实及未来中俄关系的立场和态度。经过半年多的寻访和写作后我坚信，尽管一个世纪过去了，这段用鲜血凝成的友谊今天依然印刻在不少俄罗斯人心中，成为中俄两国友谊的"增长点"。由此观之，这段历史终究带来的是希望、光明。诚然，于个体而言，这些旅俄华工是悲壮的，很多人长眠于异国；

那些走出战火侥幸生还者，其命运透着丝丝缕缕的哀伤，令人唏嘘不已。

今天我所做的，应更多属于抛砖引玉的事情。半年多时间，说长不长，说短也不短，此次先按下暂停键，将这一段时间里的采写结果呈现给读者。于我而言，探寻不会止于此，也希望更多的人因此而关注、研究这段历史。

最后，想感谢所有为此书出版付出辛勤劳动的人。光明日报王慧敏总编辑，他不仅是新闻捕捉能力超强的记者、勤奋多产的作家，还是一位具有强烈政治意识、高度政治自觉的央媒领导，没有他的"点题"，就不会有本书的面世。黑龙江人民出版社的编辑李庭军，读到"破圈了"公众号连载的文章后辗转找到我，就图书出版进行过十余次沟通，并在书稿编辑过程中付出了心血。光明日报副总编辑赵建国劳心劳力、字斟句酌。报社国际部领导郭林、刘篪和余晓葵，不仅对写作准备和采访过程给予指导，还精心统筹、编辑在微信公众号刊发的每篇文章。卢重光、王妤心泓等同事，以青春朝气和火样热情在文字、版面设计上持续发力。还有本书中提到的许多给予我无私帮助的中俄友人，在此一并感谢！

2022 年 4 月于莫斯科